夜照亮了夜

当代著名作家精品书系 主编 凌翔

最黑的黑，是背叛。最痛的痛，是原谅！

鲍磊 著

天津出版传媒集团

天津人民出版社

图书在版编目 (CIP) 数据

夜照亮了夜 / 鲍磊著 . -- 天津：天津人民出版社，
2020.10
（当代著名作家精品书系 / 凌翔主编）
ISBN 978-7-201-16457-1

Ⅰ.①夜… Ⅱ.①鲍… Ⅲ.①长篇小说—中国—当代
Ⅳ.① I247.5

中国版本图书馆 CIP 数据核字（2020）第 180977 号

夜照亮了夜
YE ZHAOLIANGLE YE

出　　版	天津人民出版社
出 版 人	刘　庆
地　　址	天津市和平区西康路 35 号康岳大厦
邮政编码	300051
邮购电话	（022）23332469
网　　址	http://www.tjrmcbs.com
电子信箱	reader@tjrmcbs.com
责任编辑	岳　勇
装帧设计	陈　姝
印　　刷	唐山楠萍印务有限公司
经　　销	新华书店
开　　本	710 毫米 × 1000 毫米　1/16
印　　张	17
字　　数	211 千字
版次印次	2020 年 10 月第 1 版　2020 年 10 月第 1 次印刷
定　　价	49.80 元

自 序

《夜照亮了夜》这本书于 12 年前出版，是我的第一部作品。

时至今日，我仍旧在幻想我的理想生活：不停地旅行，每日读书听歌，养一只猫，开一间咖啡馆，在没有被太多琐碎事务占据的日常里，随心所欲地书写。

理想终归是理想，所以我才格外珍惜所有一个人写作的时光，当然更珍视书稿能够顺利出版的每个时机。对于我来说，的确经过了无比漫长地等待！

还记得那是 2006 年 3 月，呼和浩特已经有了春的味道。当时我正在内蒙古大学攻读文艺学硕士研究生，并不住校，而是在位于大台村附近的棉纺厂租房子住。有一天，我坐在父亲 4 年前买给我的台式电脑前，莫名所以，敲下一行又一行字。我像是被某种神秘力量驱使，仅用了 3 个星期，便鬼使神差地完成了这部长篇小说。后来，当我看到蒋雯丽主演的电影《立春》，她饰演的女主角王彩玲，有一句台词是这样说的：

> 立春一过，实际上城市里还没什么春天的迹象，但是风真的就不一样了，它好像在一夜间变得温润潮湿起来，这样的风一吹过来，我就可想哭了……

影片的王彩玲仿佛说中了我的心事。的确就是那样：温润潮湿的春风，吹拂在呼市上空，在享受它带来的美妙与惬意同时，却又被一种惴惴不安的力量所牵引。于是书写，便好像能够将这股力量释放掉一些。那时不吐不快、源源不断喷涌的自发写作状态，是创作这部小说的最初动机。

彼时，又经过一年半，在炎热的北京，我将书稿修改一遍，之后交付出版社。当时起的名字叫《两生花》，出版前夕，决定易名《夜照亮了夜》。熟悉华语流行音乐的读者可能会问：是歌手万芳演唱的《夜照亮了夜》吗？是的，就是那首歌。

最黑的黑，是背叛。最痛的痛，是原谅。

或许又是一股神秘莫测的力量，让我想用一首歌名作为书名吧。白昼的光亮，黑夜的幽深，你很难说清楚白天就是明媚的，夜晚就一定是黑暗的。这个世界绝非二元对立这么简单，而是充满着繁复、多重的不确定性与不可言说。

在我读本科就很喜欢的一位女作家陈染，她在几年前自己文集的序言写道：

我现在的心理状态，和我曾经出版的那些作品已经不尽相同了，我现在每一天的日子都过得很平常，不压迫自己，更不难为别人。其实这辈子没人能压迫自己，除了自己！但是回头去看自己以前的那些文字，仍然如遇故人。

是的，十二三年就这样过去了。如今再看，《夜照亮了夜》有着当年的青涩，但读起来，犹如遇故人。此版修订，时间集中在4月下旬到5月上旬，每天修改很多个小时。这个修改的过程，甚至每当写作较长篇幅的文字时，那种彼此之间被牵扯的内心感受——既享受，又孤独，甚至热切期盼的复杂感受，那种火烧火燎的胶着状态，我想只有经历过曾经为了某个心愿的达成努力付出，同时又耐心等待一个结果的人，在这样一个格外煎熬过程当中正在经历的人，才能切身感受到吧。所以在我的价值观里，过程向来是比结果更重要的事。诚然，结果，准确说有一个好的结果，也是相当重要的。

我深知，在这个刷着手机打发时间，或是看些搞笑视频缓解压力的移动互联网时代，读一本长篇小说，得要耐住多大性子！倘若你业已翻到此处，不妨再试着往下读一读。或许在睡前，在早醒的清晨，能够收获久违的宁静那也说不定。心中翻涌的表达欲，写出来的字，只有被你阅读，才是我们相遇、相知的通道。

最后，谢谢光阴的力量！在各种缘分的安排下，使得这本书能够让更多的人读到。谢谢策划人凌翔老师。谢谢为我的拙作给予诚意推荐的各位老师——我永远的女神，知名歌手万芳小姐，以及经纪人林法德小姐；知名传记、随笔作家，周作人、张爱玲研究者止庵老师；畅销书作家丁丁张先生；畅销书作家王臣先生；北京大学教授、文艺理论家董学文老师；内蒙古艺术学院教授、艺术评论家、我的硕士研究生导师李树榕老师；《中国教育报》读书周刊主编王珺女士；北京正在发生传媒董事长、原小马奔腾前董事长金燕女士。谢谢我的家人。谢谢像小天使一样的大外甥刘治铭。谢谢雪松。谢谢此时此刻手捧书卷阅读的你。

时间很长，时间又很短。只愿阅读此书的你、我，在活着的每时每刻，都能自在、快乐地做自己。我们共勉。

鲍磊

2019 年 4 月 30 日于北京家中

目 录

很多时候，你以为的短暂一生，对于爬上树梢只能聒噪 7 日的蝉来讲，却是漫长一生。很多时候，你以为漫长的一生，对于山谷中一颗普通的石头而言，却是短暂一生。一根火柴在瞬间擦亮的短暂数秒，其实已经完成了它的一生。

第一章

城市边缘

1

呼和浩特，天蒙蒙亮，房间里，他和她正在说话：

束荷，今天还是继续拍摄 MV 吗？

嗯，玮辰，接着拍。剧组包了一列废弃火车，要在上面完成所有剩下的镜头。

女子穿着一件白棉睡衣，胸口处绣有一朵巨大的葵花。漆黑长发倾泻开来，一直垂到腰际。她一边慢慢起床，一边回答对面坐在藤椅上的男子。

知道吗？我就是喜欢你现在这个样子。看上去好像漫不经心、若无其事，但就是这么双唇紧闭、嘴角向后一咧，让我有种错觉，你分明是在笑，好像什么难事对于你来说都无所谓了。看到你这样，我就放心了。

玮辰说完这些话，起身去扶束荷下地。

是吗？……她略作迟疑，然后接着说：很多媒体报道说我天生长了一副苦相，笑也像哭。不笑的时候，会显得更冷漠吧？

哪里会！那是他们胡说八道！束荷，好多年都过去了。现在你又开始录唱片，慢慢释怀，接受我，接受你自己，接受那些乱七八糟的往事，已经相当不容易了。外人哪里会捕捉到你独有的美。就像你的嘴角，一颦一笑，其实都曾体味过巨大的悲痛。如今我眼中的你，就是这般自然动人。这种发自内心的笑，是时间历练的痕迹。其他女人即使身着华丽衣装，也绝非能透露出如你这般的优雅气质。束荷，相信我，你在我心中所散发出来的味道，早已是一种持续的香气。

玮辰说完这些话，双手格外用些力气，紧紧扶在她的肩上。

束荷坐在梳妆台的椅子上，玮辰站在她背后。从镜子看过去，如同恩爱多年的夫妻。她握住他的手，意味深长地说了两个字：谢谢！

哦，对了。刚才你熟睡，忘记和你说了。经纪人打过电话，通知你明天晚上去音乐之声做新专辑宣传，还是照旧不去？玮辰问她。

嗯。不去。说完，两个人透过对面的镜子，莞然而笑。

祁束荷，歌手。出道以来一直人淡如菊。呢喃般的声线，出众的才华，被歌坛誉为文学诗人。曾经有歌迷写信给她：

　　无数个夜晚，我们的心就这样被你的声音抚慰着、温暖着。有时候，会感觉心底突然裂开一个大洞，好像再也填不上。对于这个黑暗洞穴，只有你的声音能够让它慢慢愈合。

就大众审美而言，束荷算不上是一个漂亮的女子，但她却有一双晶莹剔透的双眸，眼睫毛更是浓密细长。没有演出的时候，她几乎都是素颜。洗完脸直接拍打上爽肤水，偶尔擦上一层淡淡的保湿乳液，便如出水芙蓉，端庄秀美。她始终认为，刻意的装束像是戴了一层又一层的面具。

玮辰，我们戴着形形色色的面具，把自己深藏其中。真实的内心被遮掩，反而用假面示人。笑的时候，其实不是发自内心的真笑。快乐，也不是真的快乐。我们只是靠着同一种表情去应对无聊的世人乐趣。

面子，面子可真是一个大问题啊！里面的学问太多了。

就这样，束荷在房间里对着玮辰说，在夜晚的杂货店对着收银员说，甚至在后台的化妆间对着造型师说。久而久之，娱乐圈的人私下议论，说她其实有点精神不正常。

她总是神经兮兮自顾自地说着这句话：面子，面子可真是一个大问题啊！

其实他们并不懂得，这个面子到底是怎样的一个面子。

它根本就不是我们的这张脸。它是我们为了在这个现实活着，不得已而为之的举动。有时她想着想着，会变得很沮丧，直到有一天，她一个人开着车子，电台里播放了这么一首歌：

> 为什么张开眼睛只看得见爱情
>
> 为什么 **Money Money**（金钱）会这么有魅力
>
> 为什么不能追求梦中的天地
>
> 为什么到了这年纪还这样骗自己

她在车里，大哭……

这个异常有爆发力的声音，好像也在反复质问着自己，在被迫与现实不甘心地和解下，用浑厚甚至是混淆了性别的声线，唱着生命里的无可奈何。

束荷听着听着，内心开始涌上一股难受的感觉。是，不知不觉，我们学会了巴结。就好像世间的光亮，有真有幻。一不小心，我们讨好了对方。

她一边开车，一边感受着内心猛烈地撞击。一股巨大的抽搐感袭来，像是积聚太多能量而久未爆发的火山，突然，破涕大哭。她把车停靠在无人的海边，眼前是一片汪洋深沉的大海。旋即关掉电台，车窗外只有忽远忽近的海潮声。海浪哗啦哗啦，一个浪花接着一个浪花。

玮辰，正是在那次，在海边，我仿佛突然看见了世间的某种真相。在侧耳倾听潮水涌动的瞬间，我听到了里面的喧哗：除了人的各种欲望，便还是欲望。除了妥协，便还是妥协。我在心里对自己说，做人可真难啊！我为什么要去讨好呢？我不去讨好，行不行？！

　　那一年，2002年，正值我新专辑宣传期。每天，我都要面对神色各异的记者。我发现一个很奇怪的现象，他们似乎只关注歌曲以外的花边新闻，并非是我的歌。我在台上，他们在台下，我们之间隔着一组组镜头和咔嚓作响的闪光灯。我们貌似相视而笑，被要求摆出一副甜甜美美的样子。可是你知道吗，我也是一个普通人，并不会每时每刻都那么兴奋，也会沮丧，会伤心难过。但当我面对外界的时候，经纪人三番五次叮嘱我一定要咧着嘴笑。慢慢我发现，如果再这样下去，我的人生俨然就成了表演。我就要因假笑这个僵硬的动作，而患上神经失调的疾病。为此，可能是出于某种报复心，我决定不再为刚刚推出的新唱片做任何宣传。我想，他们如果真的喜欢我的歌，真的是我的铁杆歌迷，应该跟我是同一类人吧。难道他们愿意看到我像个提线木偶一样，被外界摆来摆去吗？

　　束荷除了不再做宣传，就连唱歌的表情、声线，竟也开始发生微妙变化。细心的歌迷会听出，她不再飙高音，不再充当像受了委屈，满脸愁容，如怨妇一般叫苦不迭的人设。她开始低吟浅唱，用最漫不经心的姿势，回到她刚出道前的那段岁月。

　　那时，她还是一个豆蔻少女。夜里，会突然醒来，心里觉得安静极了，坐起来，抱住自己的双腿，歪着脑袋，只轻声唱给自己听。歌声如同自言自语，把心事掏出来，慢慢咀嚼，慢慢消化。

　　如今，她的歌声有一股浓重的铁锈味。沙哑的嗓音，在使用只打开一半口腔的喉咙下，发出一句句低沉的呢喃。不知从何时起，她非常抗拒唱情歌。其实连她自己也不清楚，现在所唱的音乐类型，该如何归类。歌迷说它们是灵魂音乐，她根本不在乎。她不愿意被贴上任何标签，她不喜欢被框住。她仍旧一如既往，坐在高脚椅上，闭上眼睛，深情地唱歌。

2

单玮辰，大学教师。26 岁硕士毕业后，留在母校内蒙古大学，讲授现当代文学史这门课。

他很感性，又很孤僻，不像其他男教师在课下嘻嘻哈哈跟学生们打成一片。工作 3 年，同时留校的学生早已晋升副教授，自己却还是一名普普通通的讲师。或许这跟他不爱溜须拍领导的马屁有关。他是个不识时务的人，怡然自得，只是本分地教书育人。

他认为，职称与学识能力并非一定画等号。他见过太多滔滔不绝、口若悬河的所谓学者，用经不起推敲的话术，做着所谓传道授业的工作，实则误人子弟。但他从不拆穿他们，并非是顾及对方颜面，而是根本就不屑一顾。他对别人的世界，丝毫不关注。他喜欢独处，喜欢研究自己。

上课时，对待学生也不盛气凌人，不喜欢用高高在上的师者姿态，故作深沉。熟料，这样一个看似好欺负的老师，课堂上却总是爆满。很少见到有人趴在桌子上睡觉，与其他教师的课相比，旷课人数极少。深得学生爱戴，就连班上最不安分的小痞子，只要一上他的课，也表现出异常地老实。或许这一切，都源于他日常的言谈举止，潜移默化，传递给学生，让彼此都真诚相待。课上，玮辰用淡薄的口气，就某一位作家作品，进行别具一格的解读。上课即来，下课即走，讲课从不拖泥带水。行事风格干净利落，果真如他的名字"玮辰"一般，像玉一样洁白无暇，又如星辰，浩瀚无际。

还在攻读硕士研究生时，就有老师给他介绍对象，甚至连副校长也相中他踏实的性格，想把自己的闺女说给他。玮辰何尝不知，倘若真能喜结连理，单就仕途这一说，得省去多少奔命的周折。然而他就像是一块木疙瘩，对哪个女生都不动心思。是，她们才华横溢，家境殷实，况且长得又很漂亮，但他就是不来电。

玮辰自上大学伊始，便是一个灵气十足且低调的学生，虽然常常给人一种不食人间烟火的错觉。或许，这跟他文弱的长相有很大关系。

娃娃脸，瘦削高挑的身材，喜欢穿修身的牛仔裤。参加工作后，除非出席学校对外交流的正式会议，平日里几乎从不穿皮鞋与西装。上课时戴隐形眼镜，下课回家便换上一副大大的黑框眼镜。眼瞅着就要三十而立，依旧留着向前自然生长的发型。混迹在学生堆儿里，很难分辨出职业身份与实际年龄。宽大的手掌，细长的手指，握住粉笔书写时，在春日里透过午后变幻莫测的太阳光线下，黑板上落下簌簌粉笔末。

他就是这样，有不向外人道的心思。知道自己喜欢什么，讨厌什么，什么能够胜任，什么又是排斥的。他真的不愿再面对一个与自己如出一辙的女人，像照镜子般，以一个克隆体的身份，就这样度过只有一次的人生。

结果是，他婉言谢绝了副校长。父母对此表示不解，在电话的另一端掩饰不住愤怒：你知道自己多大了吗？如果再不找对象，别人会以为你生理、心理出了毛病！

谁也不知道，这个看上去一意孤行的大男孩，其实正在经历一场异地恋。他不喜欢张扬，对待感情，始终觉得那仅仅是两个人的事。

那年，玮辰坐了一天一宿的火车，大老远从呼市去南京看她。两个人再次团聚，喋喋不休唠了一晚。

中午，他拎着一大包食物从超市回来：果冻、去皮咸花生、涂有辣椒酱的脆香肠、蛋糕店里的蓝莓面包和巧克力甜甜圈、带有大果肉的酸奶。这些都是束荷爱吃的食物。在她写给玮辰的一封封信里，不厌其烦，提过一次又一次。玮辰把它们分门别类记在卡片上，连同她喜欢听的歌、喜欢读的书，都认真记下来。

玮辰，你回来啦！辛苦啦！束荷从电脑前站起来，回头说道。

他把钥匙挂在门口的衣架上，接着她的话说：辛苦啥！不辛苦。我看家里缺水少粮，小区还在停水，就给你留了张字条出去采购了。家附近还挺方便，在超市把该买的都买齐了，够咱俩吃上一阵子。

说完，顺手把拎着的两桶饮用水，连同压缩包装的大米和新鲜蔬果放在地上，又接着问：束荷，你啥时候醒的？出门前，看你还在沉沉睡着。咋样，睡得好吗？

我啊，刚起来。你看，脸还没洗。束荷跶着一双浅灰色的拖鞋，那是玮辰母亲手工编织的。下火车当晚，他便掏出来，迫不及待让她换上。

她接过玮辰手里那一大包零食，关掉电脑，拉开窗帘，房屋瞬间从黑夜恢复到白昼。她觉得刺眼，用手挡在眼前，过了好一会儿才缓慢挪开。房间里，循环播放着音乐。

束荷，你可真勤奋！醒来就打开电脑写歌词。玮辰坐在地板上，一边说，一边拆开食品包装递给她吃。

玮辰，你知道吗？我好喜欢拉上窗帘与世隔绝的感觉。写歌创作的时候，借着台灯微弱的光亮，或者干脆就不开灯，直接让显示器惨白的强光刺进我的双眼，耳边轰轰隆隆回响着硬盘转动的声音，那种错觉就像是天空飞行的夜航，机舱门紧闭，有空调呼呼作响的声音。有人在酣睡，有人塞着耳机看娱乐节目，有人在打着阅读灯读书。没有人知道你具体在想些什么，在一个封闭的环境里，完全沉溺。

束荷嗓子沙哑，嘴唇有些起皮，然而说得却津津有味。

对！那感觉还像是在一列夜行的火车上。熄了灯，在没有尽头的隧道中穿行。她上来兴致，说个不停。

玮辰，你听出这首曲子都用了哪些乐器吗？她问他。

玮辰侧棱着耳朵，煞费心思仔细辨识。

嗯……音乐中使用最频繁的是提琴、钢琴还有笛子，隐约中还能听到一丝丝拨弄琴弦的声音，不知道是古筝还是竖琴，用的应该都是古典乐器，所以听上去很有中国风的感觉。但它是首西洋乐吧？

满分！不愧是艺术学院毕业的高才生。束荷满意地冲着玮辰伸出大拇指。

这首曲子叫 lotus（《莲花》），神秘园 Earthsongs（《大地之歌》）专辑中的第 7 首歌。这阵子我特别偏爱。第一次听到它的时候，感觉自己仿佛置身在一个雾气缭绕的山谷，有一所茅屋，独自耕耘，又独自收获，真是清静极了。写歌时就一直循环播放，特别有灵感。

自从 2002 年秋天发行第 2 张唱片后，我便开始不再做任何宣传。那些八卦新闻说我其貌不扬，内心特别自卑。也遭人诋毁，说我一直渴望获得歌唱奖项，但屡唱屡败，已经心灰意冷，有退出歌坛的打算。甚至更有人胡编乱造，诽谤我嫌贫爱富，已被富豪包养。你说这些听上去多可笑。

的确很滑稽，大概这就是娱乐圈吧。你不必在意，让它们在时间中慢慢澄清。玮辰说。

除了不上电视娱乐节目，不接受电台访问，不再接拍广告代言，我好像一下子就停止了工作。其实我没有停下来，你知道，我一直在练习创作。

以前都是直接唱别人写好的歌，即使把自己融入其中，心里难免有一截落差。现在好了，试着自己创作，能够把心中想说的话借由音符和歌词还原，别提有多开心了。

更重要的是，唱自己的歌，还可以把郁结在心中的伤治愈。曾经内心深处被遮掩起来的病耻感，那些所谓的负面情绪得以宣泄。你感受着它们慢慢向外涌动，占据你，填满你。不管那是快乐还是悲伤，但就像在净化一样，在源源不断铲除心底里的淤泥。之后，整个人像焕然一新的新生儿似的，身体变得轻盈起来。看来，这就是音乐的魅力吧。倘若这个世界没有了音乐，真不知道会是什么样子。

束荷陶醉在自己的话语中，并不时反问：玮辰，你能明白我的意思吧？懂吧？

玮辰走上前，握住她的双手说：束荷，相信我，你的这些体会我都能感受到。只是看见你为创作耗费心神，我倒是很担心。你看你的手心，这么冰凉。

生活正如你在信中无数次对我描述的那样：黑白颠倒，回避人群，做一个在城市边缘的隐士。束荷，其实我还是希望你白天能像现在这样拉开窗帘，开窗换气，让阳光照进来，和其他人一样，过正常明亮的生活。散散步、逛逛街，锻炼、购物、与朋友相伴，让自己融入社会。

她一直听玮辰把话说完，双手被他紧攥的力气弄得微微颤抖。

玮辰，你还是不懂我。如果你真的懂，就不会觉得我现在的生活不正常。

说罢，叹出一口长气，将手从他手心抽出。

玮辰，你知道吗？那日我驱车到海边，广播中回荡着巴奈的那首《不要不要讨好》：

我不能用音乐来讨好你

我不能用音乐来抒解你的压力

你只能自己面对你自己

为什么张开眼睛只看得见爱情

为什么 Money Money 会这么有魅力

为什么不能追求梦中的天地

为什么到了这年纪还这样骗自己

我不要不要不要变得那么俗气

我不要不要不要按照别人说得规矩

我不要不要不要变成赚钱花钱的机器

我不要不要不要变得没有爱的能力

　　当时我就在想，包括娱乐圈，我能不能不去讨好任何人，包括你。我知道，两年来你一直关心我。只要我们彼此珍视，善待这份友谊，是否就已足够。这个世界有太多乌七八糟的幻觉，你是不是觉得我写歌出现了幻觉？其实我特别清醒。并非是我出现了幻觉，而是这个世界出现了一层又一层的幻觉。它们就像是诱人的罂粟花，有过于鲜红的花朵，然而却能戕害孱弱的灵魂。

　　束荷紧紧盯着玮辰的脸，神情异常激动地诉说。

　　玮辰不再纠正她，眼神里流露出一丝无奈。以前，玮辰曾在信中提过，带有强迫性的音乐创作，已经具有一种蚕食般的损坏力，它在折损你的心力。如今，当他目睹她在电脑前一坐就是七八个小时，把自己完完全全投入到创作中去，不知是喜还是忧。

玮辰与束荷相识的那一年，他 24 岁。

十一黄金周后，他向导师告假，因不久前一直投身于导师一部学术著作的资料收集，经常熬夜，过的是黑白颠倒的生活。他决定先休个假，来场旅行，好让自己活过来。他只身一人，前往山西五台山。

初秋的五台山已经有了沁人心脾的寒意。玮辰脖子上挎着一台单反相机，背着一个米黄色双肩包。这背包还是上大学前的暑假，姐姐最要好的朋友，莉莉姐送给他的大学礼物。

由于家境清贫，从小就懂事的他，不会随便开口向父母索要东西。虽然心里也曾羡慕同龄人所拥有的玩具和电子设备。破旧的随身听，机身烤漆已经剥落，呈现星星点点的地图状。磁带放进去，按下播放键，咯咯吱吱，运行缓慢，声音已然不在调上，但他依旧乐享其中。在无数个写完作业的深夜，把算术本、语文笔记、地理课本整齐有序地放进书包后，悄悄爬上自己的单人床，满天欢喜地塞上耳机听歌，直到自己在不知不觉中睡去。

那时，他是地理课代表。他一直认为，作为课代表，就得成为这门功课成绩最为优异的学生。他特别聪明，从不刻意为之，好像一切得来全不费工夫，并不像其他人那样死记硬背，慢慢对本来挺有趣的知识产生厌倦。他一直很喜欢地理、历史、生物这些科目，在这方面向来有天赋。

他就像一本活书，地理课上，低声提醒老师，刚才所说的数据有出入。老师并不会因自己当众被学生纠错觉得没面子而刁难他，反而表扬他一丝不苟的求学精神，鼓励大家要像单玮辰同学一样敢于挑战任何所谓的权威。后来他自己当老师，严谨谦逊的作风，或许就来自于他的高中地理老师。

后来，那位年长的老师没再出现。之后，又过去一堂课再一堂课，依旧不见踪影。直到某一天晚自习的铃声刚刚响过，班主任带着一名年轻女教师走进教室，宣布：从今往后，这位李老师便是大家的新地理老师。

他清晰地记得那个晚上，待做完最后一项作业，是预习《包身工》课文，当查完生字释义后，内心有一种难受的情绪涌上来，便将胳膊交叉在一起，使劲抱住自己。他把脸埋在臂膀里，趴在印有红色横格的笔记本上，默默地流泪。

他就是这样，把情感藏得很深，不轻易让外界察觉出他的喜怒哀乐。

从少年起，或者回溯到更小的童年，他便对人和事心存感念。地理老师对于他的偏爱，上大学前姐姐好友送给他的背包，无论是一件物，还是一份情，待人接物，都格外认真并赋予仪式感。

有时他会想：数年前，自己还是学生。而数年后，竟也能成为一名老师。时间真是不可思议。

他举起相机，欲拍下眼前的白塔。脑子里不时闪现一个 16 岁的少年，站在摆放地球仪的讲台前，准确无误说出太阳系几颗大行星的基础知识。少年闭上双眼，看见寂静无声的宇宙，黑暗中，星系悄然旋转。

玮辰凝视取景框中的白塔，脑海却回荡出地理课上的场景：气旋是逆时针旋转，气流上升。一般认为，岩浆漂浮在软流层之上……此时此刻，白塔的铃铛随风碰撞，发出叮叮当当清脆的声响。他的眼角泛着泪光。

你好！请问，能借你的镜头纸用一下吗？

突然，一个女人的问话声，打断了他的回忆。

逆光中，他被眼前这个女人闪烁的双眸深深吸引，并暗暗思忖：这姑娘的睫毛可真长啊！恍惚间，他竟觉得她不像是人世间的女子。

我不会是碰见天上的仙女了吧？……玮辰一边想，一边目不转睛盯着她看。

嗨！先生，能否借你的镜头纸用一下？……先生！

她见他没反应，连问了几声。

嗯……啊……行……中……玮辰支支吾吾，一时半会儿竟缓不过神来。

姑娘，你好生面熟啊！我们是否曾经见过面？玮辰怔了怔神，问道。

她并没有回答，只是一直在笑。玮辰试图在脑海中搜索出一些线索，猛然一惊：原来是她！

祁……祁束荷？

玮辰被自己想起的这个人名所惊住。眼前这个女人，正是她。当时他并不知道，那天在五台山所碰见的束荷，是为了逃离经纪人的心魔控制而出逃的。

她从歌唱比赛出道。或许是并没有长了一副大众眼中的漂亮脸蛋，歌红人不红，唱片也叫好不叫座。音乐电台及乐评人忽略她的音乐地位，很少向大众做介绍。两年或更长时间的发片周期，让她几乎被密集发片的偶像歌手所淹没。但总会有一些懂得甄别好音乐的耳朵，在某个地方，从年少起，便一路听着她的歌慢慢长大。玮辰就是其中一员。

4

远处塔院寺的大白塔，置身于叠嶂山峦间，显得格外突兀。

赭石色的寺院墙壁，因年岁久远，一些地方业已剥落。即便后来，刷上同样颜色的涂料进行遮挡，也能识破人工刻意修补的痕迹。细微的凹凸不平，如同青春痘的疤痕，虽过去多年，也能寻迹当时的模样。这是否就像屹立于三千多米高山上的白塔，看似是一座不会讲话的建筑物，却在岁月的洗礼中，经历风雨，具有了自己的历史。

玮辰，你从哪里来？束荷问。

内蒙古。他回道。

哦，一望无际的大草原。束荷说完，闭上眼睛，意味深长地吸了一口气，仿佛在用力嗅出草原的气息。

束荷，你去过内蒙古吗？他问。

没。没去过。但我见过草原。那年去新疆拍摄 MV，在天山脚下的高山草甸，我抱着一只小羊羔，把脸紧紧贴在它上面。背后，是一轮红色落日。连成一片的云朵，把天空染成了一幅无法描述的油画。我久久凝望那片火烧云，壮美的景色，让我终生难忘。迄今为止，能够看见那样的火烧云，还是生平第一次。后来虽然也在别的地方见到过落日，但都觉得缺少些什么。我想那或许就是物是人非吧。

束荷慢慢向玮辰讲述。他被她细腻的心思和敏锐的观察力所折服。俩人席地而坐，继续说话。

束荷，倘若日后有机会，你一定要去感受一下内蒙古的草原。没准你会惊讶地发现，在中国正北方的草原深处，或许在某次的日落中，还会再次遇见先前在天山所看到的景象，并且会更美。

嗯，玮辰，谢谢你的邀请。我想会有机会去的。

谢我什么啊，我还要谢谢你呢！没准日后你会成为宣传我们内蒙古草原文化的使者。

说起草原，很多人以为就是蒙古包啊、马啊、羊啊、牛啊什么的，其实草原文化可不是这些简单的符号。也不是蒙古服饰、蒙古歌曲、奶食品、酒就能代表了的。个别人借着草原文化走向世界的幌子，投机、片面地宣传，让外界对此有一种很狭隘地理解。束荷，你是个音乐人，感受力丰富，想必你一定懂我的意思吧。

束荷听他滔滔不绝说了这么多话，很是赞同，不住点头应声。玮辰，看来你的确是个好老师。嗯，我当然明白你的意思。我曾看到一期人物访问，被访者是个搞摇滚的，他就告诫未来想做摇滚的晚辈：你搞摇滚，不是让你抽烟、泡妞甚至嗑药，摇滚不是满足你虚荣心的工具。摇滚是一种 Attitude（态度），一种独立思考的精神，一种自己价值观的输出和表达。

玮辰并没有接着束荷的话说下去，心里却一直浮现出刚才她所描述的天山草原画面，深觉一些美好的事物只能按照自我的想象去保存，以此才完美。除了讲课，他在私底下并不是一个话多的人。他不喜欢夸夸其谈，觉得表演的成分太重。他不断提醒自己，要做一个真实的人，真诚的人。

还在读本科时，摄影老师对他讲：当摄影技巧到达一定境界后，你所拍摄的对象已经不再是你眼中所看到的那个客观实物，而是被捕捉对象所传达出来的一种波段，它们是形而上的。这个捕获的能力，尚需历练。届时你会在某个时刻，跟那些频率共振。你会完全地了悟。

当年听着老师那些深奥的话，还甚为困惑，但他牢记于心。此刻，他与束荷，与白塔，处于同一水平线上。风铃跟随吹来的山风相互碰撞，发出叮叮当当悦耳的响声。十一黄金周刚刚过去，这里的旅游热度尚未退去：塔院寺依旧被旅行团占据，游客们穿得花花绿绿。他们拿着相机，迫不及待，要留下一张标准游客照。这些举动，当然无可厚非。

时间慢慢推移。时隔数年，当他与束荷同坐在这方神圣的天地之间，面对眼前结实又有着历史感的白塔，听着周围游客的笑声，他竟突然顿悟出老师当年的那些话。于是赶忙端起相机，对着眼前的繁华，按动了快门。

5

自从相识后，束荷与玮辰便结伴同行，在这佛音缭绕的圣地游荡。多半时候，俩人的话并不多，一起走路、登山、观景、拍照、吃饭。有时，觉得在一起久了，便会心照不宣各自行动。太阳下山前，相约在某个小馆吃些清淡的食物。彼此都是需要独处的人。

那日，清风拂面，天空晴朗，稀疏的云彩点缀其上。两个人早早起床，一同攀登黛螺顶。

通往黛螺顶，要登1080级台阶。脚下，是陡峭的石阶山路。远处，可以看见熟悉的白塔。塔在登顶的视觉远近中，发生大小细微变化。仿佛是人的胸襟，要能屈能伸。

束荷，我们为了要目睹黛螺顶寺庙的美，便要先经受这腿脚的疲累之苦。你说我们所处在这个世间，是否为达成心愿，都要经历一些代价？

石阶一级接着一级往上升高，束荷的气息也开始变得急促。她对玮辰说：是，当然要付出代价。而且我越来越觉得人生其实就是在反反复复的痛苦与快乐中修行。

束荷蠕动着嘴唇，内心明显激动。围在脖子上的紫红色丝巾，被强劲的山风吹得翻飞。她拢了拢凌乱的头发，喝了口水，回头问玮辰：你快乐吗？

玮辰不假思索，脱口而出：快乐。

其实，快不快乐，要看我们对于生活持有的态度。很多时候，我们都不能由着性子去做这做那，那样会丧失作为一个人的规定性。

规定？

当玮辰说出这两个字，在束荷迟疑的同时，他自己也陷入了沉思。他问自己：为何会选择到这个佛教圣地休假？为何会感觉自己在收集资料的那些时日而心力交瘁，感到自己变得日益干瘪？

于是他纠正自己刚才的回答，重新说道：不完全快乐。

束荷听到这句话，又补充道：其实我只是想说，难道我们非要按照别人说的规矩度过只有一次的人生吗？

这句话像一把尖锐的刀子，瞬间扎向玮辰的心脏。此时，迎面又吹来一股逼仄的凉气，让这个苦读了若干年书的老实人竟不知所措。

难道我们非要按照别人说的规矩度过只有一次的人生吗？

6

两个人继续拾阶而上，慢慢适应这山路。步伐，呼吸，都已调整到舒适状态。每隔数米，便有休息的平台，上面有小凉亭，他们便坐下来小憩。

身旁，有手托木架子售卖小玩意的妇人。她们大都是当地人，旅游旺季，靠些自制的佛珠、手链，让高僧开光后，随时随地兜售。但她看上去却与山下的小商贩不太一样。老妇人脸上有被烈日暴晒后的高原红，头上裹着一块红方巾，耳后掉出一绺白发，山风吹着她。眼神明亮又躲闪，面无表情的脸却写满了故事，看不到矫饰的成分。在面对穿着花哨，前来询价的时尚游客时，竟会露出些许羞赧的神色。

玮辰知道，她与那些招摇撞骗，靠纪念品牟取暴利的商贩不同。正如他知道，束荷与其他靠演艺谋取名声与赚钱的歌手是一样的不同。

要至黛螺顶，必登大智路。大智路由青石辅成，全程共计 1080 个台阶。登顶之后，就可看到黛螺顶的牌楼、石狮和山门了。

上面这段话，登在一个旅游网站，束荷很久前就看到，一直印在脑海。此次她逃离经纪人的控制，更对这条大智路充满无限期许。此刻，她与这个来自正北方的男子，真切踏着它们，一级一级，虔诚地攀登，已经开启了遗忘烦恼的那扇门。

这一路，有被凉风从山脚下吹来的《大悲咒》余音绕梁，与玮辰的攀谈，更像是在交换一个个哲学观点。内心虽尚存疑虑，但一些迷雾已经在对谈中渐渐拨开。束荷宽慰自己：假使日后再遇难题，一定要记住在五台山的这段日子，要试着从容面对，处变不惊。想罢，便又用余光看了一眼身旁的玮辰。

曾几时何，身边的人来了又去，多少人承诺要做你倾诉时的一口容器。然而好光景并不会长久，当年的诺言早就随风而逝，丝毫没有可寻觅的踪迹，只留下岁月里那一想起来的心疼。

7

傍晚，俩人坐在旅馆后面的一块空地，身后是慢慢沉入夜色的深邃大山。极目远眺，能够望见白天登上黛螺顶寺庙里的灯火。玮辰想，顶上的僧人是否在做着一天中最后的功课，之后就要歇息。天空终于星辰密布，整个五台山也从白天的各种声响中彻底安静下来。

安安静静，才是这方圣土应该有的样貌。即使在白天，它也不需要拥有像世间别处那些千篇一律的喧哗。它有自己的风景，虽是浮世绘造就的一方土地，但却因屹立于静默的山谷间，更在佛法的加持下，充满强烈的能量场。

耳边只有忽远忽近的《大悲咒》声声断断。不知这曲让人心旷神怡又顿生悲悯之心的佛乐，果真是从某处寺庙随风飘来，还是因终日听着这佛音，脑中出现了若隐若现的幻觉。

即便是幻觉，也是好的。如同登上黛螺顶，朝拜五方文殊，在它们面前感受到自己的卑微。玮辰不是佛教徒，却在神佛面前得到深度的宁静。当他嗅到佛香，当他跪拜的一刹那，他的眼泪不由自主地流下来。

果真，登上 1080 阶的大智路，仿佛烦恼顿消。他哪里不知，真正的烦恼顿消，并非是借由这些青石山路，而是在攀登途中，在劳其筋骨、饿其体肤的过程当中，在与束荷的聊天里，让那些想不明白的困顿，逐一释怀。

玮辰还记得下山途中，陆续有善男信女前来攀登。印象深刻的是一个来自青海的妇人，磕长头，一级一级，跪至黛螺顶。她双手合十，每到一处，便紧扣手掌，俯身磕头，顶礼膜拜的虔诚之心，让玮辰动容。

心生敬意时，他想：或许每个人在心里都应该拥有一件值得顶礼膜拜的圣物。那件物品，那个信条，那份心念，能够成为困苦时挺过来的法宝。无论是有形的物件，还是无形的精神信仰，甚至是一首再普通不过的流行歌曲，一位你认为值得追随的明星。我们不过是在努力寻找让自己好好活下去的一个个路径。

玮辰收回思绪，发现自己的嘴角竟不由自主上扬，被风吹散头发的束荷安静坐在一旁，他觉得内心无比丰盈。

　　不远处的一方空地，一群十七八岁的韩国少年，点燃一小蔟篝火，手挽着手，欢快地唱起歌谣。束荷虽然听不懂歌词，却在舒坦的音乐声中，轻轻微笑。她试图想象他们的每一张脸，脸上的笑容，被火光映照着闪烁的眼仁。她揣度那里的每一个少年，到底要经历多少事，才能如现在这般坚强、乐观。想着想着，眼睛湿了。

8

　　小时候，放学回家的路上，沿着铁轨一路唱歌。一分钟，两分钟，三分钟。一小时，两小时，三小时。温暖的阳光照在后背，像一双厚实的大手抚摸着她。大人们去学校开家长会，她一个人背对着太阳，背对着家的方向，唱了 3 个小时的歌。她知道，一直沿铁轨走下去，就能看见大海。

　　轨道两旁，是随风浮动的蒲公英。每隔数米，便有一株一株的向日葵。那些向阳的植物，托着它们的大脸盘，一直冲她微笑。小束荷看着它们，忘记了糟糕的考试成绩，也不再忐忑妈妈回家是否会打她。

　　她的数学一直不好，无论如何用功，进步也是微乎其微。慢慢地，她上课开始紧张，经常面对老师的提问，而呆呆地晾在座位旁。心跳加速，手心出汗，同学们笑话她。她恨自己太笨，便僵硬地背着双手，用指甲使劲掐自己的掌心。

　　她就这样，不知不觉，沿路一直走下去。身边不时开来呼啸的列车，她就冲它们挥手。她唱了一路。从小就喜欢听见自己的声音，觉得声音同样可以像阳光一样温暖。那时她就想过，有朝一日，是否可以像现在这样，无拘无束地唱歌。唱给许多人听，唱给需要的人听，唱给懂的人听。她在心里模拟未来根本就不可能出现的场景：站在只有一束追光的舞台上，闭上眼睛，轻轻歌唱。

家乡是南方的海边小县城。3个小时后，她终于看见了一望无际的大海。

她脱掉鞋子，挽起裤脚，光着脚丫在沙滩尽情奔跑。海风吹起了她的长头发。

跑累了，就地坐下来，抱住自己的双腿，凝望大海。她知道，大海盛载着太多人的心事和秘密。它是一口容器，里面藏着倾诉人的话语和泪水。它倾听过无数件心事，一年、两年，一百年、一千年，但对此一直守口如瓶。

时间以太极的浑圆向前滚动。

9

回到家，已经是深夜。

母亲气急败坏地对她大吼大叫：祁束荷，你个兔崽子，你死哪儿去了？！

看看你的数学成绩，只考了个9分！你是傻子吗？！

她攥着褶皱的试卷，觉得还不够出气，上来照着束荷的脸就是一记耳光。厚茧丛生的一只粗手，打在她鲜嫩的脸蛋上，留下一个大红掌印。

还有，你咋能在外面玩到这么晚！你个杂货！

挨了一巴掌的束荷并没有哭。但她心里疼，她害怕。她不觉得母亲打她有什么不妥，成绩摆在这，确实低得离谱。她不哭，或许已经习以为常。她感到右脸上来一阵阵火辣滚烫的疼痛，像是一盆长满了硬刺的仙人球，猛然砸过来。出生时，她就不知道自己的亲生父亲是谁，在哪儿。她跟着母亲祁舒过活。

祁舒当年是小县城出了名的女人，俱乐部里的交际花。数次被男人搞大了肚子，然后打掉胎儿，继续在那花花绿绿的世界纸醉金迷，直至美丽的脸蛋，被一个她勾引有妇之夫的女人泼了硫酸。

束荷曾无数次脑补过那个被泼硫酸的画面。她试着去感同身受她的剧痛、屈辱。她知道越来越不堪的母亲无非是在苟活。不知是否这份恻隐心和从小具备的善良灵魂，让她对祁舒的打骂习以为常。她只想弄清楚一个问题，自己的父亲是谁。有时她甚至幻想，自己是无性繁殖的后代。没有父亲，没有母亲。她讨厌人群。

于是自小大海便是她最好的朋友。她在海边唱歌，她在轨道旁唱歌。后来，她在省城歌唱比赛的舞台上唱歌。

她坐了一天的火车，去往陌生的城市，站在华丽的舞台，闭上眼睛唱歌。

果然，只有一束追光打在她身上。两条麻花辫，绕过耳后摆在胸前。音乐响起，她把双手扶在大腿上，微微扬起头，闭上双眼。

　　天上的星星，为何像人群一般的拥挤呢？
　　地上的人们，为何又像星星一样的疏远？

　　她选了一首齐豫的《答案》。

她用自己极具穿透力的声音唱着，让上一曲还沉浸在说唱选手的评委们瞠目结舌。除了她唱歌的声音，聚焦的舞台，兴许连掉一根针都能打破这份美妙。

　　她反复唱着这几句歌词，中间穿插着变化莫测的变调。忽而高亢嘹亮，忽而低沉沙哑，用完全自悟的歌唱技巧，处理声音的诸多变化。有一段咿咿呀呀的童音，像是梦呓，持久回旋，令在场所有人听得鸡皮疙瘩泛起。

　　她获得了全省歌唱比赛第一名的骄人成绩。

10

　　母亲仿佛是一艘坠入深海却被遗忘数年后重新打捞上岸的沉船。女儿在歌唱比赛脱颖而出，让这艘旧船再度运转起来。她幻想，马上就要成为星妈，自己当年对于舞台的梦想，终于可以借由女儿来实现。她要让束荷变成她的摇钱树。她甚至认为，女儿能够胜出，完全是遗传了她的音乐细胞，加之如果没有拳打脚踢的严厉教育，哪会有出头之日。

　　祁舒哪会知道，不只是数学只考了 9 分的那个午后，其实有很多个逃课的白天，她都一个人去往大海的方向，独自一人，在海边大声唱歌。唱到筋疲力尽，唱到心里不再难受。当太阳西沉，又像什么都没发生一样，径直跑回家。

　　祁舒更不会知道，每当她做值日生的晚上，当同学们走光，她把大家的椅子倒扣在书桌上，便在空旷的教室唱起歌来。声音回荡在教室的四方墙壁，她沉醉在格外好听的声音里，久久出不来。直到后来，她在课间 10 分钟自己的座位上，不经意间哼唱起歌曲，身边的同学安静地围过来。慢慢地，她开始勇敢地坐到桌子上，两条腿自然下垂，一边唱，一边把麻花辫摆在胸前，盯着房顶的荧光灯唱。唱到激动时，便轻轻闭上双眼，无所顾忌。

祁舒动用了束荷获胜的全部奖金，给自己做了整容手术。

虽已年近半百，但她风韵犹存。纤细的腰肢衬托出匀称的身段。除了右脸一片乌黑，上面布满坑坑洼洼，从另一侧看过去，依旧有清晰动人的轮廓。尖尖的下巴，轻薄的小红唇，明眸善睐，几乎所有优势的长相都一一遗传给束荷。年轻时，她定是一个绝美佳人，不然也不会招惹风流男子的垂涎，以至于因太过美丽，而遭到同类的嫉妒，最终在大好时光里，走向毁灭。

祁舒如同花期短暂的花朵，只能开一开便谢。迫于生计，这个曾活跃于风月场所的女人，只能租下一个小店铺，靠她母亲传授的手艺，开一家裁缝店。终日赶工，让她往昔光彩夺目的双眼失去神采，除了明显的青乌眼袋，眼角周围也爬满了鱼尾纹。精神抑郁，随时会因一点点小事而情绪崩溃。

如今，她终于等来了再次绽放的自己。这一等，就是 16 年。

她清楚地记得那些最黑暗的夜晚，一个人叫苦不迭，无法面对镜子里那个丑陋不堪的魔鬼。她想哭，却不能哭，因为伤口会像撒了盐一样疼。挺着日渐隆起的大肚子，在骄阳似火的 7 月，在乡下简陋的阁楼，忍着临盆的剧痛，自己把束荷生出来。坐月子期间，没有任何亲朋好友地探望与照料。即便有因怜悯而端来稀粥的邻居，也是投以异样眼神。

她把这些劫难、这些屈辱，一个一个都深深记在心底。她无处释放，便统统发泄到身边的小束荷身上。

11

束荷在乡下念小学。全身上下，没有一件是新衣。就连鞋子，也是祁舒趁夜色无人，在有钱人家门前的垃圾堆里翻出来，回家后刷洗干净，连同一并捡来的碎布，将它们拼凑成一个个布袋子。那就是她的衣服，她的鞋子，她所谓的书包。

她的理科成绩一直不好，仿佛从生下来就不具备逻辑思维。小学简单的数学应用题也让她迷惑不解。经常看着老师写在黑板上的粉笔字，读着有关卡车拉送水果的应用题却浮想联翩。以至于后来长大，成为歌手，有足够的实力出入高档餐厅，她还是对水果有无限迷恋。这份古怪的恋物癖，原来跟一个人的童年有很大关系。

有一天，她依旧沉湎于数学试题关于水果的描述，老师用教鞭猛敲黑板的响声，把它从幻觉中拉回到现实。眼前，依旧是拗口的题目叙述。结果，依旧是大伤脑筋后的无解。数学老师看不上她，经常因答不出问题而嘲讽她。她听到这些尖酸刻薄的人身攻击，也不为自己争辩。如同对待凶神恶煞的母亲，即便打骂她成为家常便饭，依旧木讷地杵在那。

久而久之，她喜欢独处。其实她一点也不觉得自己可怜，更不会觉得自己孤单。难捱的白天终于过去，夜晚来临，她待在自己的房间，塞上耳机，按下随身听，听着一首又一首的歌。睡前，言简意赅记下这一天发生的所有事情。于是关上台灯沉沉睡去。

一天又一天，一年又一年。

她喜欢听儿歌，觉得歌词简单，旋律也好听。其实是因祁舒从来没哼唱过儿歌哄她睡觉。她最喜欢上语文课，但并不会主动举手发言。话说多的时候，反倒觉得自己不真实，活像个膨胀的气球，随时会砰的一声爆掉。迟钝的口头表达，以至于后来做歌手，当面对媒体访问，经常断片，一时间不知道说什么好。

歌唱比赛后，她萌生不再上学的念头。祁舒倒也无所谓，正好省去一笔学费。有一天，她跟她说：妈，我要去上海。我要去酒吧唱歌。

于是她出现在上海的酒吧，流连一场又一场的演唱。有时是人声鼎沸的三流夜总会，有时是环境高雅的俱乐部。听她唱歌的听众，有上到50岁的外企高管，也有下到8岁的孩子。有嘻嘻瑟瑟的小痞子，也有举止得体的绅士。有男人，有女人。

文字、音乐，这是她深深挚爱的两件宝贝。它们是她的玩伴，她的朋友，她活下去的奔头。相比较而言，她更喜欢音乐，因为它更直截了当。文字就好像隔靴搔痒，很难让多数人统一感知，集体性感同身受。她认为，旋律和歌词，歌词要显得更重要。其实她很矛盾，难道不是吗。音乐本身源于音符，歌词则属于文字范畴，她怎么能说喜欢歌词胜于音乐呢？

12

凡是在歌唱比赛中获胜的选手，都有机会签约唱片公司。

束荷除了夜晚在酒吧唱歌，白天便带着自己的音乐小样，辗转于各个唱片公司。是金子，终究会发光发亮。她的才华，被知名制作人赏识，并给她指定了一名经纪人，全权打理她的发片和商业演出。

1年后，她的首张个人专辑发行。

唱片封面，是一口硕大的红唇，用油画棒涂抹在黑卡纸上。画中，一个在海边奔跑的少女，穿着一件象牙白的连衣裙。一只脚因正在奔跑而腾空于地，飞扬的短发瞬间定格。除此之外，密密麻麻的星光闪烁，一弯柠檬黄的月牙，绿色小滑梯，蓝色跷跷板，红色信箱。唯独那口红唇，在饱和的色彩下，衬托得更加显眼。

这幅画，作于那天数学只考了9分的深夜。祁舒狠狠扇了她一个耳光后，她借着月光，画下了上面所描述的一切。

13

束荷从长久的回忆里抽身。此时此刻，是佛音漫山的五台山。

除了有名的塔院寺，他们还去了一个不知名的小庙。粗壮高大的古老劲松，窜天挺拔的白杨树，缺头断臂的石佛……眼前出现的景致令人莫名地感动。

玮辰，你是佛教徒吗？

不，我不是。

但我怎么感觉你是。

是吗？可能跟小时候的经历有关吧。

他说，二年级搬家后，楼下住着一个刚刚丧偶的老太太。她早晚在家各念两次经，跟着唱佛机，一起念叨。起初，我还会哭，妈妈便下楼找她理论。

我躲在母亲身后，看到那个白发苍苍的老太太把整个一间屋子布置成佛堂：铺着红地毯，神龛里供奉着观音，旁边有两只蜡烛状的长灯泡，发出幽暗的红光。桌上摆满贡品，苹果、香蕉、梨还有糕点，它们看上去鲜艳亮泽，我不知道那是实物还是塑料模型。窗帘拉得严严实实，是两块绿藻般的绒布帘子。

置身在散发出阴郁气息的房间，心里有些害怕，胳膊上开始起满鸡皮疙瘩。又闻到香炉里的檀香，呛得鼻子难受。我拽着妈妈的衣襟，让她带我赶紧离开。

事隔多年，连我自己也始料未及，竟会站在五台山这方圣地，内心当然不再有对于佛教的惊恐，甚至还能感受到一种无法言说的踏实。

现在回想，其实当年我还并不知晓，那时我所看到的幽暗佛堂，充其量只看见了外观很肤浅的摆设。加之还是个年少不更事的孩子，心里哪懂什么慈悲，完全无法体会到那些寄托给予的心灵慰藉。

玮辰说完这些话，叹出一口长气，好像此时此刻，他终于懂了。

是，多年以后，我们历经世事变故，内心虽有裂痕，却愈发强壮。对待困难虽有恐惧，却能够自我宽慰，为自己创造出一个又一个信念。无形存在的精神支柱，支撑着我们的身体。我们渴望生活顺遂，内心安定。今日你我置身此处，因远离世俗喧嚣，更觉内心有无限平静，仿佛烦恼忧愁也不复存在，其实它们一直都在。

玮辰，与其他男子相比，你是寡言的人，这一点让我很有安全感。一直觉得男人都长了同一副嘴脸：言语不堪，行为粗暴。遇见同类，多半以咄咄逼人的气势压倒对方。对待异性，跟一只开了屏的孔雀一样，使劲展现自己所谓的优势，其实并没有什么真正有趣的东西。当然，也是拜一些别有用心的女人所赐。那些我不说你肯定也能明白。男人的那种己所欲施于人的态度，让我百般反感。进入歌坛后，很多时候我都身不由己，但也只能装出一副欣然接受无所畏惧的样子。因为我得靠唱歌生活下去，更何况我是那么喜欢唱歌，格外珍惜唱歌本身这件事。我怎么会不知道，面对一些人和事，我在戴着面具。

谢谢你！束荷。能够相信我，对我坦白这些心里话。其实我们每个人，要想很安全地度过这一生，肯定得要戴上形形色色的面具示人，只是这面具的尺寸、要戴多久、戴给谁看，还需我们自己来调试。我想面对善良的人，你肯定会尽可能多地暴露自己很本真的那一面吧。

束荷摇头，说：过于真实地暴露只会为自己招惹是非。因为善，有时会被人利用，反而将自己一步步推进黑暗深渊。想要再次爬上光明之顶，便要使尽浑身解数，由此一来，心可能就会慢慢变得不再单纯。

束荷把话说到一半，便闭口不言。此刻，她心里矛盾丛生，知道自己面对一些事情时的无能为力。她的母亲，自己的歌唱生涯，与经纪人涉及的利益关系，还有一些拉扯不明的情感。

可谁又知道，外表给人文弱书生气的玮辰，内心也是几经挣扎，更为之付出过惨痛代价。

第二章

新事旧事

1

玮辰放下手中的书，又翻开一本《西方哲学简史》，觉得这个世界无所谓对错。甚至在读到那些已经逝去先哲们的思想时，也不认为人生有什么高尚与低贱之分。满腹经纶的老学究，辛勤打扫卫生的保洁阿姨，都是在用自己的劳动讨生活。捧在手里的书，座位上温暖的体温，图书馆里来来去去的同学，与自己眼前相对的窗外风景……所有当下的发生，切换一下动态与静止，事物所呈现出来的效果便明显不同。

想了一会儿，他开始认为任何决定与选择都无关紧要。尤其想到自己那年置身北京，看到大街上黑黢黢如蚂蚁般一团又一团的人潮，那种个体一直漂泊不定、无依无靠、被淹没的卑微感格外强烈，觉得自己特别渺小。那些曾经反复权衡利弊、始终犹豫不决的纠结，那些心猿意马、好高骛远的心思，仿佛都在人潮汹涌的裹挟下，在始终轰隆隆作响的这部社会大机器中，一一吞噬。

没有意义，或许就是最大的意义。

曾经有很长一段时间，玮辰困惑于自己对于未来的选择。他觉得身体里住着两个自己：一个渴望赚大钱发大财，一个又希望过隐居的田园生活。他矛盾极了。当然，之所以这段选择令他头疼，是因为这背后的经历太沉重了，代价太大。

那年暑假深夜，父亲一边抽着烟，一边语重心长地对他讲：

儿子，做人不能站着这山望那山，到头来，只能低不成高不就。人活一辈子，有个安稳的工作，然后再去做点自己喜欢的事，也就算圆满了。至于别人住大房子、开豪车、赚大钱，那都是他们自个的事。做人不能贪心。咱们家生活虽然差强人意，可爸爸觉得问心无愧，活得心安理得。别人的生活，终究是别人的，咱们根本就用不着羡慕。

　　父亲说完这些话的第二年，他攥着硕士研究生的录取通知书，又回到老家。此时他想起一年前的炎夏，那个像困兽一般无计可施的囚徒，心中的不安与焦虑真是不堪回首。

2

　　深夜，心悸，玮辰突然醒过来，胸口一直压着的那块大石头好像更重了。他的目的地是北方边陲干净的小城。他在那里出生，学会走路，学会生病时借着疼痛的理由向父母撒娇索要礼物。他在那里接受教育，从小学、初中到高中，然后考上大学，去往呼市继续读书。

　　哐哐当当的火车，驶向他年少时只知道用来读书和学习的故乡。那是格外简单的 18 年岁月，他在几乎没有什么朋友的环境中长大。许是近乡情怯，在重复的机械声中，置身于光线若明若暗的车厢，产生了蒙太奇般的幻觉。他像一个剪辑师，剪辑着十多年来明媚又忧伤的片段，试图拼凑成一个完整的童年。最终，他还是放弃了。

　　深夜 4 点，乘务员开始换票。他早早洗漱完毕，坐在靠窗的边座，撩起窗帘，盯着东方泛白的天空出神。火车一路东行，他的头跟随列车的颠簸，惯性地晃动。天色已亮，时间即将来到一天中最冷的临界点。

太阳正酝酿着一场声势浩大的盛会，等待不久后与万事万物的相聚。玮辰想象着光辉洒满大地的场景，万物从沉睡中苏醒，阳光普照，他的心激动得松一阵紧一阵。

　　经过一天一宿的长途跋涉，神经一直紧绷的玮辰也终于开始慢慢松动。此前的 26 个小时，他几乎始终躺在卧铺上，闭上眼，胡思乱想着始终没有结论的事。闷热的夏季车厢，大颗大颗的汗珠不由自主从头发里渗出来，顺着额头和脸颊，黏在枕巾上，留下一大片汗渍。他在睡梦中微张着小嘴，脸上挂着无所谓的表情，其实内心忐忑不安。

　　还好，火车就要进站。就要到家了。

　　下火车，冷不丁打了一个寒战，他开始左顾右盼，在人群中搜寻那个熟悉的身影。

　　一个长相格外年轻的中年男子，混杂在浩浩荡荡的接站人群中，使劲向他挥手。玮辰一路小跑过去，男子的身影也渐渐清晰。他肤色黝黑，鼻梁挺拔，薄嘴唇，身材适中，1 米 7 的个头。男人把相貌所有长得好看的部分全都遗传给了他。他有些趔趄地走向玮辰，张开双手，卸下儿子肩上的包，挎在自己身上。

　　玮辰依旧用儿时一样的清脆声音，喊了声：爸！

3

　　他扑倒在炕上，根本没有心情脱掉脚上的皮鞋，双臂垫在胸前，用长满茧子的双手捂住整张脸，试图不让自己哭出声来。他的身体一直在抽动，最终，号啕大哭。

这是玮辰第一次见到父亲哭，他心里感觉大事不妙。他想问，爸，你咋了？或者安慰他：爸，别哭了。但是他既没问，也没有安慰。

他就默默看着趴在炕上呜呜哭泣的男人，两只穿在脚上的皮鞋，勾在一起来回摩擦，可能是心情太难受了吧。小玮辰就这样看着他，不由自主也跟着一起哭。

他用颤抖的声音向他宣布：你姐死了。

这不是他第一次听见有人死这回事。

还是在上学前班那年，他站在充满说不出究竟味道的殡仪馆追悼会礼堂，小小个子的他，透过大人双腿的间隙，看见大舅的遗像挂在大厅中央。相框上搭着一条折叠的黑布，旁边有两朵硕大的白纸花，四周围满花圈，写着他还认不全的名字。小玮辰并不知道，那些做工逼真的假花，最终全部都是用来烧的。正如曾经那具充满温度的魁伟身躯，如今却躺在冰冷的棺材里，之后等待某个时间的来临，一把推进熔炉。

而这一次，他看见眼前这个顶天立地的男子汉，放下不轻易示弱的颜面，躲在炕上号啕大哭，内心感到无能为力。他特别想帮他一把，可不知道该怎么做。就如 7 岁那年，在大舅的追悼会上，耳边回荡着低沉悲伤的哀乐，他看见女人们哭得稀里哗啦的脸，瞅瞅旁边的妈妈，自己也跟着流下眼泪。

她是父亲的外甥女。18 岁，刚刚考上大学不到一个学期，一天早上，醒来后突然头疼难忍，随后呕吐不止。被送往医院的当天下午，双目即已失明。

表姐患的是一种罕见脑癌，当时全国记录在案的只有 11 例。癌细胞肆无忌惮在脑中分裂，向身体快速扩散。失明，是癌细胞压迫视神经所致。转院到北京天坛医院，找了最好的脑外科专家会诊，医生挥着手，让家里人做好最坏的心理准备。

她是父亲最为宠爱的外甥女，他甚至把她当成是自己的孩子。

　　还是小伙子时期的父亲便开始照顾这个刚出生不久的女孩。她轻轻唤他舅舅，他欣喜若狂，就像是冬天穿了新缝的棉猴一样高兴。她特别争强好胜，亦如骨子里的他，完全印证了娘大舅亲这句话。她是学霸，全市的三好学生，是奥林匹克数学、物理、生物竞赛的获胜者，也是征文比赛的小作家。大家都深以为被北大录取那是指日可待的事，然而扩散的癌细胞在高考那3天扰乱了她的正常发挥。最终，她只考取到一所省立大学。

　　小时候，他把她抱在怀里，甚至架在脖子上，逗乐、做游戏、拍照片。她笑得灿若桃花，而他笑得更像是一个大男孩。多年以后，他肩上扛着自己的小儿子，怀里抱着掌上明珠，脸上绽开的笑容，跟当年无异甚至更多。他疼爱孩子，胜过爱他自己。好像孩子就是他活下去的命。

4

　　父子俩肩并肩走着，儿子明显高出父亲一头。

　　家所在的小区距离车站并不远，步行十多分钟。小城生活节奏缓慢，城市气息并不浓厚，在一些区域还保留着乡土味道。人群构成复杂，有交界城市明显的地缘文化特征。南方来的小商贩开着包子铺、美容店，也有做服装生意的小两口。夏季更有从西南省份挑着担子兜售茶叶的小姑娘。小城本土市民，则格外安于现状，每天上班、下班，颇有老婆孩子热炕头之意。

　　以上，组成了玮辰成长的客观环境，并潜移默化塑造了他的性格。

年少时，对于大人的要求并非完全认同，把困惑之事悄悄记在心里。貌似顺从长者意志，实则悄无声息一直独立思考。

他的朋友不多，玩伴更是屈指可数，从不会像其他男孩那样挤到乌烟瘴气的游戏厅打游戏。老师、邻居、父母的同事一并夸他仁义。虽然他看上去确实像个文弱的书生，内心却特别讨厌"仁义"二字。没有叛逆过的青春期，让他一直觉得生命并不完整。他说，我不喜欢这里，我要走出去。

真正离开小城，是他考上大学。坐上一辆西行的列车，抵达充满陌生感的另外一座城市。如今他放假回乡，有人热切期盼，也有人没有感觉。有些画面一直未曾改变，父亲在站台接送儿子。有些变化，譬如说父亲日渐佝偻、老去的身体，却随时间之流已经感受到其残酷。

衰老与茁壮，是同一根划着的火柴。火光燃得越大，灰烬也掉得越多。由坚硬到柔软，再由柔软到灰飞烟灭，是一个此消彼长的自然过程，任凭谁都逃脱不掉。仿佛一方的成长，就要以吸噬另一方的能量为代价。这让人不禁想起小时候看过的动画片，雌螳螂为了生育下一代，会吃掉雄螳螂。

生命不息，或许就是这样，伟大中蕴藏着残酷。而给予生命以及使之蜕变的父体和母体，却不带有丝毫抱怨。

转眼，人就老了，孩儿就大了。这是他常挂在嘴边的话。

父亲的原生家庭从小生活就很困难，老妈妈带着五个孩子艰难度日。学识渊博的老父亲在"文革"中被揪斗，不堪凌辱而死。小小的父亲跟随两个兄弟，在一块向阳的坡上堆了一个空坟头。后来，山上被村民种满了酸枣树，老人家的在天之灵也得以告慰。

父亲排行老四，他是家中出生的第二个儿子，于是奶奶喜欢唤他小二。上面有两个姐姐、一个哥哥，下面有一个弟弟。玮辰翻看奶奶家的老照片。他儿时的相片不多，有一张是他戴着一顶小兔子帽，身上穿着奶奶亲手缝制的棉猴，神情诧异。再翻看几张，几乎全是那一直竖立的小平头，眉宇间散发出一股英气。果真，这眉毛和眼神预示了他后来暴跳如雷的个性。

他怀才不遇，不被单位领导重用。同时因工作能力出众，遭受同僚的嫉妒与排挤。为人刚正不阿，深受手下称赞。业务娴熟，常常让领导左右为难：提拔他，会显示不出自己的能力。打压他，确实这摊子工作又非他莫属。在这进退两难中，他常常身不由己。起先玮辰并不理解他，觉得都是情商不高惹的祸。后来他自己参加工作，才切身体会到造成尴尬局面的原因的确很复杂。

他所担当的最高职务是业务主任。多年以后，他同届的中专同学几乎人人都已官升高位，他却还在主任的职位上兢兢业业。在玮辰尚小的时候，他便对他讲：做人来不得半点歪门邪道。小儿子把这句话牢记于心。

5

深夜 4 点 45 分，早起的人们已经开始上山晨练。他们家住在火车站附近的一所小区。一架铁路桥，将此区域分为铁南与铁北。最南头，有一座没有具体名字的高山，玮辰索性便跟着大家伙一起叫它南山。

走！爸带你俩爬南山去！这几乎是每个星期天，玮辰和姐姐最常听到的话。

那时，还没实行双休日，大人们都是铁饭碗，拼了命地上班。即便勤勤恳恳地工作，薪水还是少得可怜。一根雪糕几分钱，一瓶汽水几毛钱。虽然看似并不贵，但放在那时的物价水平，加之同时要抚养两个孩子，对于工薪阶层的父母来说，也是举步维艰。

日子虽然过得紧巴巴，父母却不吝惜为自己的孩子花钱。月初开支，父亲从单位的同事或好友处借来钱，加上自己的工资，买些米面油，再买些奶粉、水果和零食什么的。之后下月再开支，从新开的工资中，拿出一部分钱还给上月借钱的人家，之后再向别人借。

就这样，一月轮换一月，一个好友轮换一个好友，小儿子喝着奶粉渐渐长成大儿子。

母亲在离家较远的市区上班。骑着笨重的永久牌二八自行车，奔波于单位与家之间。中午一般不回来，周日也无休。包括洗衣服做饭的家务活，抱着缺钙的小儿子到户外晒太阳，带着闺女静菁和玮辰姐弟俩爬南山……可谓生活中所有里里外外的琐事，全都落在父亲一个人身上。

孩子是父母的心肝宝贝。这句话虽然简单至极，却很少有人能够静下心来细细品味。回想长大的日日夜夜，任何人都有着被视为珍宝的阶段。即便你出生在单亲家庭，遭受过父母离异，甚至被他们抛弃寄人篱下，然而站在时间的某一个点上，你肯定有过幸福时刻。

烧饼店，开始点火烧起炉灶。父亲买了4个刚刚打出来的吊炉烧饼，玮辰捧在手心，内心觉得欢喜。儿子看着被挖掘机翻开的路面，一片狼藉。整条从东到西的街道，因要修建环城路，必须打通。所有阻碍的建筑，统统要拆除，统统要推倒，无论新旧。

终于到家。跟母亲深深地拥抱。吃完烧饼，站在100瓦灯泡的卫生间里，惨白的光亮晃得他刺眼，一不小心，把尿滴在裤衩上，顺势又溅到腿上。他觉得自己从小就行动缓慢，小脑不像常人发达，虽没做过正规检查，但他一直认为自己缺乏平衡感。

2000 年、2005 年，这两年对他而言很重要。它们是他的人生十字路口，一些重大的人生路径在此出现。他相信，生命里似乎有种不可言说的潜在力量，在悄然为他的人生航向操舵。他经常感到莫名其妙的紧张、焦虑与不安。于是他通过记日记来疏解这份心情：

> 2000 年，我站在时间的哪一点？2005 年，我又将站在时间的哪一点？那么 2008 年呢？2010 年，2013 年，2019 年，2024 年……

他在本子上写下时间的年份，如痴如狂。有时，他的记录漫无目的，随心所欲，完全根据当下的心情。有时，他一边读书，一边抄写书中漂亮的句子。甚至连唱片文案、打动他的广告语，都认真、耐心地摘抄上去：

> 我站在这里 闭上眼睛
>
> 可以感觉 时间仍然继续在走
>
> 像一列无人驾驶的 慢火车
>
> 16 岁的我 曾经以为时间是用来带我们去未来的
>
> 26 岁的我 曾经以为时间是用来让我忘记过去的
>
> 36 岁的我 慢慢发现 时间只是时间而已

6

母亲老早就起床了，和馅、擀皮，让上车的饺子下车的面这句话俨然倒过来。时隔半年，看到儿子再次站在眼前，心里乐的，一时半会儿竟不知道说啥。玮辰搂住她，喊：妈，我又回来了。她拍着儿子的后背，不停地说：好，好……终于又回来了。

满满三大盘饺子，摆放在拥挤客厅的餐桌上。上面还摆放着几个咸菜碟：心里美、白萝卜条、小黄瓜、长茄子、桔梗、芥菜丝。玮辰坐在小板凳上，瞅着眼前这个有些年头的长方形折叠桌，时间一下子闪回到数年前。

一个穿绛紫色棉袄的姑娘向他招手。烫发头，发卷如怒放的花朵。她与他对视而站，嘴唇微张，露出整齐的洁白牙齿，眼仁深处闪烁晶莹剔透的光亮。穿一件红白相间的高领衬衣，被她系上了所有扣子。她把衬衣领翻到棉袄外，立立正正站着，显得既拘谨又大方。

这是玮辰少年时期母亲的样子。

冬天，学校窗外刮着呼啸的西北风，他惦记着她在家里正蒸着的一笼笼热气腾腾的包子。下课铃响刚响，便大步流星直往家奔。她给他开门，把他的小手捂在自己的脸上，口口声声说：瞧把我儿子给冻得。

他看见眼前这个带给他血肉之躯的女子，用二十多岁的年龄，对着他七八岁的心境。玮辰知道，他来自于她身体的内部，由一颗受精卵分裂而来。他性格的质地，与她如此相似。他无数次认为，自己就是她的副本。

男孩总归与母亲亲昵。她们带着伟大的母性，看护自己身边的这个小家伙。她的孩子是吸吮着她的乳汁长大的。待他们出生前，便安全地躺在由血肉建造的房间子宫。

如今，日益发福的母亲还与从前一样，坐在长方桌一边，仔细端详儿子吃饭。她面带微笑，不言语。房间里除了嘀嗒走动的钟表声，便是玮辰狼吞虎咽吃饭的声音。而眼前这张桌子，足有二十多年历史，承载过他儿时的积木，桌面上还有擦不掉的水彩笔痕迹。他仿佛还听到，自己与姐姐在上面摸爬滚打，玩得不亦乐乎时发出的咯吱笑声。

吃完饺子，母亲又端来一碗滚热的饺子汤，口中念叨，原汤化原食。随后，又坐在他对面，说给他絮了新棉被，让他开学时带走。原来是上次父亲去看他，见其盖的被子薄，回家后无意说起此事，她便吃心，不动声色纫了一床新被。

饭后，玮辰倚靠在父母床上，盖着夏凉被，用遥控器搜索电视台新增加的频道。父亲已经上班，母亲坐在阳台的小板凳上，低头清洗带鱼。姐姐、姐夫一家将坐中午的火车从东北赶回来，当然还有他的小外甥。

小家伙已经两岁，刚到这个世界不久，便懂得察言观色。不爱哭闹，不像其他孩子令人生厌。坐着、躺着、抱着，要是小衣服小裤子硌着肉让身体不得劲，便咿咿呀呀让大人给弄舒服。特别爱干净，母亲说这是随了他姥爷的洁癖。

果不其然，小小年纪，连路都走不稳，发现地板上有根头发，嘴里便哼哼唧唧，小手一指：姥爷姥爷，脏、脏！除此之外，对事物还尽善尽美。时常面对新式玩具，一个人大声讲话，还真有不钻研出个一二三来誓不罢休的姿态。玮辰想糊弄他，试图胡乱搭积木，却一点也逃不过他的火眼金睛，古灵精怪地冒出一句句牢骚：舅，不对、不对！母亲在早市给他买来两只雏鸡，他把它们从装牛奶的空箱子里揪出来，紧紧握在小手心，小心翼翼地呵护。

他想，小外甥是姐姐的孩子，自己是父母的孩子。从出生作为孩子的那一刻起，真正的选择权少之又少。有时他会突然不开心，生自己的气，认定自己是父母的累赘。母亲听见后特别伤心。他也多次认为，自己从小到大的生活过于无聊。有一次，他对母亲说：生我前，你们怎么也不问问我，到底想不想来到这个世界？

内心过于自我追问的人，常常会陷入无边无际的虚无感中。也会因内心敏感，胡乱揣度，产生迁就他人的善意举动，从而特别累心。有时，他看到母亲心情不好，自己也不询问，便跟着沮丧起来，推掉本该与小伙伴一同玩耍的邀请。他觉得，母亲难过，自己就不该没心没肺地快乐。

直到离家上大学，他发现外面的世界是如此丰富，却发现很难从心力跟上脚步。回想自己走过的近二十年，觉得看待很多事情的思维方式都太过教条。于是，他开始纠正自己，也试图影响家人，努力改变他们既定的心理模式。

他要离开这个家。离家，就有了他认为的自由。慢慢地，他从一个恋家少年，变成了一个热爱自由生活的老男孩。

老式写字台的玻璃板底下压着一家人的相片，有儿时所拍的黑白照、仅有的三张全家福、上大学前他身材臃肿的旧照、母亲和父亲严肃而端庄的合影。

其中有一张，是母亲站在北京人民大会堂前，四周密密麻麻的花盆里满是开得浓烈的黄菊花。她用他们那代人的拍照姿势：侧着身，让身体倾斜30度，盘着发髻，露出洁白的门牙，眼神里流露出些许的怅然。那一年，是2000年的9月中旬。玮辰刚刚入学报到，她与父亲送他上学的返程，决定在北京逗留一天。

另外一张，是他俩搂着姐姐的孩子，如同旁边那张，玮辰被奶奶放在腿上。他看到被父亲精心安排的相片顺序，内心感受到深意。他想，在若干年后，当父母的小外孙长大，当昔日的小家伙再看到这些相片时，又会做何感想呢？他是否还会记得自己两岁时的点点滴滴？记得陪他夜以继日玩耍的外公外婆？……

时间，像是一个约好的老朋友，不疾不徐，带着玮辰回来叙旧。然而时光，又真的会一去不复返。分分秒秒，日日夜夜，岁岁年年。眨眼间，人就老了。

7

父子俩在电话两端对峙：

说，你说吧。辰辰，爸爸不会怪你的。

爸，那我可就说了。是这样的，我给你写了封信，刚刚寄出，你看完可千万别生气。但你得有个心理准备，这些话都是我考虑好久，才鼓起勇气写的。总而言之，就是我把自己对于未来的打算写了封信给你，里面有一件特别棘手的事。那件事，那件事是……

父亲听得愈发糊涂，便让玮辰说得仔细些。玮辰还是没有经受住父亲的再三追问，把事情的原委一五一十地讲出来。说完，情绪激动的父亲立马显得气急败坏。玮辰分明看到他那张气得发紫的脸。

此刻，他心怀恐惧，越发感到事情不妙，后悔自己太过鲁莽，为什么要说实情呢。他事先就叮嘱自己，千万别在电话把话说尽，要不干吗写信呢。

玮辰深知自己的父亲，性格急躁，快言快语。几经掂量，还是决定采取写信的方式沟通。本以为这是一个保险且稳妥的方式，这样不但可以避免当面冲突，也会化解尴尬。然而他终究藏不住心事，一下子在电话中全盘托出，他自己也始料未及。

瞬间蔓延的凝重气氛，让父子俩在电话中出现了长达十几秒的空白。最后父亲一脸茫然，气得狠狠摔了听筒。玮辰站在电话亭里，害怕得不知所措。他不怪父亲的不理解，只怪自己遇事欠考虑。归根到底，还是自己太不懂事。

所以这次回家，他从一上火车便紧张不安，担忧电话中的父亲是否还在生着气。谁知站台上的相见还是相亲如故。进到家门，双方就此事更是避而不谈，仿佛先前的对峙从来就没有发生过。玮辰决定不再提它，一个人慎重考虑并最终做出选择。

他是一个让家长放心的孩子。越是不动声色的孩子，在异常乖巧的沉稳外表下，心底的声音便格外强大。他不迷失，只是感到孤立无援。每次渴望靠近人群，却担心被过于炽热的大太阳烤化。

面对咄咄逼人的现实世界，头顶如同长了触须，当探测到外界不适的讯号时，会马上本能地缩回到安全的壳里。

他开始并习惯绕道而行，回避一切过于热闹的人事，内心变得警觉。他对人群有了免疫，对于冠冕堂皇的惺惺假意，他在背后仔细分辨。于是，他转而从物质世界退到精神世界里，关注相对没有利害冲突的各种小玩意：天上的星星，墙上的光影，随身听里的磁带，书本上动人的文字……所有与轰轰烈烈社会生活没有太多关联的个体体验，反而让他心里觉得踏实。

玮辰是一个不可能再完完全全回到故乡的人，他变得越来越具有流浪气质。

5年前，当他坐上西去的列车，便希望自己永远不要再回来。故乡对于他只是从小到大学习的居所。在这里，他没有真正的朋友。他清楚地记得大考前夕的每一个深夜晚自习，都是一个人从学校回家。走在漆黑的路上，抬头望着天上那颗明亮的星星，在心里一遍遍自我暗示：挺过去！一定要努力挺过去！

挺过去，便是一个崭新的天地。

盛夏7月，玮辰已经回家3天，但始终夜不能寐。每过一天，便用铅笔在日历下面打上对钩。白天习惯性地趴在桌前，随便写字。雪白的A4打印纸，被他写满各种选择的利弊，内心仍旧在苦苦挣扎，举棋不定。

稳妥与冒险

现实与梦想

平静与动荡

踏实与浮华

保持与尝试

放弃与坚守

忍耐力，吃苦力，知识能力，巨大的经济负担……

他不断提醒自己：挺过去，就是一个新的天地。

8

他光着身子，两条腿耷拉着，瘫坐在双人床边，一直想着这句话：没有哭，没有笑，就这样从容地生活着。

房间，有一处凹凸不平的坑洼水泥地。一个个，黑黑地团在一起，像包裹在废纸里的小秘密。这是他深夜起身去小便，拖鞋踩到水后留下的脚印。

他对躺在床上的女人说：知道吗？光天化日之下，我们在保全自己，用我们互相的拥抱。

说完，眯起双眼，歪着头，撅起了嘴巴，然后仍旧一动不动坐在床边，隔着窗帘，若有所思盯着外面光线的变化。

窗外的天气是晴间多云，云朵遮挡住太阳，世间看上去在黑白灰中逡巡。天空不时忽明忽暗。

他说，看到了没，这些云，就是我们身处世间的情绪。

我们是如此矫情，深知里面有令人下坠的快感，抱着它们不肯撒手。时间若要浪费，就要不给自己留有内疚的余地。其实，无所谓浪费不浪费。我们在这间空旷的房间，在大床上看光影的变化，而室外的人也在用另一种方式浪费着生命。逛街、散步，坐在餐馆里吃多余能量的食物，去往另一座城市企图追回早已分手的恋人……其实他们只是在跟自己逛街。因心情高兴或沮丧只是在用食物填满自己。哪有什么爱情，不过是在跟自己谈着一场又一场的恋爱。原来，我们只是在拥有物质以及在与人的交往中来感受自己的存在。我们取悦自己，让自己不甘受寂寞的煎熬。

女子是个妓女，头发染成黄毛，皮肤粗糙，毛细孔很大。她根本听不明白他所讲的话。她把带有赘肉的肚子，连同整个身子，横在那张大床上。她不抽烟，这让他喜欢。他喜欢一切干净的东西。

不！我不干净！我和好多人都发生过关系。女人听男人说他喜欢干净后这样说道。

这又算啥。我说的干净是心理层面的。你有我一眼看上去的干净。准确说，是怜悯。

啊？不会吧！我很有钱，我不需要可怜！

他无所顾忌地大笑。你还是没懂我的意思。行了，不说了。我又冷了，过来抱抱我吧。

女人向前挪了挪身子，张开手臂把他环抱住。

你就像个受伤的孩子。你跟我接触过的很多人都不同。你有很多故事，是吗？

是。

能对我讲讲吗？

算了吧，太多了！也过于沉重。我已经丧失了讲述那些历史的兴趣与耐心。我是一个变得越来越急躁的家伙，没想到却跟你在床上耗了10来个小时。

哦？是吗？看来我还挺荣幸！女子有些不怀好意地笑。

对了，你知道什么叫历史吗？他问。

历史？

黄毛女再度莫名其妙。

好吧，我想想。

嗯……历史……历史是不可以再回去的时间。女人想了想答道。

说得不完全，就差几个字。他把后背贴在她前胸，接着说。

其实，当我们回头一看，全部都是历史。

哈哈。真精辟。你是一个作家吗？她问。

他点头。

你还做其他别的工作吗？我是说，你不可能每天就是坐在房间里靠写作维生吧？你还做些什么事？她问。

我什么也不做，除了写作，就是在房间里玄想。我觉得那是洞悉宇宙真理的唯一途径。

说完这句话，他像个高深莫测的道士，伸手捋了捋自己下巴上并没有生长的山羊胡。

女人闪烁着双眼，说，宇宙的事可别跟我扯。对我来说，太遥远，不切实际。我觉得人啊，还是活得现实点好。我需要变着法让自己的钱包越来越鼓。

听她说完，男人立刻回复她。嗨，你又错了。我所说的宇宙不是天体的宇宙，其实就是我们活脱脱的现实生活啦。人生在世的一种真相。

明白？

不明白。什么真相假像。好好活着就行了，干吗把自己搞得那么累！好了好了，你饿了吧？我去给你煮碗方便面。平常都是那些男人带我出入高档酒店，高消费会满足他们的虚荣心。反正我又没什么损失，何乐而不为？女子说完，起身下床，发出几声诡异的笑。

喂！别拉开窗帘！他见女人走到窗前要把帘拉开赶忙劝阻。

为什么？女人明显不解。

你听……外面刮着呼啸的大风。春天，我最喜欢的季节。虽然不喜欢大风，但听着它感觉还是不错的。而且拉上帘，可以让房间不过于明亮，又不至于黑暗。光线对于我来说，有一种恰到好处的慰藉作用。说完，男人陶醉地闭上眼睛，听起窗外的风声。

你啊，真是一个古怪的家伙！小心把自己饿死！女子边说边走进厨房……

过了一会儿，她端着一碗热汤面回到他身旁。他吸溜吸溜，狼吞虎咽地吃起来。面被盛在一个巨大的玻璃碗中，面里还有一个荷包蛋。他想起从前，妈妈煮面时也会在锅里荷包一个鸡蛋，并且还会把她自己的那份也夹到他碗里。

你煮的面可真香啊！他时不时抬起头夸赞她的手艺。能把方便面煮成我妈做的味道，那还真是了不起！鸡蛋也不错！火候适中，形状也好看。没飞！

她听他这样地夸奖，眼睛里神采飞扬。要不我以后经常做给你吃吧！说完，脸颊上现出了绯红的光晕。她对他有莫名的好感，虽然她知道他肯定是个穷光蛋。

吃完面，两个人又窝在床上，继续脸对脸交谈。

我都忘记跟你说了，夜里我做了一个梦。

梦见啥了？

我梦见自己置身在一所别墅中央，房间里密密麻麻坐满了人。他们拄着下巴，手里转着铅笔，焦急地等待做一件特别重要的事。座位旁边，立着他们的箱子，是那种褐色大木箱子。人很杂，仔细一看，有我的高中同学、大学同学。他们混坐在一起，彼此熟识，这让我很纳闷。

他把梦对她描述了一番。

你惧怕人群吗？她问。还没等他回答，女人竟然开始解梦：这个梦有明显的心理暗示。你把高中和大学同学放在一起，而你却并没有加入他们的等待行列，你只是在一旁安静地观望，甚至是在窥视。

不！不安静。我心里感到诚惶诚恐。他纠正她。

是的。所以我说你在游离于人群之外，安静地看他们做事。你以为他们是在焦急地等待某件事，可是你怎么就知道一定是呢？没准他们自己并没有这样的感觉。这一切都是你人为的设想。你把你自己的焦虑置换到了他们的行为上。他们是你的高中同学、大学同学，而这些人恰恰是你与之打交道最为频繁的人。你觉得惶恐，其实是你对他们有禁忌。你是一个喜欢独来独往、不喜欢束缚的人。你觉得他们在焦急地等待，用你刚才的话讲，就是一种浪费。

我们无时无刻不在进行着生命的浪费。看似拥有大把大把时间，却像淘金一样，真正含金量的时间之河并不多。怎么说呢，虽然手中的时间所剩无几，但人一生下来你不这样度过，便也会借由其他方式过去。什么样的生活方式都是在时间的河流里泛舟。无所谓对错，无所谓高尚与卑劣。你是作家，我是妓女，我们都只是为了填饱肚子，在时间之河中，用我们所选择的一种方式滑向我们未知的彼岸世界。我们不知道未来的路会充满怎样的荆棘，也无法预知未来是快乐还是悲伤，我们把握住当下就是了。未来的事只能交给未来。孩子，是你想得太多了。来，躺在我腿上，让自己静下来。

　　说完，她扶过他的头，让他躺在腿上，像抚摸一个受了惊吓的婴儿，轻轻哄他入睡。

　　过了一会儿，男人睡着了。他再次进入梦乡……

　　他梦见姑姑对他说，爷爷死了，已经死了3天，不要跟你爸爸讲。姑姑讲这些话的时候明显不想让旁人听到，窃窃私语，眼神左顾右盼。他听完后，觉得心里难过，更觉得惶恐。心脏一直怦怦地乱跳，如困在巨大容器发出沉闷的回声，又如淹没在无人区的深水池。已经落水，也不做出求生的挣扎，径自让身体沉坠，闭上眼睛听见心跳的闷响。

　　为何告知爷爷去世消息的人是他平生最有偏见、对待最为冷漠的姑姑？而她却百般孝顺。他用生硬、难听、恶狠、挖苦的语言，肆意攻击他的女儿，说话从不顾及姑姑的感受，从不考虑是否会伤害她。仿佛说话从不经过大脑，想起什么便脱口而出，像小孩似的，不懂得分辨哪句话该说、哪句话不该说。老小孩，看来一点都不假。可是他对她的态度却持续了一生。

　　他仿佛看到了一个老头，臃肿的身体，笨拙地瘫坐在土黄色的硬沙发上，脸上的皮肤松弛，深陷的皱纹，一动不动。他已经死了。想到这个场景，他更加害怕。再瞅瞅姑姑，她的表情如此诡异，仿佛她的某种阴谋得逞，但却避人耳目，不然为何不让家里人知道爷爷已经去世的消息。她说，他已经死了3天。言外之意，爷爷在房间里孤独地离开人世已经3天了，其他人却不曾察觉。那么他的儿女都干什么去了？……

　　男人一惊，把头歪向一边，冒着冷汗从女人的腿上醒过来。他又把刚才的梦讲出来，心有余悸。她把他紧紧地搂在怀里，用母亲对孩子的姿态。

　　你是一个矛盾的复合体。你就是你的姑姑，你就是你的爷爷，是你自己在面临一场死亡，因为你不知道该如何获得拯救。那些拎着箱子、焦急等待做事情的人，你死去的爷爷，你的姑姑，其实都是你自己！

黄毛女人对他说：是你在等待一场对话，一场交涉。可是你却找寻不到一条可行的路径。你感到无能为力，觉得单凭自己的力量还不够强大。想把心中所想的事完完全全、真实而准确地表达出来是一件痛苦的过程，总觉得力不从心。

你听，外面刮着呼啸的大风，把铁窗吹打得叮当作响。你刚才说历史是什么？是回过头所看见的所有事情。其实，日光之下，并无新事。你的这些烦恼忧愁，古人早就比你先一步感受并经历。它们早已化为今日我们所回头看的历史。他们当年的犹豫、在岔路口对于选择的踌躇，早已随泥土尘封。孩子，你在梦中所感受到的惶恐、焦虑、烦……其实都是旧事。

你对眼前所面临的现实问题在采取一种逃避的态度。或许你已经不清楚写作带给你的意义，也或许你越来越担心自己生活开销的来源。现实问题已经摆在面前，你要采取井然有序的方法，用从容不迫的心态加以正视，而不是得过且过。你要知道，既然生，就不可能完完全全用随性的态度面对生活，那是孩童的方式。可是你却是我受伤的孩子。

……

玮辰！你终于醒了！可把妈妈和你爸爸急坏了。母亲站在医院的病床旁，用手把眼角流出的泪拭去。

玮辰额头淌着细密的汗珠，心跳剧烈，口干舌燥，手上扎着输液的针头，没有气力地使劲睁开眼睛。

妈，爸，我这是咋了？

你发高烧，昏迷了三天三夜。大夫给你化验，既没有炎症也不是病毒感染，查不出病因。可把我跟你爸吓坏了！

其实，只有玮辰自己清楚，如果这真是一场疾病，定与连日来的忧虑有关，是心疾所致。他在经历一场选择，如同在海面漂浮。坐在一叶扁舟，举棋不定。

青年人面对外面的世界：对广阔天地的无限向往，对漂泊带来的不安全感，对内心世界自由自在的渴求……都像是一个个二律背反，合理又矛盾。

要么在拼搏中浮出水面，要么便逆来顺受静等老天的安排。然而无缘无故的高烧不止，也是一件蹊跷的事。

9

玮辰，求求你！求求你了！……

一个圆脸，黝黑，有抬头纹，体态敦实的男生站在他面前，苦苦哀求。

他穿一件红色冲锋衣，因好久未洗而显得油光锃亮。后背衣襟有一大片熟褐色的水粉颜料，左袖上亦有几道毛笔印。

这位不修边幅甚至有些邋遢的同学名叫李峰，在艺术学院美术系读国画专业，俩人在玮辰所在的文学院组织的活动上认识。李峰被玮辰的班长引荐，为学院活动的海报画一幅国画风格的主视觉。除此之外，他们并无其他交情，毕竟玮辰是不喜欢社交的人。

此时，李峰前倾着身子，用并没有洗净的右手，拽住背对着他的玮辰衣角，嘴里嘟囔：辰辰，就这一次！求求你，帮帮我！求求你了……

原来，毕业前夕最后一次大补考在即。所有之前补考未过的科目，还有最后一次集中补考机会。倘若考试成绩再不及格，那么4年的本科学习生涯将付诸东流，拿不到毕业证。

李峰百般哀求，似乎在突然之间，学会了搞人际关系那一套，还记得在活动筹备期间，他能够为了一张主视觉图画的风格而坚持己见，虽与玮辰在一些想法上不同，甚至不想解释直接冲他发火，但玮辰特别能理解作为艺术家的他所具有的古怪性格，何况又是那么欣赏他的才华。白天，他专注于宣纸上的工笔与线条。夜晚，在几乎没什么人的阅览室阅读美术理论。不抽烟，不喝酒，不谈恋爱，更不爱打扮，几乎把所有的时间和精力都放在专业上。

如今，在他眼前放下身段连声哀求的艺术家，拽着玮辰的衣角，甚至又去拖住他的身体，拉他的手，让已经动了恻隐之心的玮辰看到小时候的画面：他与几乎是唯一能玩得来的小伙伴在沙堆旁玩耍，边玩边手拉手嘻嘻哈哈唱起歌谣：拉大锯，扯大锯，老婆婆门口唱大戏……

于是在李峰拉住他手的瞬间，当过去和现在不时闪回与交叠的此时此刻，他竟然答应了他。玮辰想，总会有人擅长这个而不擅长那个。正如自己不擅长社交，甚至还有些社交恐惧。于是在没有利欲熏心没有任何交换条件的唆使下，他竟失守了自己的道德底线，决定帮他替考。

或许他见不得人低三下四，也或许他的善良总是被人有意或者在无意之中利用。他甚至看到了当年，那个像一只无助的困兽，趴在炕头上，捂住脸，号啕大哭的父亲。其实是他见不得别人的悲伤。于是答应替考，仿佛在一念之间。

人要为自己的一个错误念头，一个错误行动，一个错误的决定埋单。为此，背负代价，背负人生路径不可逆转的改变。

谈笑一念间，生死一念间。当玮辰7岁那年站在人群济济的追悼会礼堂，听见那无比悲恸的哀乐，内心觉得在一念间便可以忘掉一个曾经存活于世间的亲人，但他终究没能做到。

其实，这一念间的时间无非是一颗流星陨落，一个亲人突然闭上双眼再也不能睁开。那时他便想：人死后会去哪儿呢？会有灵魂吗？

后来，他读到黑格尔关于宗教的这句定义：以情感和表象把握绝对精神。

也是从那时起，他成为一个客观唯心论者。剔除宗教，抛却鬼神，他终于明白自己是为情感而生。所以感性，就是他的生命底色。虽然对于一个男人来讲，拥有太多感性并非是件好事，而是应该尽可能多地让理性占据上风，具备严谨的逻辑与缜密的条理，然而很多事情，看来都早已注定。虽然之前他是如此对自己不明白，不想承认，更不想接受自己。虽然在未来他依旧会困惑，会走上更加艰难的路。

我们都是性情中人。我们也都是很好的人。

10

午后毒辣的太阳炙烤着校园。玮辰坐在大补考的教室，强作镇静，从笔袋里掏出伪造的学生证、身份证和准考证，待把它们一一放在桌角后，搓了搓不停出汗的手心。

替考的科目是英语，对于第一批次就通过四级考试的玮辰来讲，题目格外简单。他答得很顺利。做完试卷，看看表，仅仅用去45分钟。考场特别平静，正是这种不正常的平静，才让玮辰更担心。大热天，为了安全起见，他还特意戴了一顶鸭舌帽。他在焦急等待考试结束的哨声，恨不得立即逃离这个是非之地。内心诚惶诚恐的他，平生第一次做了一件没有原则的错事。

正当他胡思乱想之际，墙上的喇叭开始广播：5 号考场的全体考生请注意，请大家在考试结束后不要离场！5 号考场的全体考生请注意，请大家在考试结束后不要离场！……通知连续广播了 3 遍。玮辰有预感，灾难就要来临。

刺耳的哨声吹响，考试终于结束。教室中，走廊里，大家交头接耳，谈论着人人都感觉简单的考题。原来，老师深知这次考试对于毕业生的意义，根本就没有刁难大家的意思，出的题目相当简单。无比后悔替考的玮辰想，要是李峰自己来考，肯定也能通过。而广播之所以让 5 号考场的考生不要走，是教务处接到匿名学生电话，举报这里有一多半都是收取钱物为他人替考的学生。

准考证是黑白打印的，所以在校外花些钱 PS 一个也能以假乱真，前提是不会有教务处巡视的老师拿着学籍档案照片，在每个考场逐一核对。他们都以为就此躲过了一劫，熟料却在大功告成前翻车。一些机灵的替考生，坐在大敞的窗边，腿脚麻利，一跃而逃。

30 个人的教室，跑了 16 个。玮辰与剩下的学生，被教务处老师和学校保安，带到一间封闭的办公楼会议室审问。此刻他的心情复杂，觉得倒霉，更是害怕。他想，自己明明就挨着窗户坐，为啥自己不跑啊。为什么几乎所有的替考生都跑掉了，唯独剩下自己。

会议室门口站着两个佩戴电棍的保安。14 个考生一个个进去，逐一接受领导的盘问。玮辰是第 3 个。一间偌大的会议室，空旷阴冷。他坐在最前面的一把椅子上，正对面，是坐在办公桌旁一个戴褐色眼镜的领导，东面一排排座位，则坐着各院系一些负责学生工作的老师。

同学，你叫什么名字？哪个学院的？学什么专业？此次参与替考了吗？给谁？为什么替考？

领导一连串问了好几个为什么。玮辰心想，问你妹啊！不知为何，刚才还无比自责、紧张甚至窒息的他，一时间，这些东西竟荡然无存。玮辰坦然坐在椅子上，眼睛里没有一丝恐惧。倒是没有听见他回话的领导，终于抬起头，摘掉眼镜，直视着他。

咦，这不是品学兼优的单玮辰吗？

领导看着不说话的玮辰，心中满是惊讶。他记得这张椭圆形的脸。每逢学期末，各院系送审的奖学金名单，都经过他的手最后签字。每年他都惊叹，材料里总会有一个叫单玮辰的名字。于是他格外记住了照片里留着平头的那张脸。

玮辰被一直盯着他看的领导弄得茫然。心想，看就看吧。起初确实害怕，现在倒也无所谓了。反正事情已经发生，最坏的结果又能坏到哪儿去呢？每逢遭遇大变故，他便不再有任何恐惧。一直觉得，人生最重要的两件事无非就是生与死。刨除这两个端点的所有问题，总归有解决办法。

他深吸了一口气，开始说话：请问领导，以及在座的所有老师们，你们谁能拍着自己的胸脯，敢问心无愧地说一句，从小到大就没撒过谎，考试没做过一次弊。谁敢这样说？！

玮辰也不知从哪借来了胆子，一反昔日不爱争辩的常态，连珠炮似的，质问着大家。对他印象本来挺好的领导，一下子暴跳如雷，拍案而起。

单玮辰！你不要狡辩！跟我玩什么心理分析！我告诉你，你这样的学生我见得多了去了！你小子竟然敢质问起我们来！谁教你的！我今天就把话撂这儿，就你这个态度，即使没舞弊，也甭想毕业！

领导气得脸色青一块紫一块。玮辰不但不收敛，反而来劲了：是，我就是替考了。咋地吧！

按捺不住脾气的领导，猛地站起来，上去就扇了他一巴掌。

啪的一声后，全场鸦雀无声。眼瞅局面不妙，很难预料下面还会发生什么状况，一个识时务的女老师，把玮辰拉进隔壁一间办公室谈心。

这位同学，这里就咱俩，现在你能跟我说说，为啥要替考呀？

玮辰瞅了瞅这位面善的女教师，心也恢复了平静，于是放下戒备，简单说了句话：因为我不想让他伤心。

就是这个原因？

就是这个原因！

女教师觉得这个答案太不可思议了。作为教了24年文艺美学的教授，这是她很少遇见敢于说真话的学生。

他说，老师，不知为何，作弊这事被学校揪出来后，心里反倒不害怕了。我好像完全把自己的生死置之度外。

没那么严重！一个替考，不会死人的。女教师说。

嗯。其实我也不知道刚才那是怎么了，上来那么大勇气。竟然把心里只是想想的话，用嘴巴直接说出来。我必须得承认错误，作弊确实不对。跟领导顶撞，更不对。

玮辰一边知错，一边继续说：我平时是一个胆小的人，但我不怕事。刚才有一种大义凛然的感觉涌上来。在我心里，的确除了生死都是小事。我可能趁着这个机会，把心里压抑已久的情绪释放一下，但方式确实不对。

是不是你从小很孤僻？

是。

那你经常跟爸爸妈妈谈心吗？

不，很少。

朋友多吗？

不多。

嗯，老师知道了。

办公室里有隐藏监控，隔壁会议室的领导和其他教师看见了俩人所有言行。

其中玮辰有一段话是这样说的：老师，我常常觉得，人生就像是一个天平。这个托盘倾斜了，日后势必会往另一个里面加些砝码，以此算是给它补偿。先前有磨难，或许日后就会一帆风顺。也或许有这种可能，运气好的人，会一直好下去。倒霉的人，一直没完没了的倒霉。这也是我心中的疑虑，就好比，好人真的会一生平安吗？

那玮辰，老师问你：何为好人呢？

像李峰那样的人，虽然找我替考了，但他就是好人。像刚才那个扇我耳光的领导，他就一定是好人吗？他除了是领导，也是妻子的丈夫，孩子的爹，他自己父母的儿子。他高高在上，有权势，有威严，难道心里从没有过私心杂念吗？没有秘密和野心吗？

孩子，说这个人他是好人，或他是坏人，还尚早。就像在你这个年龄，说除了生死，都是小事，一样为时过早。

半个小时后，玮辰被允许回去。替考事件暂告段落，处罚结果择日通报。

11

替考事件后，在度过几天平静的日子后，某天清晨，他突然心有余悸，开始各种担忧，心里不踏实，索性在给父亲写完信后，又去往电话亭。于是便有了俩人在电话停顿十几秒的空白。暑假坐火车回去，也是一路沉重的心情。

他看见小时候的他和她，还有她。

小玮辰被父亲抱在怀里，对前面奔跑的小女儿喊道：我的宝贝闺女，慢着点，可别摔喽。

原来是一个星期天，他领着姐弟俩，又去爬南山。

仨人像早起的鸟儿一样，唱着歌出发。小玮辰摇头晃脑，鞋带开了，不会系，蹲在半山腰，眯起眼睛，冲着爸爸嘿嘿傻笑。

小笨蛋，咋了，这是等着爸爸呢呗。

小玮辰刚被爸爸系好鞋带，便猛地站起来飞跑，跟在姐姐身后，屁颠屁颠的。

出门前的姐姐静菁，踮起脚尖，对着镜子，学着妈妈的样子，往自己粉扑扑的小脸蛋上拍着粉，最后不忘用筷子在额头正中央点上一个红点。爸爸干脆把她举起来，让她对着镜子臭美个够。

南山顶有一座炮楼，从通风口往里看，还可以见到散落一地的子弹壳。他们仨便经常坐在这个碉堡上，在这座主要由黄土土质的大山，俯瞰整个坐落在盆地中的小城。山风徐徐吹来，小玮辰乖乖地坐在爸爸脚旁，用他支起来的两条腿当沙发扶手，不知不觉靠在上面昏昏欲睡。静菁在不远处漫山遍野的花丛中，一会儿蹲下，一会儿站起来，手里攥着好几朵紫色、粉白、蓝色的牵牛花。

年轻的父亲眺望远方开阔的风景，又看见眼前这一双儿女，嘴角上扬，觉得天底下最幸福的时刻，莫过于此。

替考处罚下来了，公告栏贴着大白榜，上面醒目写着每个犯错人的名字和结果。玮辰看完张贴后，退进小树林，捂着肚子，蹲下来哭。

这时，那晚跟他谈心的女教授经过，一看是他，走进去把他扶起来。说：孩子，别哭。你要记得，自己已经是一个男子汉了，要学会担当。玮辰听她说完，反而哭得更凶了。

这是他第一次让外人看到他的眼泪。他何尝不知道，哭是懦弱的表现。从那以后，他便没有再当着别人的面哭过。

第三章

云泥殊路

1

五台山的又一个清晨，小雨淅沥沥地下。推开窗，外面雾气缭绕。6点刚过，玮辰去敲束荷的房门。她已经起来，坐在轻轻一晃便咯吱作响的木床上，披头散发，望着飘在山间的云雾出神。玻璃上的雨滴，缓慢而有节奏地往下滑落。忽然之间，她又看见亚明的脸，心惊得赶紧站起来，摇头晃脑，试图在搞清楚这一定是幻觉。心有余悸的同时，问自己：难道又是跟他的灵魂相遇了吗？

玮辰目睹坐在床上一惊一乍的束荷，清了清嗓子，知趣地岔开话题：看样子，雨还得再下一会儿，我们先去吃早餐。

两个人一前一后，走在去往餐厅的路上。束荷一边走，一边用手指弹落柱子上的露水和雨滴。穿过漆着枣红色木柱支撑的长廊，绕过依旧充满睡意的另一片客栈，便来到一个有着好听名字的厨房，它叫清风斋。老妇人已经生起炉火，正在用一口大铁锅熬煮白米粥。数日阴雨绵绵的天气，让人即便多穿衣，也很难抵御寒彻入骨的湿冷气。俩人搬过小板凳，围坐在热气腾腾的炉旁，边搓手，边烤火。

老板娘问，早餐还是老样子吗？玮辰点头应声。不一会儿，一碟撒了芝麻粒的芥菜丝，两颗茶叶蛋，两碗加了少许糖的白米粥，一一端上桌。俩人不说话，坐在小桌子前，各自低头吃着。

5 天前，旅行团大巴车半路坏掉，换了别的车，才从山脚下开到旅馆。深夜 1 点,大家伙像被卸车的货物,被扔在清风旅馆门口。太累太困,几乎所有人都蜂拥而入。唯独玮辰,站在院子中央,看着发了疯似的为自己抢占舒适房间的大家,一时间觉得心情复杂,索性仰头看看天上的星星。老板娘注意到他,在身后拍他肩膀:喂,小伙子,不困啊?星星明晚再看也不迟。

她把他带到院门旁边的一间小屋,面积虽小,却是一个五脏俱全的小套间,里外各摆着一张床。

小伙子,你怎么不给自己也占一间好点的呢?你看他们,一个个给自己挑选了宽敞房间,现在就只剩下这间小屋子了。有点潮,就先将就一宿,明天有退房的,我给你换。老妇人说。

谢谢你呀阿姨!其实这儿就挺好的。真的。

老板娘笑,不一会儿拎来一壶开水,让他烫烫脚。眼前这个相貌端正、慈眉目善的小伙子,言谈举止无不透露出一种自然而然的亲和力。她放下暖水瓶,垫着一块干抹布,拧下先前那个只有 20 瓦的灯泡,换上一个瓦数大的。再次拉下灯绳,亮了好几度的灯泡把潮湿的小房间照得亮亮堂堂。

孩子,你是哪里人?

内蒙古。

内蒙古哪儿的?

赤峰。

我说呢,感觉咋这么亲切。原来咱俩是老乡啊!

好了,先不唠了。烫完脚,喝几口热乎水,赶紧睡吧。被子潮,先将就一晚。

玮辰把她送走,插上门,洗过脚,往杯子里倒入热水。他走进里屋,选了其中一个单人床,摊开被子,把枕头摆正。脱了外衣,将它们压在脚底，穿着秋衣秋裤，哆哆嗦嗦钻进被窝。他把胳膊露在外面，侧歪着身子，继续读一本看了许久也没有读完的长篇小说。

厚厚的小说包着暗绿色花纹的书皮，看上去崭新如初。只是在侧面看上去，有的地方黑，有的地方白。过了一会儿，他觉得困意袭来，合上书，拽了墙上的灯绳，翻过身，给自己掖好被子，闭上眼睛。

在这个黑夜的小旅馆，虽然仍旧想着一些心事，然而如今，置身在四周全是庙宇的山中，却体会到深度的宁静。抬头仰望，便是星辰密布的银河，里面点点星群，美得叹为观止。这些只在地理课本插图看到的景象，如今眼见为实，已经让他顿感谦卑，内心生发出一股无以名状的感动。而在旅馆四周，恰是最为清净的圣地。以这样的星空为盖，又以周围的大山、森林、庙宇为席，已是人间最完美的家。

玮辰曾见过一些游子，他们本是寄居在大城市里的异乡客，却比当地人还深谙这里。他们熟悉那里的每条街道、每座商场、每个酒店，仿佛就是在那里出生长大，是原住民。他们内心无畏，为都市里的繁华所陶醉，为现代化的通信与交通所痴迷。他们喜欢高大上的购物环境，为橱窗里的精致摆设兴奋不已。走在车水马龙的街道，感受到自己的存在。他们每天坐拥挤的公交车，倒地铁、换轻轨，从地上到地下，再从地下浮出地面。他们是深居异乡的城市动物，被光鲜的城市物欲所吸引。他们租住在昂贵的小房间里，一张床一张桌子便是一个家。早上醒来，睡眼惺忪，习惯性地去摸压在被子上的衣服。刷牙，洗脸，或许连早饭也吃不上便去赶地铁。他们妆容精致，衣着有品位，互相喊着小哥哥小姐姐，离开自己几平方米的家，穿梭于钢筋混凝土的城市森林，觉得这便是生命里很幸福的一个阶段。一天一天，一年一年，乐此不疲着。直至继续，或者厌倦。

2

吃完早饭，小雨还在下。炉火越烧越旺，醒来的客人们陆续前来用餐。束荷举起一包香烟，不说话，向老妇人示意。她点头，应声道：能抽！于是她站在门口房檐下，对着依旧雾气的大山，点燃一根烟。玮辰站在身旁，不说话。不一会儿见她咳嗽，便把自己身上加绒的冲锋衣脱下来给她披上。

她一边扽着外套，一边对他说谢谢。

待两根烟吸完，玮辰提议回她的房间等雨停，说要是感冒就不好了。

他跟她回到房间。

一间不足10平方米的屋子，有一个大炕。玮辰跷着腿，坐在炕沿，把腰靠在被垛。束荷脱掉球鞋，盘腿坐在里面。她从包里翻出葡萄干、咸花生、烤肠、馍片。

她把零食递给他，说，吃吧。

他笑，回道，看来你们女生真是都爱吃零嘴啊。无论你是平民百姓，还是女明星。

她说，得了，别拿我开涮了。什么女明星。要知道，那时家里穷，吃的东西特别单一。没有油水，不一会儿就饿了，于是又去找别的吃的，手边抓到什么就吃什么。胃填饱了，心就不慌了，感觉整个人立刻又变得坚强，不会向任何势力妥协。过年，同龄人穿着新衣服到亲戚家串门拜年，自己只能穿被我妈改过的小花袄，然而一个人照着镜子也觉得欢天喜地。从那一刻起我便深知，纵使将来困难重重，我仍旧会好好地活下去。

束荷蠕动着嘴唇，将童年这些经历清清淡淡地讲出来。玮辰在一旁听着，觉得眼前这个女明星还真是没有一丁点架子。

好啦！不忆苦思甜了，还是说点开心的吧。说完，她翻出一副扑克，说，来，我们打扑克吧。

好啊好啊！可惜我只会玩金钩钓鱼。他说。

哈哈，我也和你差不多啦。看来你还真是个不爱娱乐的家伙。她说。

嗯，很少，总之就是个无趣的人啦。我所谓的娱乐，就是在家读读书，看看碟，听听歌。当然包括你的歌。从小就不爱运动，可能与性格有关，或者跟身体素质有很大关系。体质太弱，剧烈运动后，得缓好几天。平衡感太差，感觉小脑很不发达，却喜欢这山山水水。行走在这美景中，内心觉得无比舒畅，人也瞬间变得轻盈矫健。

他对她说着这些话，慢慢敞开了心扉。

小雨丝毫没有停的意思，又刮起风，吹得虚掩的窗子噼里啪啦地响。俩人一边打牌，一边唠着彼此过去的种种琐事。束荷听到有意思处，便发出银铃般清脆爽朗的笑声。1个小时后，她百无聊赖地说：玮辰，我实在是坐不住了。走吧，咱俩还是出门转转吧。

玮辰点头说好。于是先回到自己房间，从包里翻出一件白色高领毛衣，一件黑色羽绒服，又回到她那，把羽绒服递给她，自己则套上那件毛衣，穿好刚才那件红色冲锋衣。

穿上宽宽大大玮辰羽绒服的束荷，整个人显得更加娇小。她蹲在地上，用手去掏背囊里的热水袋。为了找到它，她把整个大包翻了个底朝天：又是一堆叫不上具体名字的零食，铁罐咖啡，折叠雨伞，几袋一次性雨衣，创可贴，药盒，单反相机，一本康德的《纯粹理性批判》。

终于找到了，灌进热水拧紧盖子，又戴上毛线帽，套好雨衣，门没锁，俩人出门。

从旅馆出来，沿上坡路走个七八百米，便是塔院寺。寺庙在雨中更显幽静。墙壁被雨水冲刷干净，露出青红本色。大白塔上的铃铛，被砸落的雨滴敲打出更加清脆悦耳的声响。周围没有一个游人，偶尔三两个和尚进进出出，并不撑伞。

玮辰，昨日深夜我失眠，看到山那边影影绰绰亮着光，不知那里是什么地方？束荷问。

是从黛螺顶西边山上发出来的那点光亮吗？他问。

是，就是从西边山顶发出来的亮光。你也注意到了？她问。

注意到了。我看见那一点亮光，虽说微弱，却发现它在白天和黑夜始终闪烁。尤其是在夜晚，它折射在弥漫的云雾中，真像是见到了神话中的长明灯。我想那里一定是个神奇的地方，不如我们现在就过去瞧瞧。

束荷听他说完，正中自己心意，连忙说了三声好好好。

3

俩人肩并肩走在上山的路。向右转头，还可以隐约看见 1080 级的青石台阶。海拔慢慢抬升，树林渐渐茂盛，树叶坠落着雨滴，连同时大时小的秋雨，让上山的路途变得愈加泥泞。胸前抱着暖水袋的束荷已经走出微汗，从包里取出一瓶水递给玮辰。

我正渴呢，水就来了。说完，拧开瓶盖咕咚咕咚大口地喝下去。

玮辰，悠着点。照这种喝法，一会儿只能更渴。水要一小口一小口慢慢地喝。就像品酒，要把水抿在嘴边，然后让它们一点一滴渗在喉咙里，就可以止渴一段时间。还有，晚上睡觉前的两三个小时，就不要再喝了。否则体内毒素随血液循环堆积到肝脏，况且第二天起床眼睛也会水肿。此外，早上起床要空腹喝上一大杯水，这样清理肠胃，会让以后患肠胃疾病的概率大大降低。束荷就如何正确喝水这件事，向玮辰小小普及了一下。

束荷，你懂得还真多！真会保养自己。说完，玮辰便按照她刚刚说的方法，把水抿在唇边，一小口一小口往下咽。

你可别忘了，我可是个歌手。好好喝水，就等于好好保护喉咙。她说。

对，他点头。又问，那你不喝吗？

我还不太渴，你先喝吧。咱们估计还要再走一段路，能省则省吧。

玮辰听完后，心里觉得愧疚。右手下意识地搔了搔后脑勺，尴尬的样子，就像个回答不出问题的少年。

山路已经变得平缓，就像是走在平坦的柏油路上。只是身边的大树，歪歪扭扭扎根于悬崖，提醒着他们一直在山中行走。束荷走在他身后，突然哇地大叫了一声。

吓得玮辰赶忙掉转过头。

大白猫！刚才有一只那么大的白猫蹿过去了！

束荷用手比画着猫的大小，停留在惊叹中迟迟回不过神来。

你可吓死我了！还以为咋的了！玮辰松了口气，擦去脑门上的冷汗。

束荷像个欢天喜地的孩子，沉浸在与猫的偶遇里。同时，双脚又踩在厚厚飘落的松针上，毛茸茸软绵绵的，舒服极了。原来头顶上，是一棵树干粗大的雪松。此时，一根根的松针仍旧向下掉落。

玮辰，快看那！束荷又是一声喊叫。

他顺着束荷手指的方向，看见不远处有一间被松树和枫树遮掩的小木屋。两个人踩着脚下松软的针叶，小心翼翼向小木屋走去。

那是一间被荒废的驿站。或许这里太过幽闭，鲜少有游客造访。他们一路行行走走，四周被高大的苍松翠柏包围，比起塔院寺中的风景，这里的秋天似乎更胜一筹。

木房子后有一棵大榆树，树叶已经干枯变黄。树底下落满了一层又一层枯黄的叶子。一群麻雀在上面蹦来蹦去觅食，束荷把馍片掰成碎渣扔过去。它们探着小脑袋，扭动着灵活的脖子，慢慢聚拢过来。她看着眼前的鸟群，迅速拿出单反相机，对准鸟儿和地上一片金黄落叶，按下快门。

此时，雨已停歇。太阳依然躲在厚厚的云层里不肯出来。山中散发出沁人心脾的植物香气。两个人贪婪地大口呼吸。

束荷说，玮辰，我感觉自己的周身都流淌着新鲜的血液。你是否也觉得这山中树林，是天然的疗养院？

他们踏着几乎没有路径可循的山路继续向前。回头张望，看见松针毯上那些深深浅浅的脚印，开心无比。两个人越走越高。云层仿佛就在脚下翻滚。歪歪斜斜的松柏，云雾已经漂浮其中。踏着脚下的云海，她想，如果这不是人间仙境，又是什么呢？

道路越走越窄，旁边是异常高大的落叶乔木，眼前的道路便是夹在其中所形成的纵身通道。然而却感觉足下生辉，越走越矫健，心也愈来愈敞亮。

远处，一个影影绰绰的人影渐渐清晰：是个和尚，穿青袍，背着竹篓。两个人目不转睛盯着他看。

他从俩人身边走过。和尚长得异常俊俏，看上去不大，也就十七八岁的样子。印堂中正，神情自若，眉宇之间散发出一股高蹈遗世的傲气。玮辰想，是否碰到了传说中的山林隐士？

和尚察觉出被看，便稍微整理一番僧袍，依旧目不斜视，无视两个人的存在。

秋雨再次下起来，这回有些大。他们跟在和尚身后，回到小木屋避雨。三个人并行而站。束荷又忍不住，侧过脸一直盯着他看。他紧闭双唇，一直目视前方，眼神中也无任何闪躲。鼻梁挺拔，脸型线条清晰硬朗。

玮辰用胳膊肘轻轻碰她，又使了使眼色，示意她不要再盯着人家看个不停。束荷不管不顾，张着小嘴，表情诧异，始终直勾勾盯着和尚。

玮辰以为束荷是否像自己一样，看到眼前这个清心寡欲的僧人，感叹在这寥无人烟的幽闭山林，竟也会有如此外表俊朗、不染尘世的修行者。他看上去目中无人，清高冷漠，内心不染一尘，对身外人、人间事都熟视无睹，心中自有一片悠远天地。

然而他并不知道，束荷早已随着和尚与亚明异常相似的长相，内心泛起阵阵涟漪，回到了她和他的学生时代。

4

夏日的空气总是带有一股焦灼的味道。

临近暑假，又一批毕业生即将离校，大家收拾东西，把不再需要的旧物宝贝拿出来变卖，一时间校园里的跳蚤市场成了大家课余和夜晚的好去处。其他年级的学生也来凑热闹，把平日里觉得再也用不着的东西挑出来，在宿舍楼门口的空地上铺好床单，将它们一一摆放，等待有缘的新主人。束荷也混迹其中。她倒是没把心思完全放在生意上，摊位上几盒零星的磁带，几本用过的教材参考书，一些亲手缝制的布偶。最惹人注目的，要属被她小心放置在泡沫箱中的一台 SONY 卡座机。

那是一台旧机器，日本原装，咖啡色，带电平，放置磁带的卡槽是水平的出仓式。外观简洁，虽然有一些划痕。这是自己周末勤工俭学，给一家日商女儿上乐理课，家长无意间听到她唱歌甚为动听，得知家境清贫，特意把这台即将淘汰的机器送给她。她一直视其为宝贝。搬回宿舍，没课的时候插上耳机，一盒接一盒磁带听音质依旧完美的音乐。比起轻巧的随身听，毕竟还是庞然大物，便决定放在这儿，顺其自然，看看能否卖出去，届时再添些钱买个小随身听。

阳光毒辣的下午，她撑着把太阳伞安静地坐在铁艺装置旁的台阶上。她的摊位确实冷清，很少有同学驻足。一些人看到卡座机旁用麦克笔写出的醒目价格，迟迟不去问津。100块钱人民币。他们觉得如此美观的机器，又是大品牌，卖这个价钱一定有什么猫腻。不是水货，就是假冒伪劣产品。她更不像其他人叫卖，一个人捧着本小说安静地阅读。

砰砰砰……

一阵拍球声由远及近。束荷把手从环抱自己的腿后抽出来，耸了耸用肩膀夹住的阳伞。啪嗒一声，夹在膝盖中间的小说掉在地上。她缓缓抬起头。

一个穿白色跨栏背心，皮肤被晒成小麦色，晃动着瘦高身材的男孩，拍着篮球，侧脸经过。许亚明！她在心里喊出他的名字。就在这时，亚明把头转向她，做了一个 OK 的手势，和在篮球场上的动作一模一样。她的脸突然感到一阵阵地发烧，热一会儿冷一会儿，赶忙低下头，躲闪他的眼神。束荷被一种莫名其妙的情绪抓住了。

砰砰砰……亚明拍着篮球走远了。每每他穿着入时的篮球鞋，在球场上酷酷地投篮，便吸引众多男男女女观看。有同年级的学生，有其他年级的学姐学妹，甚至还有刚毕业入校工作的年轻女教师。他们拍手叫好，有时还有人起哄喊老公，那架势，丝毫不亚于被众人追捧的明星。

一些暗恋他的女生，把能够与这个高大帅气的男生搭上一句话，当作是一件无比荣幸的事，其他男生也因此有意孤立他。他们越是这样，越把他的卓尔不群凸显出来。慢慢地，同龄的男生便投以敬佩的眼光。因他着实出色，他们便自叹不如，欣然接受。他是球队的骄傲，球场上的焦点，学校里的风云人物。

一次球赛，束荷站在操场，用仰慕的眼神追逐球场上那个运球带风的少年，内心涌上一股无以言表的暖意。许亚明张着用力呼吸的大嘴，犀利的眼神突然扫向她所观望的区域，挥动着又长又大的手，做了一个标志性的 OK 手势。她忽然觉得慌张，呼吸急促，脸颊滚烫。再一个扣篮，又是一个帅得掉渣的动作。解说员在喇叭中描述着他的一举一动，也显得异常兴奋。伴随着周围一浪压过一浪的人潮声、掌声和口哨声，束荷也被这快乐的气氛淹没了。

5

妈，医生不是告诉你要在家里好好休息吗？你怎么又起床给我做饭了。不是说好，等我打完球，回来我给你做，你就是这么让我不放心！妈妈听着儿子唠叨，在旁边嘿嘿地笑，猫着腰，继续用大勺子小心翼翼从锅里舀汤。

许亚明看着眼前被昏黄的厨房灯光照成剪影的母亲，看到她脸上一滴一滴落下来的细密汗珠，觉得妈妈见老了许多。一绺塞在耳后的头发耷拉在眼前，上面有一根根银丝。

自从父亲沉迷赌博不能自拔，母亲便与他离婚。3 年来，一直都是她用心照顾亚明的起居饮食。母亲要强，不在他面前掉一滴眼泪，对生活也从不抱怨。亚明很懂事，有时会说，妈，你也别太为难自己，要是碰见好男人，就再找个人好好过日子，你放心，我可以接受他。每回她听他说出这些话，内心便更觉宽慰，也始终不愿意与任何人再组成新家庭。有儿子相伴，心里就特别知足。

经历过风雨的孩子都会早熟，虽然他给外人的感觉，总是像一个长不大的孩子。他长了一副娃娃脸，整日欢天喜地仿佛生活没有烦忧。在学校从不主动挑事，但也并不懦弱。因为长得甚是帅气，经常遭到一些男同学的嫉妒，散布恶意谣言，诽谤中伤他，说，与好多女生有染，甚至还搞师生恋。他愤怒地去查个究竟，实在忍无可忍，上去便和他们撕扯。学校见此状，经常不问青红皂白，将他们一同惩罚。他心里便开始有诸多不平。

久而久之，他觉得人倘若不动声色，便会受欺负。与其这样受制，不如改变自己先发制人。他让自己由内而外变得强悍。有时，他刻意锻炼自己的忍耐力，径自让他们去说。选修了跆拳道的课程，也在健身房加强自己的力量训练，几个月下来，练就一身结实肌肉。他从一个高挑的美少年，蜕变成一个肌肉男。慢慢地，学校里那些不安分的学生都不敢再挑衅，见他甚至点头哈腰，毕恭毕敬。

他开始变得神经兮兮，身上袭来一股社会油气。电脑课，所有同学都已在机房听老师讲课，他才背着双肩包姗姗来迟。穿着像船一样宽的大号球鞋，拖拖沓沓，踱着不慌不忙的步子。机房里的老师同学，被他打扰到停下手中的鼠标，眼珠不由自主盯着他的一举一动：晃晃悠悠走到座位上，缓慢打开机器，卸下背包，用手拢拢被风吹乱的头发，鼓起腮帮子往上吹一口气。

别人都以为他只是在耍酷，甚至学坏。他们不明白在他玩世不恭、选择调侃姿态面对生活的别有用心。人善被人欺。为了保护母亲，保护自己，这是他必须选择的方式。正如开怀大笑不一定是真的开心，不哭不等于不伤心是一样的。

只有亚明自己知道，其实内心始终未曾改变，只是这世道，让人不得不装出一副恶狠狠的样子，以此保全自己。就好像守着规矩走在大街上，即使你不招惹别人，或许也会从身后突然蹿出一辆车，把你撞倒遭遇横祸。我们必须要学会适时保护自己。

6

就在束荷挑选旧物摆摊之前，学校张贴出海报：省里要举办唱歌比赛，胜出的选手都有机会被艺术院校直接录取。束荷看到这个消息后，心里久久难以平静。然而当看到身边尽是衣着光鲜的美女帅哥，便打起退堂鼓。她暂时不去想它，一个人蹲在宿舍的地上整理一盒盒磁带。

面对风格迥异的录音带，束荷不禁惊讶，甚至好奇地问自己：这些都是自己的吗？我怎么会拥有这么多的磁带！然而这些的确都是她的。是她两年来做音乐课家教，用自己的血汗和时间辛苦换来的。打开后，会发现她在每一盒磁带的封皮里，都用笔标注好当时所购买的日期。

时间真是一个神奇的东西，束荷酷爱思考时间本身带给她的蜕变。几年下来，自己内心期许的梦想还有相当一部分未曾实现。有时也会很沮丧，失去拼搏的斗志。待雨过天晴后，仍旧继续编织着美梦。低落时，使劲鼓励自己：沉下心，专心致志做好眼前的每一件事，或许有一天便会美梦成真吧。

束荷看着眼前这些年所买下的大量磁带，这些年陪她一路走过来的磁带，瞬间重燃内心已经顺从命运的死灰。这些复燃的火苗，像心里雀跃的小蛇，搅得她不停翻滚。她终于鼓足勇气，跑到歌唱比赛的报名处，为自己填下一张表格。

回寝室的路上，她逐渐开始明白这样一句话：有些人是说了不一定做，而有些人却是做了不一定说。她说，自己要做一个稳重低调的女生。就像沉入水底的鱼，不动声色地游啊游，终究会有那么一天，鱼儿浮出水面，自由自在地呼吸。束荷在等待属于自己的路途。

次日，她依旧坐在阳伞下，继续阅读小说。远远看上去，就像一只乖顺的猫。偶尔，也会从伞中露出脸，探头看看自己的摊位。两天来，她什么东西也没有卖出去。旁边兜售银饰的小摊，生意好不热闹，戴耳钉的男生乐此不疲跟同学们讨价还价。

束荷想，在一个人的一生中，究竟哪些物品是必须拥有的呢？美味可口的食物，光鲜亮丽的服装，宽敞明亮的房子，豪华气派的汽车？还是一份真切、踏实的感情？

很多时候，我们只是禁不住内心物欲膨胀的驱使，一件一件把它们买回来，新鲜劲儿一过，便腻了。之后接着买，接着腻。再买，再腻。

一旦把某件心仪已久的物品占为己有，便彻底宣告了你与它在缘分上的完结。它已经退出先前你要努力得到而朝思暮想的心思之外了。它已经物有所属，你便觉得无所谓了，不像以前那样珍视如宝。而在先前，因为还没有得到，便会有无限幻想，就连做梦也奢求着早日拥有。然而一旦拥有，便会弃之墙角，转而锁定下一个目标。

爱情是否也是同样的道理。当初男欢女爱的架势早已在日后的交往中变得平淡无奇。男人在女人眼中再也不像当初那样散发出魅力，女人在男人心中也不再有往日的淑贤。激情的潮水退去，彼此的恋慕与倾心式微，爱情的保质期过期。透过挂满各式幸福名义的招牌仔细往里面瞧，在时间面前，任何感情都暗藏着变数。面对一对老夫妻，该为他们携手在时间的洪荒中走过一年又一年祝福？还是要为他们业已消失的爱情，进而转变的亲情而叹息？

时间像是一块打磨成圆形的魔方，摆弄来摆弄去，最终又恢复到它乱七八糟的混乱状态。这一个个方格，装的便是残酷的现实与生活。一块装疾病，一块装健康。一块装眼泪，一块装欢笑。一块装愤怒，一块装平和。一块装埋怨，一块装感恩。一块装沮丧，一块装亢奋……而记忆的线，永远让时间是一个圆圈圈。

7

这把粉色的阳伞可真好看！一个熟悉的声音突然出现在束荷身后。

喂！同学！同学！……喊她的声音一次又一次。

束荷看似没有丝毫反应，无动于衷坐在地上仍旧看书，其实心里早就砰砰地敲起鼓来，紧张得不知所措。

一张搞怪的鬼脸吐着舌头从伞下钻进来。嘿嘿一声，吓得束荷失手扔掉了太阳伞，结结巴巴地问道：

你……你……请问你有什么事吗？

我呀，当然有事啦。这还用问呐。姑娘，你不做生意啦？他一边说，一边斜了斜眼睛，瞅了瞅那台卡座机。

束荷把伞捡起来折好，慢慢站起身。

亚明脚踩一个篮球，猫着腰，故做姿势，一本正经翻着一盒盒磁带。

束荷看着眼前这个举手投足机灵的大男生，下巴和人中，依旧留着从出生伊始便没有刮掉的毛茸茸的小胡子。头发喷着亮亮的啫喱水，一根一根支棱着，明显经过一番打理。上身穿一件红黑相间的球衣，下面穿着一条松松垮垮的大裤衩，裸露在外的小腿，两三道突出的血管绷在结实有力的肌肉上。脚上一双白色篮球鞋，晃瞎眼。

她向来认为，还没有刮过胡子的男人永远都只是孩子。他们有着含情脉脉、略显忧郁的眼神，不经意瞅过去，感觉心都要化了。有时，他们是愤怒的青年。听着朋克摇滚，模仿嬉皮士的造型，对周围的事情置若罔闻，玩世不恭。面对理想和未来，内心却激荡起一层又一层的浪花。有时，他们又是受伤的孩子，把自己关在房间里忆苦思甜。太过沮丧的时候，仿佛失去斗志，躺在床上整日昏睡。等恢复精气神，便再次昂扬，带着心愿继续闯荡。

每个男人的身体里都住着一个孩子。束荷一边想，一边看到眼前这个大男孩用手指熟练地转动着篮球，自己露出微笑。

姑娘，这台机器我看上了，能不能再便宜一点卖给我？亚明眯起眼睛，龇牙咧嘴笑着问。束荷摇头。

亚明，打球去喽！走！旁边又蹿出一个高个子男生，拍着他的肩膀喊他去球场。

姑娘，你再好好考虑一下啊。机器先给我留着，我先去打球，回来说。

束荷傻傻地站在原地，心中有一丝窃喜和怅然。她叹了口气，又坐下来，继续埋头看书。

时间一点一滴过去。傍晚时分，已经有三三两两的同学结伴而行，从宿舍出门到食堂吃饭。每个摊位的生意有好有坏。束荷一脸愁容，不再撑伞，失落地坐在那。

砰砰砰……

她下意识警觉地抬起头。

机器还没有卖出去吧？大老远，亚明的声音喊过来。

他再次站在她面前，距离只有半米。

我就只有这些钱了。他一边说，一边把攥在手里皱皱巴巴的零钱捋好。

我真的很喜欢这台机器。你就卖给我吧！

这样啊……束荷支支吾吾。

好不好嘛？……他一脸无辜的样子，乞求着说。

一阵疾风吹来，书页噼里啪啦被翻得乱响，床单一角也被吹起来。天上的云朵越积越厚，中央已经变成实心的黑色，豆大的雨点一个个朝地面砸下来。

下雨了！亚明大喊一声，二话没说，迅速脱掉球衣，罩在卡座机上，又卷好床单，把磁带和书裹在里面，抄起机器，夹在胳肢窝底下，拽着束荷就往隔壁的理发店跑。

两个人跟跟跄跄一路小跑。刚关上理发店的门，外面便是轰隆一个响雷，随即又是一道劈开天际的闪电。

店里还站着几个躲雨的学生。亚明注意到他们一直盯着自己看，这才意识到自己还光着膀子。肱二头肌、肱三头肌、胸肌、腹肌，被这个平日里异常喜欢运动的大男生锻炼得结实有型。他匆忙扯起盖在机器上的背心想要穿上，熟料呲啦一声，衣服被电源插头划开一道口子。他瞅了一眼旁边的束荷，耸耸肩膀，表示出无可奈何的神情。束荷捂着嘴，不出声地笑。

怎么样啊，你就卖给我吧！看我护主有功的份上。亚明一直对卡座机念念不忘，连声恳求。

束荷拿他没办法，做了一个手势，示意他可以搬走。

亚明乐得屁颠屁颠，回头对一个挑染着黄毛的发型师说道：哥，借你这里的电源用一下，我试试机器。

亚明好交好为的性格，能让他与陌生人迅速热络起来。有些人，天生就是自然熟的个性。他们面带微笑，言语谦逊，出手大方，仗义相助，结识下一群又一群的朋友。

发型师热情地招呼他，告诉他不用拘束。他也不加客气，把插着吹风机的电源拔下来，换上卡座机的。

按下机器试音的瞬间，低沉的音乐从亚明戴着的耳机中迸发出来，他一个人陶醉其中，跟着节奏摇头晃脑。束荷听着音量开到最大，也能听见耳机里的音乐声，抿起嘴唇，摇了摇头。

你不喜欢摇滚？他摘下耳机问她。

嗯，不喜欢。束荷点完头接着说：也并非都不喜欢。相比较而言，我更喜欢民谣和轻音乐。至于摇滚嘛，更偏爱那种可以搅得心里很异样的慢摇。

异样？亚明不解，反问她。

就是你听着那些旋律，感觉整个人的情绪都跟着它陷进去了。像放大镜一样，快乐的被放大得更加快乐，伤心的被放大得反而更加难过。心里感觉一阵一阵翻滚。那些褶皱被抚平，寂寞和空虚被音乐声填满。即便不懂歌词，光听着旋律和主唱声线，整个人也感觉被带到一个很干净的地方，让人很舒服很舒服。不过要是懂得它们更好。捧着歌词本，看着那些支离破碎的文字，仿佛就像阅读一首首诗，那感觉真是太美妙了！尤其喜欢 Antony and the Johnsons（安东尼与约翰逊），主唱的声音很特别，Moby（莫比）的音乐也很棒。

他站在一旁，听束荷滔滔不绝一直说着，明显与之前给他矜持的印象判若两人。亚明异常兴奋，不光为眼前这台绝美音质的机器，更被这个与他有着同样爱好女生的细腻感受力所折服。

你怎么把我心里想说可一直说不出来的话全给讲出来了。我也喜欢那样风格的摇滚和电子乐。至于你说的民谣和轻音乐，其实我一直有个想法，打算组一个乐队，来做些与众不同的音乐类型。说完，按下Power（开关）键，拔下电源。

束荷显得更加激动，双手交叉在胸前，一直收拢不住脸上的笑。

看咱俩，光顾着谈论音乐了，把正事都给忘了。说完，从兜里掏出那些更加皱皱巴巴的零钱。

你数数，应该是78块3毛。

哈哈。不用数了！别看你愣头愣脑，还挺心细。

那我就真把这台机器扛走了啊！我搬走了啊？说完，又重复一遍，等待她确认。

搬走吧！束荷放下矜持，掷地有声地回他。

亚明眼神闪烁，把零钱塞在她手心。刹那间，她感觉幸福无比。倒不是因为手里的钱，而是终于与这个学校的名人搭上了话。

不久，束荷在歌唱比赛中脱颖而出。许亚明才知道曾经卖给他机器的女孩名叫祁束荷。她的性格一直如他当初所见的样子，清清淡淡。

8

亚明心事重重，一个人投着闷篮，沿着球场跑来跑去。

阳光热辣，背心已湿成一片。轻轻甩头，额头上的汗珠便会像雨水一样落下来。他在心里反复掂量，却始终无法鼓起勇气去找她。他没料到，昔日那个天不怕地不怕的少年，却被台上旁若无人唱歌的女孩深深打动。他还记得在理发店，束荷说当她听着一些音乐心里被搅得异样时的激动神情。

黄昏，亚明把篮球丢在球场，来不及回寝室换身衣服，直接跑去找她。

束荷，我们组个乐队吧！你来做主唱。就按照你在比赛中的姿态，随性而唱。你不是一直想做民谣和轻音乐吗？我和哥儿们一定鼎力相助，让咱们的乐队别树一帜。他喘着粗气，把想法一口气说完。

真的吗？真的会成立一个那样曲风的乐队吗？……你不是要考体校吗？束荷显得激动，问他。

真的！咱们组乐队。只有民谣和轻音乐。没有摇滚，没有重金属，没有你不喜欢的一切。他点头，再三向她保证。

束荷，其实从买机器与你相遇那天，知道你对音乐那样执着，感受力又是如此丰富，我心里便有事放不下。当时，就有一起组个乐队的小念头。后来你在比赛中胜出，这个想法就更强烈。今天我鼓足勇气，把想了好久的话说出来，看你没有迟疑，心里也总算踏实了。

亚明，别这么说。能够组一个乐队，也是我多年的梦想。那天之所以把机器卖给你，也是看出你是一个仗义的人，戴上耳机听歌时的动作，又是如此投入。你一次次希望我把机器卖给你，虽然没有足够的钱，却还是不厌其烦来到我的摊位，你早就感动到我了。

你应该看得出来，我并不是一个喜欢张扬和自我推销的人。自从那天起，我便把你当成是心里的一个朋友，只是一直没有机会表达。今日，你我不谋而合，我高兴还来不及呢！一些理想如果趁着年轻不去做，恐怕这辈子都不会做了。亚明，我是高兴啊！谢你还来不及呢！

亚明听完束荷这番话，感觉心里悬着的那块大石头终于踏实落地了。

很多事情，我们总是主观揣度，在心中颠三倒四，希望把利弊尽可能权衡好，做事情要严格遵照日程列出个一二三所以然来。直到有一天发现，并非所有的事情都会按照一个框框往前走。有时随性和顺其自然，未免不是一个好办法。

没过几天，乐队低调地组建起来。亚明找来几个关系不错的哥们：他们有的初中毕业后便一直没有稳定工作，靠跑些零星的场子赚些微薄生活费。有的是从小学习音乐而多年不得志的乐手。有的则是与他在同一所学校读书，一样热爱音乐的文艺青年。都是清一色的男生，把本就人淡如菊的束荷，衬托得更加与世无争。

束荷挑起大梁，担当起乐队的灵魂人物，主唱的重任。偶尔也会坐在鼓前，当舒缓低沉的大提琴响起，一边演唱一边击鼓。亚明则深情地弹起吉他，用曾经打篮球的修长手指。有时，他会轻声和音，把束荷的声音衬得更加空灵，如同天籁。

最初，乐队主要是改编一些诗歌，配以简单流畅的旋律。使用的乐器有钢琴，小提琴，大提琴，定音鼓，沙锤，甚至民族乐器阮。四个乐手，一个主唱。束荷梦呓一般的声音成为乐队最大的招牌。

他们开始频繁在各大中专和职高演出，反响络绎不绝。有的人安静坐在台下，挂着下巴陶醉其中。也有人在束荷虚无缥缈的清唱中，故意大声咳嗽，吹口哨起哄。亚明上来火气，在演出结束后直接上去警告对方。偶尔也会碰到一些故意滋事的痞子，和他们大打出手。

乐队除了日常排练和演出，束荷有空便也到西餐厅演唱。有时唱到很晚回来，把同宿舍熟睡的室友吵醒，便考虑搬出去租房住。

束荷，如果你不介意，咱们一起合租吧。分摊房租还能节省开支。她瞒着母亲祁舒，跟亚明在校外租房子住。他们相敬如宾，彼此各住一个房间。许亚明也不清楚，束荷对他到底有怎样的感情。

老小区，一间靠近铁轨不到 100 米距离的两室一厅，4 楼。房屋采光不太好，墙壁黯然发黄，水泥毛地，卫生间的水管已经锈迹斑斑。然而租金相当便宜。束荷看上它的一个重要原因，是房间离铁路很近很近。

童年的事会记一辈子，并用一辈子去治疗。她始终忘不了那个只考了 9 分的下午，沿着铁轨，唱了 3 个小时的歌，一直唱到大海。

9

亚明，把电子琴放在这儿？束荷开锁进家，看见一个化浓妆的短发女孩在他房间忙活。

束荷，你回来了。我给你介绍，这是我的一个朋友，陈香。

陈香，你好！束荷伸出手。

你好，束荷！早就久仰大名，今天见到真人，果然非同一般。你比台上还要有气质。

谢谢你！干活干累了吧？来，喝饮料。说着，从拎着的塑料袋中抽出两瓶水。

亚明一点也不客气，拧开瓶盖咕咚咕咚喝下去。陈香也不见外，谢过束荷，打开盖子，仰头便喝。

束荷强撑笑脸，回到自己房间，关上门倚在墙上，心情立刻变得沮丧。隔壁，隐隐约约传来挪动家具的声响，不时还有几声深深浅浅的玩笑声。她翻开日记本，旋开台灯开关，歪着头记下今天的日期。

房间立着一个漆着深褐色的旧衣柜，一个弹簧塌陷、上面布满孔洞的折叠沙发，一张翻身时会咯吱作响的单人床，一台曾经卖给许亚明的卡座机。还有窗子上挂着一袭柠檬黄的绸子窗帘，当火车极速驶过时，透过关不严窗户缝里的风，震得它、吹得它轻轻摆动。

束荷把大房间让给亚明，自己则心甘情愿住在这间朝北的小屋。此时此刻，她依旧不吭声，借着昏黄的台灯光亮，趴在床头记日记。房间里除了窗外不时呼啸而过的火车发出沉闷的声响，便只有她落笔写字的唰唰声。

隔壁逐渐没了动静。她心领神会，不去想一墙之隔所发生的那些缠绵。她轻声哼起齐豫的那首《答案》，慢慢闭上眼睛，流出眼泪。

10

乐队步入正轨。每周一三五下午，从 2 点到 5 点一直不间断排练。饿了，便以饼干和面包充饥。最初，他们租了一间特别便宜的平房，旁边居民向物业反映扰民，便又找来一间位置偏僻的废车库。那里环境恶劣，空气浑浊。汽油桶、报废的轮胎四处堆放，空间杂乱不堪。束荷在里面唱歌找不到状态，经常想起小时候被母亲祁舒关在家里的小黑屋。功课几乎都在上午，不排练的晚上，便去餐厅唱歌，一直到深夜。有时一晚连赶两个场子，好多客人为她慕名而来，回头客越来越多。

她坐在高脚凳上，头发披散开来，被一束昏黄的光打在侧脸上，嘴唇贴近麦克风轻声演唱。有时有钢琴伴奏，有时就只是清唱。下面坐满了人，有的已经忘记盘中美酒佳肴，窝在圆沙发里陶醉其中。一张张写满祝福的卡片，藏在一束束鲜花当中。有的甚至是身份显赫的金主，送来示爱玫瑰。更有一些已婚大款，暗示想要包养她。她对这些没有任何兴趣，依旧本分地唱歌。餐厅打烊后，骑自行车直接回家。如果亚明与陈香没有约会，他便来接她。回家要经过一条黑暗的小巷，最近因道路施工，路灯已经全部熄灭。

今天，终日平静的餐厅出现轩然大波。一个中年男人和情人幽会，老婆找来闹事。她把桌子推翻，摔碎酒杯餐盘，狠狠扇了情妇几个耳光。老婆对她破口大骂，男人趁机仓皇而逃。两个女人揪住头发，互相厮打。觉得还不够泄恨，竟又拳打脚踢。一群人在旁边看热闹，没有人拉架，还不时鼓掌起哄，仿佛在看马戏团里的小丑表演。

别打了！都住手！束荷跑过去，对两个人大喊。

两个人停顿片刻，瞅了她一眼，又继续撕扯。

别再打了！别再打了！她干脆直接上去，用手想把两个人拉开。刹那间，身后一阵钝痛。原来老婆一时失手，把砸向情妇的拳头抡在了她的后背。她瞬间爆发，不知哪来的力量，用手掌把两个人分别推到了一边。她坐在周围满是碎玻璃碴的地上，大口大口喘着粗气。两个女人披头散发，照在昏暗的灯下，装束全毁，狼狈不堪。众人鸦雀无声。他们被异常具有爆发力的束荷吓倒。这个看上去柔弱的女子，面对事端不会有丝毫的恐惧与逃避，竟也会有如此大的力量。

她的歌声也是具有异常大的爆发力。声线在高亢与低沉中游走。有时，低吟浅唱。瞬间，又一个高音，刺耳嘹亮。多半是用气音演唱，有时故意用喉音发出卡顿的颗粒感状。

后来她终于圆梦，当歌手，乐评人这样形容她的歌声：万籁俱寂中，最感动的声音。忙乱黑夜里，最温暖的召唤。

因为低调，对娱乐圈乱七八糟的八卦极度反感，把所有的精力都放在唱功的提升上。虽然只出了3张唱片，并且发片周期间隔相当长，但是对待每一张都是精心创作，录音时一次次唱了又唱。她说，歌曲可以录好多遍，可是发行出去的唱片就成为被定格的永恒。她竭尽全力把最佳状态下的自己和盘托出，用对歌词敏锐的洞察力，精准诠释每一首歌。

宣传期，电台 DJ 有时也这样向听众介绍：这就是属于祁束荷的调调。

她带着脖子和后背隐隐作痛的坠胀，推着车子缓慢走在无人的马路。整个脸藏在衣服后面的帽子中，两条麻花辫搭在胸前。走进漆黑的小巷，她下意识地把头露出来，停下来张望。有时，亚明就会坐在前面那个水泥管上接她。可是今天那里没有猩红的亮点，他没在那里抽烟。

餐厅打架事件处理完，她垂头丧气推着车子往家走。意识到，原来从小到大始终陪伴她的并非是某个人。不是祁舒，也不是亚明，而是像这条没有光亮巷子上的寂静空气。

站在楼下，束荷望见亚明房间的灯隔着窗帘还亮着。锁好自行车，拖着沉重的脚步缓慢上楼。她听到亚明的房间里传来两个人窃窃私语的笑声，推开卫生间的门，把毛巾淋湿后敷在脖子上；看着镜中疲惫不堪的自己，一阵沮丧感袭来。她把手挂在洗脸池边，低下头，无意发现纸篓里被打结的安全套。

关上自己的房门，束荷把另一只手费劲地绕于脑后，挤压着云南白药气雾剂给后背消肿止疼。过了一会儿，她关上灯，平趴着身子打算睡去，却始终无法入眠。索性睁开双眼，一直看着房间里的黑暗。

11

陈香这阵子忙于一个考试，已经到了最后冲刺阶段，与亚明见面的次数也少了起来。

乐队排演依旧，结束后，两个人经常到仓库旁边废弃的枕木上闲坐。

今天，两个人像往常一样，有一搭没一搭随便闲聊。从排练中发现的问题，到计划改编的下一首诗歌。从学校琐碎的小事，到租房需要置备的新家具。亚明说得很多，束荷只是侧耳倾听。

别动！不要动！一只蝴蝶落在束荷的肩膀。

束荷便听他的话，老实坐在那儿，一动不动。亚明把手指做成镊子状，轻轻靠近蝴蝶。

哈哈。我就不信逮不着你！亚明满脸笑容，手里捏着蝴蝶翅膀。还没等他笑完，突然瞥见束荷脖子上贴着的膏药。

脖子咋了？他问。

没啥。扭了。她答。

真的假的？是不是谁欺负你了？亚明不信。

瞧你说的，好像我天天受气似的。束荷笑，装出若无其事的样子。

不是怕你受欺负。你现在是学校里的名人，我怕那些坏男生打你的歪主意，对你图谋不轨。亚明一脸严肃地说道。

哪里会！我长得又不漂亮。他们看上我真是瞎了眼。她故作轻松，笑着自嘲。

哪有！你可与众不同。美这件事，它和脸蛋甚至身材没有任何关系。哦，不。我的意思不是说你脸长得不好看，我的意思是……

他越解释，心里越慌。越慌，说话就越结巴，越是词不达意。束荷明白他的意思，挥手作罢。

唉，你懂就好。我这个人嘴笨。说完，搔了搔后脑勺。

束荷最终还是没把那晚的事告诉他，没说脖子上的瘀血是被一个女人用拳头抢伤的。并且对于她当天惊人的举动，很多人也搞不清楚。

其实，当她看见泼辣的老婆教训情妇，就仿佛看见母亲祁舒被当众羞辱，被猛泼过来的硫酸毁了面容。是她自己联想到小时候未曾亲见只是脑补过的画面，心里就觉得难受。

除了那晚的餐厅事件，三个人一起逛街也是让她相当尴尬。

有一次，陈香格外热情，拉着束荷的手，死乞白赖非要拽上她一起逛街。口口声声道：你一个人待在家也没意思，而且上次正好说哪天去买一件黑毛衣，不如这次就一起去。

束荷试图找借口推脱，陈香来了劲儿，继续笑脸相迎道：哎呀，你就去吧。难不成咱们乐队的女歌手要大牌还不能上街了啊？或者，你怕当我们俩的电灯泡？那你可就想多了！

束荷见亚明为难，虽然她的确是这么想的，索性还是硬着头皮去吧。

百货商场人头攒动。陈香在试衣间频繁更换衣服，拽着亚明不停问他穿起来是否好看。束荷站在一旁，像一具木偶。看着照衣镜中的自己，神情呆滞，两眼空洞。听着商场里播放强劲有力的电子舞曲，内心慌张不知所措。熙来攘往的人潮，把她夹在中间。她觉得呼吸困难，喘不上气。最后实在不想忍受，对亚明谎称自己肚子疼，要一个人先回去休息。亚明关切地询问，要送她回家，但看见陈香递给他一个眼神，便欲言又止。

束荷一个人坐上公交车离开。回到家坐在床上，心底涌上一股难受的情绪。她有种强烈的预感，意识到在这个下午，高筑已久的感情防线即将坍塌，压抑的情绪会像洪水猛兽泛滥成灾。她闭上眼睛，大哭……

与所爱的人在一起，彼此都应心甘情愿。不管里面到底有多少爱的成分，我们都是心甘情愿为对方花钱，心甘情愿地拥抱对方，或许会厌倦，心甘情愿地分手，直至最终心甘情愿地互相轻蔑。

陈香考试完毕，每天又与亚明腻在一起。他在排练时不够专心，时不时低头看表。束荷早就看出他的心思，便对乐队说，反正考试将至，不如暂停排练，大家都认真复习备考。

这下俩人便像连体婴儿般，终日缠绵在一起。白天房门紧闭，里面传出哈哈的大笑声。束荷遂关起门，戴上耳机，眼不见心不烦。到了吃饭时间，两个人也不出来，她便穿上衣服，一个人到超市买菜，挑选他喜欢吃的豆角、花生、虾、豆皮和香蕉，回到家系着围裙在厨房里忙活。油烟呛得她不停咳嗽，洗辣椒的手不小心揉眼睛，泪流不止。两个人闻到饭菜的香味，从房间里走出来，坐在桌子上，继续打情骂俏，等她盛饭端菜。

束荷，给我多盛点米饭！今天胃口好！亚明冲着在厨房一个人忙活的束荷说道。

陈香坐在他旁边，连手也不洗，夹起豆角叼在嘴里。亚明伸出脚丫子，逗她玩，蹭她的脸。

三个人围坐在餐桌前。束荷远远坐在一边，一个人沉默不语。她吃得很快，谎称自己困了要去午睡，回到房间躺在床上。客厅传来一波一波的嬉笑，她把随身听的音量调大，把头蒙在棉被里。

一觉醒来，房间里安安静静。推开门，看见两个人已经不在家，碗筷和菜碟堆在餐桌上并未收拾。她把它们拾掇到厨房，拧开水龙头，一个人就着哗哗的水流洗碗。

12

陈香的考试成绩出来。她落榜，变得烦躁不安，对任何人都失去了耐心。经常在家无缘无故对亚明大发脾气，事后便摔门出去，一走了之。

亚明无奈，也没有办法，把自己反锁在房间终日弹琴。

两个月过去，陈香还是未露面。

束荷见到频繁带陌生女孩回家过夜的亚明，终于忍无可忍，说：亚明。你可知道？这已经是你带回来的第7个女人了！

自从陈香摔门走后的第3天，他便开始带陌生女子回家。亚明长得高大帅气，除了打的一手好篮球，又搞了一个乐队，早已是校内外众多女生追捧的对象。他开始放纵自己。束荷不知道他这样做是否是对陈香离去的报复，但她清楚地知道，他并不爱她们。

他把她们当成是自己度过漫漫长夜的工具。她们是安眠药，是抱着睡觉的娃娃。而她们则心甘情愿投怀送抱，有时是为了能够抚摩他结实光滑的肌肉，有时是向其他女生炫耀自己已经跟他睡了，满足虚荣心。

天亮酒醒，亚明看着她们顿感陌生。虽然后悔，却还是装出一副凶神恶煞的样子，凶着她们赶快离去。有时，遇上个别胡搅蛮缠的女生，他便急躁地上去揪住头发，直到屋里发出嗷嗷的求饶声，女孩哭花了妆，掩面跑出去。

期末考试被他吊儿郎当蒙混过关。放假后，白天积极投入排练，仿佛什么事情都未曾发生。中午经常不吃饭，一个人留在车库继续弹琴，要么便大声播放摇滚乐CD。找了一份在酒吧做服务生的夜间零工，经常与社会上一些不三不四的人接触。每天晚上酒气冲天回来，有时带上浓妆艳抹的老女人。

束荷经常被隔壁亚明所播放的摇滚乐吵醒，又听见屋中女人谄媚的笑声，在恶心的同时，更觉得万虫钻心。便拧开台灯，趴在床头写诗：

爆米花是甜的
你知道 像音乐

傍晚落日最后耀眼的光芒是甜的

投在唱机的斜角 最后的抚摸

没办法 找不到分享的办法

像几天不曾进食的厌食者

心是空的 慌的

一瞬间美妙乐声的爆发

感情防线随即坍塌溃败

大口地呼吸 呼吸音乐

音乐快感对于你致命的渲染

有些东西永远得不到与他人的分享

分享是吼叫

是迷失森林看见生命光线的热泪

只有大口大口地进食

填充 膨胀

荒芜感没了 平息了

音乐是粮食

是这个世界唯一分享不了的

流动时间

文字可以写

图画可以画

音乐就是用耳朵听

送给你

我独一无二的耳朵

写给你

我独一无二的神经

吃吧

大口地吃吧

唯有进食才可以饱腹

不会落泪

为最好音乐掉下的眼泪

……

亚明对束荷的劝解不但无动于衷，而且还用恶言恶语回绝她：带女人回来过夜又跟你没有任何关系！是她们自愿这样做。祁束荷，不用你管！

束荷听完，扭头跑回自己的房间，放着自己创作的 Demo（音乐小样），趴在床头大哭。外面是呼啸而过的一列火车，车轮在铁轨连接处摩擦，发出哐哐当当钝重的响声。她感到自己的心脏就要被近处的火车震得分崩离析。

13

日后，陈香告诉亚明两人的感情已经破裂，没有再挽回的余地。其实他一直蒙在鼓里，陈香根本就没有真正爱过他。她爱的只是与他走在人群中被羡慕的眼神，爱的是有朝一日会成为万人瞩目明星的女友。她发现乐队进展过于缓慢，加之考试失败，终于失去耐性，不愿意再跟他耗下去，于是提出分手。

亚明自食恶果，成了自己玩弄自己的傀儡。这个自以为聪明绝顶的大男孩儿在遭受巨大的情感打击后，终日喝酒买醉，开始缺席乐队的排练，甚至霸道地玩起了重金属。

他说，我的兴趣并不在这些如此轻柔的音乐上，这些只属于雌性的音乐。什么仙女，什么清纯，都是假的。

他沉浸在分手的痛苦里，对束荷和她的音乐恶言相向。她并不计较他的出言不逊，以为过些日子他便能恢复常态。然而慢慢地，他变本加厉，开始鄙视乐队演出的一首首歌曲，对它们加以否定。抨击它们是催眠曲，是老态龙钟的靡靡之音。

束荷依旧默不作声，但内心有伤痕。她突然对眼前这个充满好感的大男生陌生起来。他不再是球场上那个身手矫健、阳光自信、奔跑如飞的少年，而是满脸愁苦、对任何事情都提不起兴趣的邋遢之人。亚明觉得只要他说出这些话，便可以泄恨，并不知道对外界会造成伤害。

他不止一次对束荷说，我要离开乐队。而她总会把纤细的手指轻轻搭在他的肩上，让这个坐在吧台酗酒的大男孩早日回头。

她说，亚明，现在的你让我顿感陌生。我们当初组建这个乐队，是为了可以从音乐中洞悉生命的真相。做音乐不是为了证明给任何人看，更不是向我们所爱的人炫耀。音乐是我们用以填补内心伤口的一剂良药，你不可以舍本逐末。如今，你在自暴自弃，在自甘堕落。

她就这样用淡定的语气好言相劝。眼前的亚明仿佛是一只低头吃草的鹿，沉浸其中，不愿再抬起头来。有时，束荷也会急躁，变换立场，故意激怒他：你就是为了证明给陈香看，为了总有一天可以出人头地，你也要马上打起精神，重新好好生活！

好几回，亚明疯狂酗酒在大街上呕吐，走起路来东倒西歪，她都用瘦弱的身子架着他，生怕他摔倒。好心的路人以为束荷被酒鬼欺负，上去帮忙拉开他们的揪扯，亚明便在路上失态地对她大喊大叫，如同得不到糖果的孩子对母亲耍赖。

束荷就是这般善良，纵容着亚明。一次次将他有意无意地恶言、重语和行动视而不见，也一次次为他在酒后向她失声痛哭而难过。

她想，男人如果心中郁结太多苦痛，一旦泄气，便像决堤的水坝，无法预期结果般的泛滥成灾，仿佛内心有止不住的出血口。他们瞬间从一个看似刚毅的男子汉退回成受伤的男孩。面对至亲的人，心里便无所顾忌，直接宣泄伤痛。而事后，他们往往都不承认。其实承不承认也都不再重要，关键是他们的伤口已经愈合，或正在愈合。他们又恢复往常的坚毅，或者比从前更加坚强。而接受倾诉的人，一定是让他们最为信赖的人，倾听者也应该觉得是件幸福的事。

束荷和亚明一直维持这种不可名状的关系。疏远，又亲密。

束荷看亚明自暴自弃，有恨铁不成钢的愤怒。可她不说他，因为她知道感情流失后的失重感。她就是这般善解人意，处处为别人着想。

或许正是因为束荷，因为那些日日夜夜地陪伴和语重心长地安慰，亚明并没有狠下心离开这个有着天堂般诗意的乐队，没有离开这个由束荷做主唱兼鼓手的乐队。他不想再也听不到这个有着天使般歌喉的女子，用她空灵的嗓音唱歌。

亚明终于从噩梦中苏醒，用往常乐观的心态，拍着束荷的肩膀对她说，我们要把我们的音乐做成如同时间流动的音乐圣经，唱给最善良的人听，演奏给那些充满抱怨，自认为生活亏欠他们的人听。让他们在听过后，内心恢复平静，如同刚降临到这个世间的婴儿，内心只装有最纯真的感情。束荷，我们要让他们与我们一起在音乐中明了自己的真正所向。

14

束荷看到亚明已经恢复斗志，觉得一些事情已经到达它应该有的样子，便把自己的东西收拾出来，一件一件装到行李箱和方便面的空纸箱里。

有时她也后悔，觉得当初答应与亚明合租房子真是一个非常错误的决定。她总是抱有天真烂漫的幻想，用缄默的态度，任凭谁也只能悄悄猜她的心思。她从不主动靠近亚明，因为她从小就缺乏这方面的训练。

搬家那天，束荷推上自行车转身就走了。箱子放在后车架上，几个塑料袋挂在车把上。她没有太多的东西，不像其他女生有一包又一包的衣服。箱子里只有几个心爱的娃娃，几件经常穿的黑衣服，几盒听了10多年的磁带。还有一本又一本的日记，都是在失眠的无数个夜晚写给自己的诗歌。

亚明靠在自己的房门，傻傻地看着她打开大门拖着箱子下楼的背影，悲伤的情绪久久散不出去。就当他沉浸在自暴自弃的放纵中，却亲手把自己唯一的知己葬送了。他追悔莫及，心中纵有千言万语，此刻一句话也说不出来。

原来，一时间的甜甜蜜蜜就这样忧伤地虚度了。

其实，束荷从租住的房子中搬出来，根本就不是生亚明的气。她只是觉得自己在这个不伦不类的房间中扮演着不伦不类的角色。她埋怨自己，决定要重新规划一下未来。她知道除了感情，对于自己还有更为重要的梦想。

她打算退学，离开县城，只身前往上海。

第四章

风和日丽

1

　　束荷收回眼神，不再盯着和尚看个不停，怅然若失的心情久久挥散不去。

　　雨终于停了。太阳钻出湿漉漉的云朵，瞬间光芒四射。透过高大茂密的树林，树梢有晃动的光晕。阳光打在地上一层层松松软软的松针和枫树叶上，投下斑驳的影子。空气中夹杂着一阵阵潮湿的泥土芬芳，两个人像口干舌燥的孩子，贪婪地大口大口呼吸。雾气缭绕于山崖峭壁，翻滚的云海跟他们并行其间。鸟儿飞翔在天空，发出清脆的啼叫。大片大片的落叶发出簌簌的声响，继续飘落。

　　束荷仰起头，对着太阳闭上双眼。她再一次深呼一口气，嗅着这味道，竭尽全力把它储存于大脑。她对玮辰说，或许不会轻易闻到如此芬芳湿润的空气了。说完，张开双臂，做了一个拥抱整片山川的姿势。没有人知道，她是在拥抱整个世界，还是在拥抱记忆中的亚明。或者把他们从心中一个一个剔除。但有一点让她深信不疑，在这方圣土，她感到自己周身无比舒畅，眼前有太多太多让自己为之动容的良辰美景：这山，这寺，这塔，这人。

　　他们继续向前走，一座庙宇渐渐在眼前显现，牌匾上的字已经模糊不清。看来这里的确少有游人观光，不然早就被修缮。虽然显出一丝断壁残垣的破败，却还保持着古香古色的原始风貌。比起山下掩映在红砖青瓦中被修葺的古建，他们更偏爱这里的清幽。山上山下仿佛两个世界。

他们就这样良久地矗立在庙口，对着一座孤立于深山中的破旧寺庙，内心由衷生出一番敬意。几个并排、穿青袍的和尚从里面走出来，他们好似也没有察觉，手持佛珠，一直流露出一份恬淡神情。

这时，从门口蹦出一个八九岁的男孩，是个小和尚。皮肤黝黑，圆脸，嘴里的大门牙有一个豁口。穿着对衫坎肩，底下已经脱线，里面套着一件洗得洁白的棉衬衣，摇头晃脑，蹦蹦跶跶，朝两个人走过来。

原来，他是一个弃婴，裹着棉被丢弃在荒郊野外的山坡上。寺庙的住持在南方云游，便把他一路抱回来，在寺庙收留至今。每日他也要像其他师兄一样诵读经文，只是由于天性好动，没有像其他和尚受戒。

穿着住持亲手为他缝制的便衣，每天在空闲时间围着寺庙一个人玩耍。身上缝有一个鼓鼓囊囊的钱袋，里面装着一堆堆师兄塞给他的硬币。那些和尚，有的已经八十余岁，在四海数次云游。

小家伙盯着他俩，歪着脖子，双眼闪烁，夹杂着好奇与兴奋。

终于来人喽！终于有人来喽！他一边嚷嚷，一边欢天喜地朝他俩蹦过去。

大姐姐，你有什么好吃的吗？他忽闪着小眼睛，双手扶在束荷的腿上。

束荷虽说是一个即将 30 岁的人，但外表看上去还像少女一样娇嫩，难怪小男孩喊她姐姐。她卸下身后的背包，掏出临行前装在里面的零食，把它们统统堆在他胸前。他撑着已经鼓鼓囊囊的肚兜，一个劲地说谢谢姐姐，之后费力地从里面摸出一枚枚硬币。

给。给你，姐姐。他一边说，一边把硬币塞到束荷手心。

弟弟，姐姐不要这些钱。姐姐给你这些吃的不收钱。乖，听话。你先吃，下回上山，姐姐再给你带。说完，又把一瓶没有开封的矿泉水塞在他怀里。

姐姐，等等我。小和尚一跑一颠拐进了西边的禅房。他把食物放在里面，手里只拿着那瓶水跑回来。拧开瓶盖，咕咚咕咚喝下去。

姐姐，这水没我们这儿的甜。他抿着小嘴，用小手把上面的水迹擦干净。

哦，是吗？

是的，姐姐。我们都是到后山用扁担挑井里的水喝。井可深了，舀上来，喝到肚子里可凉快啦，要比这水好喝多了，还有一股甜味呢！小和尚滔滔不绝，与刚才他们所见的那些和尚明显不同。

姐姐，你必须要把这些钱收下。他坚持说。

弟弟，别这样。姐姐可不要。姐姐不缺钱花。乖哦！

可是，你给了我东西，我就应该回报你。而且师兄他们也跟我说，你们外面的人都花这玩意，都认这玩意。反正搁在我这儿也是浪费，我又没什么机会用，还是你拿上吧。小家伙一边说，一边又从口袋里往外掏硬币。

姐姐真的不要！束荷反复拒绝，推搡着，让他把钱放回去。

好了好了，你们都别争了。弟弟，你还是把钱放回去吧。不然姐姐可要把那些好吃的收回来了！

还是玮辰对付孩子有办法。

小家伙终于不再从口袋里掏钱。他摸着自己的脖子，从后面解下来一条项链，上面挂着一个长长的小方筒。

姐姐，你蹲下，我给你戴上。

地上依旧是松软的松针，束荷不假思索，席地而坐。

他把坠着饰物的项链给她戴好，张开小嘴嘿嘿笑个不停。

姐姐。你可别小瞧这个小方筒。你猜里面装的是啥？他用一脸神秘兮兮的表情问她。

是什么呢？让姐姐想想。是保佑平安的护身符吧？束荷稍加迟疑，认真地回答他。

姐姐说对一半，比护身符重要得多。

那是什么呢？弟弟，快告诉姐姐吧。我可等不及了。她一边说，一边装出急不可耐的样子。

金刚经。里面装的是镂刻的金刚经文。姐姐，你要一直把它戴在身上啊。这样菩萨就会保佑你。

束荷顿感这份礼物的心意与分量，她感动得有些失语，不知该如何向这个小男孩表达谢意。

玮辰靠过来，摸着这个看起来并不起眼的小方筒。

哥哥，你们下次来，我再单送你一个。说完，他用手指着西边的禅房。停顿片刻，继续说：老方丈已经圆寂了，他现在就躺在那儿。说着说着，流下眼泪。

这个金刚经就是他送给我的，还告诉我日后可以把它送给心地最善良的人。如今我碰见你们，你们就是我见过最善良的人。姐姐，哥哥。这样的项链一共有三条。我把先前自己脖子上的那条戴在了圆寂的方丈身上，还有一条，我把它藏在了后殿的神龛中。今天后殿不开，没办法拿出来。哥哥，你下次一定要来。它很灵验，会保佑好人一生平安。

两个人听着这个出自于八九岁孩子口中的话，内心倍受感动。

会的。哥哥一定会再来看你。我跟姐姐一定会再来看你。

对了，哥哥姐姐，你们吃肉吗？小家伙突然问道。

两个人表示不解，点了点头。

吃肉可是要下地狱的。他一脸严肃，郑重其事地说。

两个人互相对视，神情诧异。

上次我和师兄他们一起下山，那是我第一次下山。我们到塔院寺附近的杂货店买方便面，等买回来后才发现里面有牛肉味的，我们就又扛着一箱一箱子面，到山下去换清汤面。

俩人瞪大眼睛，听他说完这些话。

随后，他带着他俩在寺庙周围转悠，指着树下那些阴暗潮湿的角落，说，那里有草药，还有各种各样能吃的蘑菇。顺着手指的方向望去，果真有一小片一小片低矮的植物，周围零星分布着一把把灰白的小伞。

玮辰和束荷站在后边的毡房，闻到一股清淡的香味。他们看到有两个和尚正在煮土豆。用远处从井里挑来的清水，直接把土豆放在烧开的水中煮熟。你想象不到那股异常清淡的甜味。毡房后面是一片开垦出来的田地。里面种着茄子、圆白菜、青椒、西红柿，地上滚着橘黄色的南瓜，紧挨寺庙的墙角亦搭着豆角架。

玮辰眼里看着这些，心中想起小时候。那时，他们家住在一楼。阳面的木窗框被漆成绿色。窗前有一棵大榆树。夏天枝繁叶茂，引来一大群麻雀栖息。父亲便在上面系满红绸子，安上小酒盅、小瓷碗，里面盛上被放在阳台晒过的自来水，装上满满的小米和面包渣。

他看着自己的小女儿和小儿子在阳台上欢天喜地的样子不亦乐乎。他就是这样，即便对于这些小生命，也有他的善良。他常说，万物有灵。内心便承载起一片巨大的天地，对任何生命都心怀敬畏。他养过各种动物，巴西龟、虎皮鹦鹉、白色和黑色条纹的狸猫、京巴狗、一大缸红鲤鱼，这些普普通通的小生命，让他自己以及这个家一直保有温度。直到那一年，玮辰上大二，一场异常猛烈的家庭风暴，席卷了这个昔日幸福美满的四口之家。

104

2

大雪小雪又一年。转眼间，农历小年就要到来。

清晨5点半，气温零下19摄氏度。外面依旧是茫茫夜色。北斗七星横挂在一方天际，散发出异常孤立的星辉。西南天边的长庚星，拼命闪烁出光亮，在月淡星密的夜空，与勺子星交相辉映。一弯下弦月惨淡地挂在西北角的地平线。刮着白毛风，地上有未融化干净的积雪。

半小时后，玮辰与姐姐跟在爸爸的身后摸黑下了楼，手中拎着一大捆折叠的黄纸钱。

昨晚，爸爸蹲在走廊，用铸有方孔圆形的铁模子，叮叮当当在纸上砸出一道一道铜钱印。锤子狠狠地敲在锭子上，迸出一个个细碎的火星。玮辰蹲在旁边，把砸有满满一排又一排铜钱痕迹的黄纸，三三两两交错在一起，从下至上，以5厘米为一个间隔，折叠成长条状。姐姐静菁则在屋内，跟妈妈搓洗泡在大洗衣盆里的床单被罩。

一辆绿色吉普车停在楼下，司机是一个中年男人，玮辰的老叔。爸爸坐在副驾，老叔给他点了一支烟。他掉过头，对坐在后面的姐姐说：静菁，你也跟我们去？

三儿，开车吧。你就让她去吧。昨晚闹了一宿，非要给她爷爷上坟，咱们可别辜负她份这孝心。说完，父亲猛地吸了口烟，从鼻孔喷出烟雾。

按照习俗，女孩是不能去坟地的。汽车轰隆隆发动起来。老叔踩着油门，打着方向盘，吉普车冲到了车辆稀少的马路上。姐弟俩裹着军大衣，头靠头坐在一起。窗外的路灯一盏一盏大肆亮着。

黎明到来之前的夜是最黑的。

10分钟后，汽车再次停靠。这是一所崭新小区的楼道外，玮辰奶奶家。

　　3年前，老房拆迁，住了几十年的旧房被推倒。当老太太乔迁新居，对着宽敞明亮的大房子，内心愈发敞亮，身子骨也越来越硬朗。每天上上下下，自己一个人买菜做饭，既锻炼了身体，又让自己忙活起来，也不至于太过寂寞，把日子安排得满满当当。

　　奶奶已年过八旬。爷爷去世早，一个人过惯了清静日子。儿女、亲朋来探望，拎着牛奶、水果，大米、白面，若是待的时间久了，便会觉得周身不自在，所以大家伙坐一坐，说上几句话就走。

　　她一个人把5个孩子拉扯成人，孩子们一个个都出色优秀。大儿子在市政府当科长。二儿子，也就是玮辰的父亲，在铁路上任职业务主任。小儿子在土产公司给经理开车。大闺女是百货商场的骨干领导。二女儿也是电厂的干部。

　　家家有本难念的经。孩子多，父母难免偏袒。老太太自己觉察不出，玮辰从小心思缜密，有时说她偏心眼，见她生气，他便不再提。玮辰向来认为，人活一世不易，能够做手足，是三生三世修来的福分。他纳闷，为啥一家人要有计较不完的恩恩怨怨。其实几个子女都将步入老年，他们都是没有活明白的人。

　　今天，她早早醒来，在厨房煤气灶前煮水饺：猪肉芹菜、素三鲜、羊肉胡萝卜，这些都是昨晚一个人现包的。她煮出来一锅，盛在盘子里，静菁和玮辰端到桌上，与爸爸、老叔四个人先吃。之后再煮一锅，把每种馅分装在吃过刷干净的泡面盒里，紧紧套上一层又一层塑料袋，最后小心翼翼平放在布兜中。同时，在兜子里装上糕点、套马杆酒、香烟、火柴和香。他们出发前，嘱咐再三：一定得给你们的爸爸、爷爷吃最新鲜热乎的饺子啊！送别前，缓慢挪着碎步，想起一些琐事，又叮咛：小二，别忘记拔拔坟边的杂草！三儿，路上开车千万当心！

出门，一路东行，目的地是元宝山。在那里的一处山坡，有他们父亲和爷爷的一座孤坟。

　　玮辰坐不惯汽车，只要一闻到汽油味，太阳穴便疼痛难忍，心里直犯恶心。嘴里含着块话梅糖，强忍住袭来的阵阵头疼，不让自己吐出来。打从他记事起，每逢清明和春节，几乎都会跟在爸爸身后，坐汽车，翻山越岭，去往那个熟悉又陌生的地方。

　　父亲是家中四子，从小帮助老妈妈持家。十三四岁，放学和穷人家的孩子一起徒步一个多小时，到北山深处捡柴火。生活的现状让他过早扛起家中重担，日子过得虽然艰辛，却磨炼了他坚韧不拔的品格。

　　此刻，天空已经泛白。玮辰看着窗外的东方，太阳就像一颗忧伤的红火球，追着吉普车跟他们一起奔跑。姐姐静菁侧歪着头，靠在车窗玻璃，内心若有所思。

　　到达元宝山前，途中要经过一条冰冻的河流。寒冬腊月，河水冻得结实，汽车可以直接开过去。倘若在清明前后，七九河开，便只能绕道而行。

　　记得有一年春季，赶上倒春寒，因图一时之快，看见河水仍未解冻，便打算抱着侥幸的心理试着开过去。熟料车子刚开出几米，冰面四周便出现几条细碎的裂纹，发出咔嚓咔嚓的断裂声。老叔见情况不妙，迅速打轮调转回岸头。当车子后轱辘刚一着地，只听见咔嚓一声脆响，刚才出现裂痕的冰面瞬间塌陷成一个冰窟窿。大家吓出一身冷汗，越想越后怕。

　　车子缓缓开进一个村子，田地被冰水覆盖。玮辰看着眼前这片刺眼的水浇地，一种虚幻感，让他怀疑自己是否置身于梦中。刚刚起床的村民，头上戴一顶大毡帽，徒手压着水井。毛驴被汽车的鸣笛声吓得四处躲闪，一群白鹅聚在一起嘎嘎嘎扑扇着翅膀倒是不害怕。一只黑色大狗拴在木柱子上，冲着车窗一直汪汪乱叫。

出了村子，把车停靠在山下，徒步20分钟，爬上一个山坡，眼前漫山遍野，尽是酸枣树。一座孤坟就堆在中央。将近一年时间过去，坟头有一张被石头压着的残破黄纸，山风很大，黄纸钱被刮得呼呼作响。几个孩子春天抱恙，清明没来上坟，就在家附近的十字路口烧了烧纸。

父亲和老叔拔掉坟头上的荒草，用带来的铁锹把不平整的地方规整好，接着更换坟头上的黄纸，在墓碑前摆好饺子、糕点，双手护住火柴，背着风，把香烟点着，拿出小酒盅，斟上白酒。父亲先跪下，我们跟着也下跪，他开始念叨：

爸，就要过年了，我和三儿带着玮辰和静菁来看您。妈又给您亲手包了各种馅的饺子，您就着酒吃吧。再尝尝这些点心，好好过个年！有啥事，就给我托梦。还有，这次您孙女非要来，希望爸能感受到这份孝心！

磕头，来，你们俩给爷爷好好磕三个头。父亲对他俩说。

两个已经二十多岁的孩子，对着圆坟，对着正在燃烧的纸钱，一次次叩首。

纸钱越烧越旺，父亲把白酒浇在上面，连同饺子、香烟、点心，一起烧起来。

十多分钟后，火苗渐渐熄灭，只剩下几缕青烟。父亲和老叔检查是否还有火星，最后盖上一层土。

上坟结束。

四个人站成竖竖的一排下山。玮辰走在最前面，静菁跟在他们身后。她一步一回头，远望着爷爷的孤坟，依依不舍。没有人能听到她心底的呼喊：

爷爷，请您保佑我！爷爷，请您保佑我们！爷爷，您要在天上看着我们，祝我们幸福！

3

玮辰接过静菁手里的一张相片，一个胖男人搂住她的肩膀。他梳中分，圆脸，小眼睛。有一点络腮胡，下巴上有剔过胡须后的青色。小嘴，牙齿不齐。

她说：弟弟，你猜，这个人是谁？

莫……莫非是你男友。玮辰显得万分惊讶，结结巴巴地说道。

聪明！静菁一脸喜悦，夺回他手中的相片，自己躺在床上又端详起来。

姐，我就是想问，你咋看上他了呢？！玮辰还没从惊讶中缓过神。

怎么了？不行吗？喜欢就是喜欢。我俩可是一见钟情。一边说，一边把相片贴在胸口，喜上眉梢。

行！没说不行。可就是人长得，长得有点……玮辰支支吾吾。

长得磕碜，是吗？姐姐见他说话迟迟顿顿，干脆自己说出来。

而且还胖！玮辰补充道。

姐姐听完，哈哈大笑：没想到我这么优秀的弟弟也会有以貌取人的时候呀！或许等你哪天自己恋爱了，就会知道，爱情这东西啊，可忒神奇了！尤其是一见钟情，让人跟喝醉了酒一样，神魂颠倒，飘飘忽忽。你根本就说不明白，为啥就爱上这个人了。

但是，总归要有个理由吧？玮辰又问。

理由理由理由！胖，就是胖这个理由行了吧？！你这孩子，我都说了，一见钟情，一见钟情。算了，不和你说了，反正你现在也不明白。

静菁觉得他不懂，便不想再多说什么，一个人手舞足蹈，自说自话。

我亲爱的弟弟，知道吗？你这个未来姐夫，可是跟姐一个学校毕业的。他比姐大两届，我刚上学那会儿，他就要毕业了。有缘吧？！

她喝了口水，继续说：上学时，俩人完全不认识，彼此更没见过面。他现在也是一所小学的老师。前几天，姐不是出差去打排球赛吗？我俩就是从那认识的。不过说实话，第一眼，我也没瞅上他。可是后来，越看越顺眼。

他一定对你展开大肆追求了吧？玮辰插了一嘴，问。

说对了！其实也算不上是疯狂追求吧。每天比赛结束后，大家伙一起吃饭，俩人总能很巧合地坐在一桌。他特别幽默，我就格外注意到他。

姐啊，哪里会是巧合啊！他肯定是故意想跟你坐一桌啊！都是提前设计好的！你行不行啊！玮辰此刻像是个过来人，对此伎俩一眼识破。

就两桌人，设计？不可能的！大家伙整天朝夕相伴，在球场，抬头不见低头见的。没两天，他便单独约我出去吃夜宵。其实也就是出去随便走走，说说单位里的事，扯扯家常，天南海北，一通瞎唠。

比赛结束后，我回到学校还像往常一样教书，但说实话，心里总觉空落落的。没想到，没过几天，5天后，他竟然给姐姐写了封信。别提了，那字，写得叫一个漂亮！

比我写得还好？玮辰噘着嘴，不高兴的样子。

那还用问，比你写的可是好太多啦！她嘿嘿嘿故意说道。

完了完了，这还没嫁出去呢，姐姐就开始偏心眼，胳膊肘往外拐了！

姐姐攥起拳头，做着要去捶他的动作：说啥呢，没正形！字真的比你写得好，我也是实话实说。

话说回来，读完信，我已经能隐约感受到他想和我交往的心思，但还是确定不了。紧接着，不到3天，第2封信又来了。慢慢地，第3封、第4封……信就跟雪片一样，唰唰地飞来。刚开始，他在信头还称呼我单老师。后来，便改称亲爱的小菁。你都不知道，那心啊，别提有多开心了。感觉心里面好像有一条特别温暖的水流涌遍全身，一种温暖、兴奋、踏实的感觉。没收到信的时候，便焦躁不安，情绪也差劲。

单静菁说完这些，略加停顿，神情发生变化，微微皱起眉，唉声叹气道：

你也知道，我在这边，他在那边，两座城市，这可真是异地恋啊……你说你让姐该如何是好啊？！

玮辰认真听完姐姐的这些讲述，心里也觉得温暖。他再次拿起姐姐手中的那张相片，仔细看了又看，突然觉得这个胖乎乎的男人其实也挺可爱的嘛。

姐，那你就加油吧！还有我那个未来姐夫，你告诉他，说你老弟让你加油呢！

静菁收起失落的神情，开心道：真的嘛？既然我弟弟都这样祝福了，我跟你姐夫，我们俩一定会好好加油！

说完，又补充一句：对了，先别跟他俩说，暂时保密。

4

单静菁从出租车的右后座钻出来，里面坐着那个胖而灵活的他。下车前，他在她的额头轻轻一吻。车子发动，她三五不时回头，看见摇下车窗的他向她挥手道晚安。静菁低着头，美滋滋地跑上楼。黑暗的楼道里，她摸索出钥匙，轻轻开门，又蹑手蹑脚闪进屋，小心翼翼脱掉鞋子。想，家人肯定已经都睡下了吧。

墙上的指针已经指向晚上9点。虽然对于大多数家庭而言，此时正是黄金时间，然而对于单家来讲，该上床睡觉了。他们家有早睡的习惯，每晚新闻联播后，洗漱收拾一下，便要各自回房休息。此时单玮辰正在放暑假，躺在两室一厅属于姐弟俩房间的其中一张单人床，等姐姐回来。

两个人相差3岁。在单静菁考上中专去往外地读书前，单玮辰一直与姐姐共用一个房间：一张写字台，两把椅子，两张单人床。睡不着觉的夜晚，俩人便像两只麻雀，叽叽喳喳说个不停。其实姐弟俩都是夜猫子，只是他们所在的原生家庭习惯早睡，他们也就只能乖乖听话就寝。实在睡不着，玮辰便枕着手心，平躺在自己的床上，在黑暗中，跟姐姐唠嗑。

姐，等我长大后，要成为一名作家，那种无拘无束的自由作家。要写好多好多书，把心中的快乐和痛苦统统写出来。真希望不用去当上班族，靠写作赚钱养活自己。其实也不用太多，能够温饱，可以有旅行的路费就够了。之后靠稿费开一间书吧，书架上摆满各式各样的书，小说、诗集、设计、哲学、评论、杂志，纯文学的、先锋的、有深度的、搞笑的、有意思的，主流的、非主流的，市面上找得到的、找不到的，甚至是独立印制的……只要它们是书籍，便统统摆在书架上。书架上的书可以随便取阅，放在高处的，可以踩着梯子自己去拿，不用有任何因不好意思地顾虑。预备几个柔软舒适的沙发，让读者们窝在里面安静地阅读。再免费提供可以续杯的茶水或咖啡，让在这里的每个人，都不必去在意外面喧嚣的世界。希望所有的烦恼都被这里的温馨抛到九霄云外。或者开一家音像店，货品同样齐全。店内整日播放万芳的唱片，把音量调得低低的，能够隐约听见就好。所有唱片都会拆开一张作为样片，光临的顾客可以随性坐在地上，戴上耳机，在CD机前或者录音机前试听碟片或磁带。

那你不赔死！不挣钱不活了啊？姐姐取笑他。

不会的。来到这里的读者或听众一定是这个世界最通情达理的人。大家爱好相同，性格类似，书店和唱片店，只是同类相互辨识的一个地点，如今大家聚在一起，一定会明白经营的不容易，从而适当地消费，彼此都行个方便。

玮辰说得滔滔不绝，打开话匣子便关不上。有时他会把姐姐说睡着，自己却清醒，彻夜失眠，继续异想天开，想着他的书店和唱片店。

总有一天，我要实现这些愿望。他在心底暗自许愿。

5

你给我站住！

突然，父亲的声音从漆黑的客厅里传出。

吓了一大跳的静菁赶忙把灯打开，一看，原来是穿戴整齐的父亲正坐在沙发上，脸色特别难看。

几点了？你看这都几点了？你干什么去了？！

父亲阴沉着脸，厉声吼问。

我……我……我去跟莉莉玩了。

不会撒谎的滋味，让她心里极度恐惧。

你就骗人吧！玮辰，你说，你姐去哪了？！

见父亲发这么大火，吓得他也不敢吱声。确实，他没守口如瓶，把姐姐恋爱的事告诉了母亲。

母亲从屋里哭着走出来，原来他们都没睡。

既然你们都知道了，那我也无话可说。我刚才约会去了。

你还觍脸说。

约会怎么了？我都多大了！

你看看都几点了？！

9点，怎么了！

不怎么！9点确实没啥！但异地恋，绝不行！

父亲勃然大怒，瞬间就手掀翻了茶几，喘着粗气，久久不能平静。全程在哭的母亲，用手捂住脸，呜呜呜，就是一直在哭。

不跟你们说了，我困了，回屋睡觉。静菁说完，回到房间。心情复杂且害怕的玮辰不敢面对姐姐，便拖着哭泣的母亲回到他们的房间。父亲一直坐在沙发上，关着灯，在黑暗中不停地抽烟。烟一根接着一根，如同在吃烟。地板上满是烟蒂，还有没来得及收拾的碎玻璃碴子。

从小到大，玮辰从来没有见过父亲气得像一只惹毛的狮子。一个晚上，母亲侧躺在床，俨然哭成了一个泪人。玮辰一句话也没说，就是怕得不行。

第二天，父母俩人上班，玮辰这才鼓起勇气去见姐姐。

走进本来是再熟悉不过的房间，却被空气里凝重的气息吓得一时间失语。静菁仍旧躺在床上，背对着玮辰，弓着身子，抽搐。

姐，对不起！……

当玮辰把对不起这三个字说出口的瞬间，竟然哇的一声，也哭了。

姐姐翻过身，擦干自己的眼泪，坐起来，又用手去擦玮辰的，用沙哑的声音说：傻弟弟，哭啥，姐又没怪你。

玮辰听姐姐这么一说，反而哭得更凶了。一把抱住姐姐，边哭边道歉：姐，对不起！对不起！对不起！是我对不起姐姐……

6

　　一连数天，昔日温馨幸福的单家，就如同世界末日，一直被沉闷压抑的气氛所笼罩。

　　电话线已经剪断，电视机不再打开，录音机也不播放音乐。就连那晚呵斥的父亲，也不再作声，只是一味地吸烟。玮辰刚放暑假不久，在这样突变的环境里胆战心惊度日，倍感煎熬。他曾想悄无声息买上返校的火车票，不管不顾一走了之，赶快离开这个暴风骤雨的家。除了担心姐姐，他最放不下心的便是母亲。

　　母亲家族有脑血管畸形的遗传病史，舅舅因突发脑溢血抢救不及时死亡。还是小小的玮辰，在那时，就记得在追悼会上所听见的恐怖哀乐。因此，母亲是家里重点保护的对象，血压如果太高，可能会随时引发各种突如其来的意外。于是她已被父亲全面禁酒，而且更要忌讳情绪的大喜大悲。

　　一天，玮辰午觉醒来，走到母亲房间，见她仍旧背对着自己，还以为是多日的悲伤让她心力交瘁，如今睡眠终于恢复，可能是在贪睡吧。然而当他轻声走上前，正要给她擦擦额头上的汗时，突然，被枕巾上的血迹吓坏了。仔细一看，母亲的鼻子正在不停往外喷血。玮辰见此状，顿时乱了手脚，惶然不知所措。他颤抖着双手，撩起自己的背心，上去堵住母亲的鼻子，大声喊叫：姐，姐姐，你快来！妈出事了！姐姐快来……他声嘶力竭地呼喊，眼泪砸在妈妈的脸上。姐姐闻讯跑来，见到这个情况，也吓得失声大叫：妈！……

　　母亲躺在 ICU（重症加强护理病房），已经度过危险期。她的鼻孔塞着一个注满凉水的类似气门芯胶管，作用是将鼻腔撑起来，冷缩的同时强行止血。原来那日闷热午后，连续失眠和心情郁结，让母亲的血压骤然升高。血流不畅，挤破鼻腔血管，得以缓解颅腔压力。所以这次真是万幸，多亏只是鼻子血管破裂释压，倘若是颅内任何一根血管爆裂，结果真是不堪设想！

单静菁泪眼汪汪，望着病床上痛苦不堪的母亲，整张脸已被灌水后膨胀数倍的气门芯胶管撑得严重变形。鼻子、脸颊、额头、下巴，到处是水肿。长相端庄的母亲，此时此刻遭受的这场劫难，就像是一个被毁了容的妖怪。

从医院回到家，玮辰对着两眼发直的姐姐说：姐，要不你就跟他断了吧！……难道你非要看到咱们好端端的一个家，就这样家破人亡吗？！……

她不作声，面向窗子，用手捂住脸，一声声叹气。

跟你说话呢！你没听见吗？

玮辰见她不回答，着急地又去逼她开口。

我让你不说话！我让你不说话！我让你不说话！

玮辰咬牙切齿，拿起刚刚解下放在床上的皮带，不假思索，照着静菁的后背，就是狠狠的两下……

她一边转身，一边用双手护住前胸，但并不躲闪，泣不成声。

弟弟！弟弟！……她一遍遍地呼喊。

玮辰还觉得不够泄恨，照着胸前，又是一鞭子抽下去。瞬间，静菁那声扭曲的哭喊无法形容。

真的是太疼了吧。真的是太狠心了吧。

丧失理智的玮辰大脑一片空白，这才傻眼跪倒在地。他把皮带丢在一边，爬过去，抱住姐姐的头，两个人哭成一团。边哭边喊：对不起，姐姐！对不起，姐姐！对不起……

116

7

下山的路上，他对她说：

束荷，如今姐姐和姐夫的孩子已经 3 岁。我的小外甥长得特别好看，已经能够背出拼音和英文字母表。

是吧。一定是聪明的小孩。所以，最后你姐姐还是跟他灵活的胖子喜结良缘了，一定倍受周折吧？她问。

其实后面的来龙去脉我也不是很清楚。暑假结束前，母亲出院。离开家返回学校，也能够让我暂时逃避家里的伤心事。等经历了一个秋天，冬天到来，寒假再度回家，看见写字台玻璃板底下压着姐姐身披婚纱的照片，脸上灿若桃花，身边的胖子紧紧挨着她，相视而笑，父亲母亲坐在他们前边，手捧鲜花，也面带笑容……我这才意识到，姐姐已经结婚了！

这是一张没有我在场的全家福。没想到，短短一个秋天，3 个月，人生竟然发生这么多改变。我不知道是开心还是惆怅，总之心情很复杂。在我很小的时候，就曾无数次想象过参加姐姐婚礼的情景，如今这么一看，恐怕我是这辈子都没有机会了。但是没有机会又有什么关系呢！只要姐姐幸福，只要姐夫对姐姐一直好，只要他们爱情的结晶，我最亲爱的大外甥能够快乐地长大，相比之下，其他所有那些形式上的东西，都不重要。

我就一直盯着那张结婚照片看，一直看，一直看，看到眼泪流下来，紧绷了 3 个月的心，终于松弛下来，了去一桩棘手的心事。

那你没问问，家人为何同意了这门婚事？束荷追问。

玮辰拧开手里那半瓶水，按照她之前教给他的喝水方法，轻轻抿了一口后，继续说：

我想，天底下所有的父母都是希望子女过得开心、幸福吧。一代人有一代人的想法、活法。父母所认为的快乐与幸福，那终究是他们的。儿女有儿女们认定的幸福。子非鱼安知鱼之乐。我想，大抵就是这样吧。

8

五台山，同一日。

大巴车行驶在盘山路上，道路越来越窄，山坡越来越陡峭。然而随着海拔的上升，视野也越来越开阔。玮辰开始晕车，把头抵在车窗上，闭上眼睛，试着睡一会。束荷坐在他身旁，塞上耳机，听自己的首张唱片。

很多时候，你以为的短暂一生，对于爬上树梢只能聒噪 7 日的蝉来讲，却是漫长一生。很多时候，你以为漫长的一生，对于山谷中一颗普通的石头而言，却是短暂一生。一根火柴在瞬间擦亮的短暂数秒，其实已经完成了它的一生。

你醒了？束荷摘下耳机，问他。

玮辰微微睁开双眼，用双手遮住从窗外射进来的刺眼阳光。

束荷，我睡了多久？

没多久，10 来分钟。怎么样？还是晕车？来，给你。

玮辰接过她手中的酸奶，插上吸管猛地一吸。

束荷，我当真只睡了 10 分钟？

嗯。

可我分明感觉自己睡了好长时间，足足有两天两夜那样久。就像小时候爬完南山，回到家，躺在炕上，要昏睡一天才能缓过劲儿似的。醒过来，肌肉又酸又疼，那种歇过来，但又不解乏的滋味，叫人还想再睡，直到睡透。

玮辰说完，挺起身子坐正，继续喝着酸奶。

好吧，看来你刚才做白日梦了。那你就不妨跟我说说你的梦。

我梦见自己在傍晚的山中行走，山上全是用茅草搭建的寺庙，而且寺庙还没有门。我就站在外面小心翼翼地往里探头，看见里面密密麻麻坐满了一排又一排僧人。他们穿着袈裟，一只胳膊裸露在外，伏在像是学校课桌，但却小了好几号的桌子前誊写经文。其中一个白胡子老和尚紧挨着门口坐下，发现我在窥视，就总是抬头瞅我，让我害怕。现在这么一回忆，感觉他们并不像是和尚，而是喇嘛，跟我在呼和浩特大昭寺见到的喇嘛很像。接着我一直在山上行走，感觉自己很累很累。翻过一坐山，就又是一座山。像是在寻找什么东西，但就是漫无目的地乱走。我发现自己总是来来回回地兜圈子，就开始着急。突然，我想起自己原来是在寻找大部队人马，在找宿营地。这下锁定目标我便有了奔头，走得也起劲了。正在这时，却突然一脚踩空，掉进一个陷阱。陷阱就像一个滑梯，我在下坠的过程中飞快旋转，但并不觉得晕。最后，我被加速度猛地抛出了阱外。

玮辰，别多想！是你这两天太累了。咱们刚下完山，现在就坐上大巴再次出发。是我太心急，非要拉上你一起看看北台顶。我们应该先回旅馆休息一会儿才对。束荷的话语中带有歉意。

快别这么说！束荷，你一个女生不也一直上上下下吗？还是我身体素质太差了，都不如你！我应该感到惭愧才是。说完，红了脸。

好啦！瞧咱们两个人，这么爱进行自我批评。哈哈，束荷笑道。

不过话说回来，真不能说是你非拽着我前来。北台顶是我此行五台山的必游地，反而现在有些想念那个小和尚了。束荷，改天我们再去看他。

嗯。当然要去。我不是已经答应再带些零食，况且他还要送你金刚经的项链呢。承诺过的事自然不能食言。不过，你还真是一个念旧的人。咱们下山也就两个多小时吧，你就开始想他了。

不光是那个小家伙，还有我认为值得交往的人，在心里，都会有他们的一席之地。说完，玮辰向束荷投以温暖的眼神。

两个人相视而笑……束荷慢慢低下头，脸颊绯红。

9

山路变得越来越险峻，司机把车停下，不再行驶。一行人小心翼翼，顺着盘山道往台顶走去。湿漉漉的空气，山风比其他地方还要大，一些游客缩着脖子瑟瑟发抖，多亏他俩穿得厚。

队伍一直向五台山的最高处北台顶挺进，杨树、松树、枫树依旧是这里最为常见的树种，苔藓遍地。越靠近山顶，大雾越弥漫。在被称为晋北屋脊的高山，他们眼前的大雾或许就是天上的云朵。有人找乐子，说，此时我们就是行走在云端的苦行僧。

眼前现出一片开阔平地，他们终于登顶。远处有一间小庙，近处有一口破旧的大钟，雾气太重，看不清钟体到底有多大，人们钻进大钟里相互拍照。他和她并没有凑热闹，反而双手叉腰，站在山崖边缘。1米之外，便是不可见底的深渊。从上午爬上那座终日有光亮的山顶，到此刻置身于晋北屋脊，山风强劲，让人有大义凛然的豪情壮志之感。

　　只见束荷转过身，背着风，撸下发辫上的皮筋，用手慢慢抖开。发丝逆着风在高山飞扬，又裹在脸上，不时遮挡住她长长的睫毛，看得玮辰怦然心动。

　　此时，远处的平台飘来阵阵欢声笑语，二十几个人玩得不亦乐乎。每个人就像是困在笼中不能飞翔的小鸟，如今置身虚无缥缈的高山雾霭，在这清净又壮阔的无人之巅，感受到亦真亦幻的快乐。于是，暂时抛掉工作上的压力，忘记生活上的不快，只想做一只自由自在的飞鸟。

　　旅行前，玮辰在疲惫中随手翻看日程簿，看见本子前面两页，是带有地名和区域号码的通讯录。他有一个习惯，无论自己游逛，还是工作出差，每去一个地方，回来便用笔在上面打钩。那些密密麻麻的对钩，记录着他这些年外出的轨迹。他发现，跟随导师奔赴一个个大大小小的学术会议，所到之处无非是一个又一个繁华的城市和五星级酒店。看着那些貌似诱人的地方，他觉得自己反而是一个被困住的城市动物。

　　深居在空洞的城市森林，每天过着循规蹈矩的生活，大家几乎拥有着同一张脸与同一种表情。他们不愿意向自己的同类敞开心扉，不深信于人，将自己紧紧包裹，囚禁在主流生活里。然而当他们走在路途上，仿佛瞬间变了一个人。他们开始对着陌生人滔滔不绝地讲话，倾听者是他们的容器，是他们的垃圾筒。他们在旅途中热血沸腾，重生。玮辰觉得自己本是一个旅人，却久久在现实中受困。于是他出来，选择来到这个清净的佛门圣地。

　　大雾越下越大，能见度已不足两米。一块奇大无比的石头矗在地上，上面累着一块小石头，上面坐着一个游客。不知谁灵机一动，对着人群嚷嚷：我们干脆玩叠罗汉吧，男女一起，敢不敢？

　　男女一起又咋了！一个胖胖的中年男人应声。大家伙哄堂大笑。

121

来，我先来。我厚，不怕压，给你们垫底！胖男人说完，扑通一下躺在地上。

大家还是磨不开面子，迟疑不决。一个学生模样的男生趴在胖子后背，不一会儿，慢慢有人陆续加入，一个一个倒在上面。大家的笑声连成一片，随风飘散。

玮辰见此状，赶忙跑过去。一反来时在大巴车上只与束荷交谈的姿态，端起相机，对着叠罗汉的人群大喊：来，大家看镜头。

一群人龇牙咧嘴，张开手臂，组成了一个俯视角度的千手观音造型。玮辰咔嚓咔嚓按动快门，从不同角度拍摄。束荷紧挨着人群，露出好看的牙齿，笑出声来。

在这个连年积雪、雾气弥漫的晋北屋脊，大家从天南海北汇聚，用各自叠加的身体，让北台顶又高了近一米。此刻回荡在五台山的声音，不止有余音绕梁的佛音，还有聚集在一起大家伙的笑声。这笑声发自肺腑，由衷的欢快、爽朗，随山风一同荡漾，飘去远方，乃至未来每个人的归途。

想必世间美好的瞬间，也不过如此。天人合一的境界，大抵也就是这个样子吧。

第五章

离愁别绪

1

　　街头小店，矗立在明晃晃的路灯旁。店内有试鞋的高中生，他们刚刚下晚自习，把脚踏车随便支在门口，或者索性直接放倒在地。他们向父母要来大面额钞票，第一时间，购买最新款式的球鞋。孩子开口向大人要钱，仿佛是天经地义的事。束荷记得母亲曾经从垃圾堆里捡回那些旧鞋，洗刷干净被她穿在脚下。她永远记得那些异常别扭的旧事，仿佛是长在身上的一块胎记，永远挥之不去。她透过玻璃橱窗，继续看试穿鞋子的学生。他们晃动瘦高的身影，一会儿坐下，一会儿又站起来，提领着裤子，把鞋带系好，对着一整面墙的大镜子，在干净的木地板上走来走去。看到这些，她内心怅然。

　　束荷记得语文老师说过，这和那，所指代的距离感是不一样的。这，是当下，是眼前。那，是未来，也是遥远的过往。于是她想到这些，觉得沮丧，反而怀念那时自己一个人的日子。那时，她可以沿路唱歌 3 个小时，最近的一次也不过是三四年前。那时，她是一个正处在妙龄年纪的花季少女，有大把大把仿佛没有穷尽的青春岁月。虽然从小到大的生活，她像一只掉了队的候鸟，一个人寂寥地一天天长大。虽然伙伴不多，甚至终日只是自己一个人，但日子过得简单，自己照顾自己，也别有一番静好。

　　人生旅途最美好的阶段，便是十九二十几岁。青春看似漫长无期，然而一旦经过，却是如水流，永不回头。让人不禁感叹生命之短暂。一出溜，时光便匆匆在眼前闪过，如同不会停歇的长途火车所路过的一个个小车站，也如拖着美丽尾巴在夜空划过的流星，稍纵即逝。

束荷手里拿着气球，继续走在天色渐重的黄昏。秋天的傍晚过得特别快，她还没来得及仔细张望远处的落日，天空便瞬间披上了一层浓密星群。

破旧山地车的车把上挂着深蓝色塑料袋，里面装满一口袋爆米花，这是束荷的晚餐。她刚从排练室出来，精神萎靡，眼底有浓重的黑眼圈。

那个新租的仓库太过阴暗，里面堆满破旧的枕木、空的汽油筒、废弃的汽车轮胎。通风口也过于狭窄，让人经常觉得呼吸困难。她嗅着阴冷、潮气四散的房间气味，唱出的歌曲极其不在状态。这样的环境，与她早先设想的简直有天壤之别。她只是需要在并不奢华的空间里，在一处清洁安静的小房间，午后时分，阳光照进来，内心舒坦。或是在傍晚的某个时辰，轻轻转身，便仍能看见刺眼的落日余晖，让自己感受到活下去的意义。她要做使自己感受到幸福感的轻音乐与民谣，并且要让听到这些音乐的人，同样感受到一种幸福的滋味：有勇气，不厌倦，在这个世上好好继续地活，心存感念地活下去。

为此，她不知与许亚明发生过多少次争执。她自己也不相信，昔日那个不善言辞、只爱唱歌的女孩，竟然会为她所期望的环境，与一个大男生争吵不休。她告诉他，我不是为了你们现在快要转成的摇滚曲风而击鼓的。如果再这样下去，我不会再做你们的鼓手，更不会开口唱歌。你们不觉得那是在玷污我们当初的梦想吗？她一字一句，钝重有力，向乐队发出预警。

西方天空仅剩下的一点微光，终于被一股强劲吹过的晚风所熄灭。西南天边闪烁着耀眼的金星，束荷轻轻抬头，心事重重地望着它。星芒在这嘈杂的夜，仿佛也会灼伤人的双眼，她感觉自己的泪腺最近特别发达。

2

一家音乐书店，此时正在播放时下最流行的歌曲。束荷停下脚步，把抱在胸前的一摞书，下意识扶正。

长时间关在幽暗的仓库排练，经常让她忘记时间，人也感觉疲劳，脑子里出现失重的幻觉。那是硬邦邦的重金属摇滚，她虽不排斥，却无法接受。她的心一直是向着淡淡疏离的轻音乐和民谣曲风跳动的。

当初组建乐队，她欣喜若狂抓住手里的鼓槌，调皮地在亚明脑袋上敲了两下。这个内敛的少女，第一次向外界敞开了她内心的欢乐。几个花儿少年，发出阳光般灿烂的笑容围坐在她周围。他们约定，要做这个天底下最为美妙动听的音乐，像天使拍打轻盈的翅膀，在仙女身旁轻轻飞舞。

此时此刻，束荷再也看不到球场上散发一股英气、用满腔热血为一场赛事而拼搏的大男孩，再也找不到那个最初打着口哨、骑脚踏车，与一群男生结伴呼啸而过的少年。最纯最美的花季年龄仿佛顷刻过去，接踵而至的则是从轻音乐到重金属的转变，天使般的轻柔呓语被颓靡之音吞噬。慢慢地，一切都本末倒置了。最初的梦想与坚守，最初的曲调风格，瞬间万劫不复。

走进音乐书店，老板叼着一支烟，坐在门口的收银台，歪着脖子数钱。他抬了抬眼皮，瞥见束荷，下意识吧嗒几下嘴，又吸了几口烟，继续低头点钱。

束荷站在摆满 CD 的货架前挑选唱片。拿下一张，看了看，又把它放回去。如此这样的动作，不知重复了多少次。看着唱片封套上血迹斑斑的骷髅头，墨绿色的眼睛，舞动着的模糊手臂，又是一个个愤世嫉俗的摇滚音乐人极度自我的宣泄。她内心对这些音乐是排斥的。当初他们首次在一所职高表演，便遭受众多留着长发、蓄着胡须的摇滚青年的不屑和恶意攻击。正如他们对她本人以及所制作的音乐的蔑视，她想她也有权否定他们的音乐，在心里质疑着他们的肤浅与轻狂。

她在美丑之间径自发笑。有人说，丑到一定极限的事物便会转变成美。那些人抓住这句话的把柄，用沉闷、撕心裂肺的重金属，糟蹋千百年来一直温顺善良的音乐。她对自己说，时间的洪流会再次彰显音乐最纯粹美妙的本质，这些如同心理有疾患的黑色音乐，定会从历史的长河中过滤出去，退回到它们所在的河床支流。它们一开始便是旁门左道，最后只能在崎岖狭窄的小径上黯然死去。

然而后来，她自己也不知为何会慢慢喜欢上摇滚。听着那些电子乐，在心情极其难过的时候，竟也会得到抚慰。她并不知道，先前面对那些音乐内心生起的厌恶，到日后在心里有一处空间可以容纳它们，是自己慢慢长大的一次又一次蜕变。内心从摇摆不定，开始变得立场坚定，是她在构建自己的审美内核，形成对这个世间是非曲直的判断标准。慢慢的，她觉得不管是音乐还是人，以及所经历的事，都需要时间的沉淀给予它们一些客观而公正的评价。有时，我们太过主观，以为那就是我们喜欢或是不喜欢的，而早早地妄下结论。批判它们，否定它们。直到有一天我们发现，先前以为再正确不过的真理都是伪命题、伪结论。

老板走过来，站在束荷身边，不说话。他一直嘬着烟，扯着脖子叉着腿盯着她看。老板娘在挂着蓝色棉布条纹的帘子后做晚饭，时不时冒出几句话：

你给我盯紧点，别又让人把东西顺了去。每次老娘不在，你都得把事情搞砸。你这个没用的东西！

你快闭上嘴！别以为这个店没你就不转。男人呛了口烟，辣到了眼睛，用手驱赶眼前的烟雾，咳嗽几声便不再说话。

束荷看到被放在货架最不起眼一角的唱片，Once in a Red Moon（《忆游红月》），走上前把它拿下来。

哎哟，还看不出，你喜欢听这种音乐。自打进了货，根本就卖不动。你瞧，就在这儿一直压着。小姑娘，你要诚心买，我把其他5张专辑，通通按进货价卖给你，保证都是正版。

老板发觉她对于这些唱片如此出神，上去忙做生意，接着又说道：

想当初杂志嚷嚷的那么火！说什么是这个国家的白金唱片，又是那个排行榜的销量冠军。我想这下可以大赚一把了吧，要进也得进正版啊。嘿！谁知道在这一放，落了一层灰。进来的顾客都是直奔眼下最流行的歌曲来的。说实话，当下谁最红，谁的专辑就最好卖。我估摸着，既然在一些国家和地区有过那么好的销售成绩，那肯定也是流行风靡的抢手货。但就是奇怪，在咱们这儿，不认！

老板越说越起劲。他把最后一小截烟头直接扔到地上，用脚撵灭，继续飞着唾沫星子跟束荷抱怨。

姑娘，这音乐到底是啥风格？我没拆封听过。

它们像是……束荷开口把话说到一半，又吞回去，而是对他讲：算了，老板，这几张我全要了，你找块抹布帮我擦擦灰。

老板听她这么一说，眼睛顿时发亮，满脸堆笑，仿佛是某种阴谋得逞而暗暗窃喜。

老板娘从帘子里发出叮当作响的炒菜声，呛着油烟子，依旧不忘提醒前厅的男人，眼睛擦亮些。束荷付完钱，小心翼翼把那几张CD搁在包里，刚走到门口，突然又掉转回头，径直走到老板面前说：

老板，你不是问我这些唱片是什么风格吗？给，我把从你这儿买的其中一张送给你，你拆开它听一听就知道了。束荷一边说，一边拉开包

128

的拉锁，取出一张 CD 递给他。

老板显然对她的举动不知所措，张开双手接过唱片，瞠目结舌站在原地。

老板，那我走了，再见。

喂……姑娘……

束荷走下音像书店的台阶，看见一群风风火火的少年。他们停下车子，没有系上扣子的衬衫套在干净的白 T 恤外，相拥飞跑着钻进店铺。束荷摇摇脑袋，叹了口气，一脸无可奈何。突然，却又笑了。音箱瞬间飘荡出她所熟悉的音乐，老板正在播放她送给他的唱片。她再次回过头，看见老板隔着门玻璃向她点头。

她终于推上自行车朝家的方向慢慢走去。她再次抬头看了一眼天边耀眼的金星，除了月亮，它是天空中最亮的星星，仍旧独自在西南天际眨着眼睛，它应该不会感到孤独。她想，在它周围虽然有自行发光的大恒星，但彼此之间相隔数光年，因过于疏远显得小而暗淡。在这疏密的星群之间，以及在这拥挤不堪的茫茫人海，是否也有宇宙的玄妙？她想到这些年，一个人独立完成的种种事情，脸上露出会意的微笑。

她掏出随身携带的笔记本，在上面写下这句歌词：

　　天上的星星，为何像人群一般的拥挤呢？
　　地上的人们，为何又像星星一样的疏远？

一定要把头发弄得看上去滑溜些。你看，这才洗过没两天，就干得不行，而且还总分叉。许亚明坐在男子会所的椅子上，对着镜子摇头晃脑，与正在给他干洗头发的美发师说道。

放心吧！等待会儿做完，包您满意。我给那么多明星做头，其实并不是每个人的发质天生就那么好，可他们在屏幕前看上去不还是光鲜亮丽吗？所以，您就踏踏实实闭上眼睛听听音乐，过不了多久，就等着看自己脱胎换骨吧！美发师操着一口粤语，满脸自信地说道。

上个星期六，许亚明去步行街一家叫做飞的音像店淘碟。出门时不小心撞在了一个正要进门的中年男人身上。亚明满嘴脏话脱口而出。

那男子，上身穿黑色西装，里面是一件白色敞领衬衫，不系领带。下身穿着一条两侧码着白细线的深蓝色牛仔裤。从衣着推测，男子是有着良好审美与涵养的人。他对亚明的出口不逊并未太过计较，但他也不会过于忍让，任凭一个没有礼貌的年轻人胡乱施威。

他对亚明说：年轻人，万不可过于轻狂。

音像店老板见事端不妙，上前立马把亚明拽到一旁，小声告诉他：你怎么敢惹他！随后，又使劲瞪了亚明一眼，接着说：知道吗？你骂的可是星月唱片的大老板。大老板！你知道是啥意思吧？有多少人巴结他还来不及，你竟然……

还没等他把话说完，亚明先让自己定了定神，脑子里快速闪过一些画面：

他看见自己，留着中长发，在自己首张唱片的发布会上。

他被众多媒体记者打着高亮的闪光灯竞相拍照。看见一个又一个疯狂的歌迷热情地喊着自己的名字。每个人手中都持有自己的唱片，挥动着手向他尖叫。有的人甚至因见到他而过于兴奋，流下激动不已的眼泪。媒体、歌迷统统被保安人员挡在红毯的安全线外，他还是被他们簇拥着。之后，在音乐颁奖典礼的通道外，在自己唱片的签售会上，他看见一个熟悉的身影拿着自己的专辑让他签名。她递给他一张纸条，上面写着：明，让我们重新开始吧。下面的落款是他前任的名字，陈香。正是她，让他曾经一度沉迷于酒精的麻醉中，借酒浇愁。他清晰地记得自己在那段失恋日子的苦痛。暗无天日，过着非人一般的生活。如今，他终于成功了，可以向她证明自己终究有一天会功成名就。你离开我，是你的损失，你一定会后悔不已。

亚明就这样沉浸在自己的幻想中，设想着一切使自己扬眉吐气的场面，内心畅快淋漓。

他稍加平静，定了定自己的神，难为情地看着眼前这个老板。来不及准备好措辞，慌乱中梳理一番思绪，便快步走上前，面对着陈老板，深深三鞠躬。一边极力点头哈腰，一边一口一个说着对不起。

到底是见过世面叱咤风云的大人物。亚明道过歉后，陈老板给足了面子，用手拍着他的肩膀，笑脸相告：记住啊年轻人，做事万不可鲁莽，光有脾气和个性是没用的。要踏踏实实，本本分分。亚明边听边点头，随声附和，笑着说是。

陈总转身要走，亚明拦住他，敏捷的从包里掏出一盒录音带。

陈总，我还是要为自己刚才的冒失再次说声抱歉。这盘磁带是我们乐队自己录制的 Demo（音乐小样）。我本人非常非常热爱音乐，组建乐队半年，今天歪打正着，终于等到您这样的伯乐出现。希望您回去抽空听听，学生会感到万分荣幸。

说完，陈总接过他手中的录音带，走到店内的音响旁，直接把磁带放进录音机里。

瞬间，音像店里里外外的音箱飘出轻柔舒缓的音乐：低沉却有力的鼓声，混合在提琴、钢琴、二胡声中，时隐时现，像在耳鸣时刹那间听见自己心脏的跳动。音乐声中亦有自然的流水声、鸟鸣声，以及其他小动物的叫声。一个沙哑而又不失嘹亮歌喉的女声若隐若现，咿咿呀呀，仿佛透过一块薄纱，轻轻用着力气，却又拿捏刚刚好的力道，并不戳破它，在虚无缥缈之间，赋予了声带无限可塑性。

陈总陶醉其中，跟着节奏与女声摇头晃脑。音箱店老板趴在耳边告诉他，里面唱歌的女生是乐队的主唱，男声部，正是撞你的这个毛小子。陈总坐在椅子上，煞有心思，又继续听完下一首。站在门口的亚明紧张不已，不知道该把手放在哪儿。

陈总按下录音机上的 Stop（停止）键，转过身对他说：这样吧，如果你现在有空，就跟我回一趟公司。

亚明简直不敢相信自己的耳朵，傻愣愣站在原地一动不动。过了好半天这才意识到，机会来啦！脸上瞬间笑开了花。

对了，打个电话，让磁带里的女孩也一并过来。

亚明二话没说，拨通束荷的电话，上气不接下气，结结巴巴地告诉她：快来星月唱片！就是在咱们这儿刚开分公司的星月唱片！快来！赶紧来！我在这儿！

他把电话挂断，头上直冒汗，沉浸在今天恰好在县城出差陈老板的赏识中。他想，难道真的是找的巧不如碰的巧吗？这算运气吗？

前几天新闻还在报道，知名唱片公司开源节流，要在县城注册一家分公司，迁移上海库房和部分行政办公事务。

此时，在电话另一头的束荷，还一脸茫然。听见亚明那么着急让自己过去，但又不像是出了什么意外。洗了把脸，换上素日里常穿的宽松衣裤，骑上自行车，赶往刚刚建成的新大厦。

亚明坐在陈老板奔驰车的副驾，来到县城最为繁华的商业地段。几年间，靠海的小渔村发生巨变，老宅拆除，一座座现代化的商业写字楼拔地而起。祁束荷与许亚明所在的职高远离商圈，除了乐队排练、去往其他学校参加音乐交流会、偶尔的演出外，平常也只在学校方圆 5 里打转。

束荷到达目的地，亚明已经坐在大厅沙发上等了有一会儿。先是埋怨她动作怎么这么慢，既然有大事发生，怎么不知道打一辆出租车。之后简单告诉了她一遍事情经过，一起乘电梯，直奔陈老板所在的 17 层办公室。

整个一层，与其说是办公室，还不如说是酒吧、咖啡厅、轻食餐馆和录音棚的混合体。日理万机、朝夕寻找好声音的陈老板，酒和音乐，是他每日的必需品，或许和他自己同时也是制作人有很大关系。早些年奋斗在一线，制作过很多张畅销专辑，是有名的推手，用人生淘来的第一桶金创立了星月唱片。后来退居幕后，管理公司日常性事务，对于自己所熟知并擅长的音乐制作业务，看缘分，偶尔也会亲自参与。就拿这次来分公司讲，本是考察之前市场部前期拓展的唱片压制生产线企业，顺便为自己在这边的办公室同时也是生活起居的地方添置些东西。听企划讲，这边有一家很有名的独立音像店，之前在省级比赛中脱颖而出的祁束荷经常出没，便想去那家店看一看，一是为淘碟，二是希望见到有缘人。没想到，被她所在乐队的亚明撞到，也算是隔着一层的缘分。

束荷透过录音棚的玻璃窗，看见一个戴鸭舌帽的面熟男人，走进一窗之隔的操控室，坐下来打开麦克风，瞅着她，讲道：祁束荷你好，我们又见面了……她这才恍然想起来，原来是他！

简单几句话沟通，戴鸭舌帽的陈总，让束荷再次清唱一遍之前比赛时所选定的曲目《答案》。此时迷你录音棚光线调暗，编着一条粗大麻花辫子的束荷，像回到家一样，脱掉鞋子，抱起麦克风，闭上双眼，开始唱歌……

操作台显示器的声音唱针高低摆动，束荷并不知晓此时正在同步录音。

4

陈老板走出录音室，俩人尾随其后，来到开放式酒吧区。

落座后，陈总问她：束荷，接下来你有什么打算吗？

继续排练。她说。

可排练的目的又是为了什么呢？他问。

为了有朝一日，能够唱给更多的人听。束荷又接着说：再过两个月，就到我 18 岁生日了。那时，我就是一个完完全全的成年人。其实 16 岁，能够靠自己的劳动能力维生，已经算是成年人了。

那你打算考哪所大学？陈总问。

哪里也不考。她回。

亚明听到这个答案非常惊讶。

我计划退学。很久前，我就不想再念书了。束荷用若无其事的口吻说。

我建议，学还是要上的。当然，并非指一定要上大学，但还是应该把职高念完。陈总说。

不了，我决心已定。束荷斩钉截铁地说。

如果你非要退学，还不如办个休学手续，给自己留条退路。他说。

不想有任何退路。再说当初之所以选择读职高，也是为了学一技之长，早日进入社会。

要不这样，过几天，你跟我回趟上海。但在想想是否去上海前，我觉得你应该先把这份合约签下来。陈总说完，把倒扣在桌上的几页用小夹子夹住的A4纸翻过来，轻轻推到束荷面前。

一份星月唱片的艺人合约，5年期限，3张唱片计划。

许亚明见到合约，简直不敢相信自己的眼睛。组建乐队，不就是有朝一日能有这样的机会嘛。他甚至比束荷还激动，问陈总，他自己，包括乐队，是否也一并被签。陈回他：不签，只签祁束荷。

原来当初在省城举办唱歌比赛，决赛当天，束荷险些迟到，是因为她把一位骑哈雷摩托出事故的中年大叔，与另一位好心人一起送到医院。那位没什么大事只是皮外伤的男人，正是当晚决赛缺席的评审主席，大赛的主办方星月唱片的老板，陈以恒。

他看看许亚明，又看看祁束荷，想了一会儿，说：那你也跟我一起去上海吧。对了，你今年几岁？

21。准确说还有几个月就21。学习不好，小时候就爱打篮球。初中留了两级，之后考的职高。亚明一股脑，快速说着话。

知道了。陈以恒说。

陈总，那我也是签5年吗？也能出3张唱片？亚明问。

不会。你去经纪部，主要做祁束荷的经纪人，同时也可以对接一些其他艺人的商演。说完，停顿片刻，说：束荷的经纪人，星探。我看，还是先从这两件事开始吧。

许亚明一听是经纪人，乐得当场就合不拢嘴。心想：经纪人就经纪人，虽然唱不了歌，但先进庙，再烧香，还怕以后香火会不旺吗？！于是他催促着束荷，心急火燎地说：哎呀束荷，你还犹豫啥啊？！有这么好的机会，这么好的唱片公司，这么 Nice（棒）的陈总，你还愣在那干吗？！赶紧签字！

大家谁也没再说话，也没有音乐声。场面安静了半分钟后，束荷拿起桌上的笔，并没有翻看前面的详细条款，直接在乙方处，签下了祁束荷这三个字。此时此刻，这再熟悉不过的三个字，可能是迄今为止，她所写过的最具意义的名字。

美梦成真的滋味，让人热泪盈眶。

5

陈以恒对束荷和亚明讲，望尽快处理好手头的事，早日抵达上海。未来，还有很长的一段路要走。好日子，才刚刚开始。

如今，亚明坐在被发型师摆弄头发的椅子上，闭上双眼，想象着不久睁开后，镜子里那个焕然一新的自己，内心不免有按捺不住地欣喜与期盼。他知道，任何的美梦最终成真，都是长久以来心中那份不轻易放弃的愿望，持之以恒，坚持努力的结果。

他想着束荷曾经在他最失意时说的话：亚明，你要记得，你做音乐永远是为你自己而做，正如我唱歌也是为我自己所唱。如果日后我们可以为更多的人唱歌、服务，那么就让我们一起把全世界相似的人聚到一起吧。

从当初买卖二手卡座机的一面之缘，到日后一起组建乐队、一起租房子住、一起度过陈香与他不告而别后的颓废时期，许亚明顺理成章成为束荷的经纪人。没有谁比他更懂她，也没有谁比他更令她全盘地信任。

许亚明与祁束荷，无论在工作还是生活里，都是最为可靠的伙伴。

从小就爱打篮球的亚明收敛起最喜欢的运动，转而与她玩起乐队，他有自己的小算盘。他也想当歌手，接受万人崇拜。或许天生就没有站在台前的命，而是要作为一名幕后推手燃烧自己，那就索性做到极致。他打点她的一切工作与生活：新唱片的筹备会议、现场演出、媒体通告、慈善义演……所有大大小小、繁琐的事务均由他安排妥当。束荷极其信任他，因为数学成绩从来就不好，对金钱没有概念，对名牌、物质生活也不热衷，所有财务渠道的打款、对接、处理，皆由亚明全权主理。他觉得在幕后有做幕后的乐趣，甚至认为经纪人的身份能够帮他迅速积累财富。慢慢地，他想让束荷成为他的摇钱树，虽不说出口，但他还是向她暗示，透露出他的野心。她说，适度地赚钱可以，但绝不给时尚杂志拍摄封面，八卦综艺电视节目的通告更不会去上。还有，即将出版的唱片封面，不会用自己的任何一张个人照片，最好也省去拍 MV 的计划。亚明对此，选择性地答应。

祁束荷把母亲接来，安置在一处花园别墅，每日有家政阿姨打扫卫生、洗衣、做饭，也有私人理疗师上门为她做美容、按摩，陪她一起在花园健步走。许亚明更为自己的母亲购置豪宅。母亲觉得寂寞，便把其中一间屋子出租给在大公司上班的白领女孩，说，妈把房子租出去，并不是为了挣钱，只是想有个人能有时间跟我唠唠嗑。妈看你整日在外忙活，不清楚具体都做些什么事，与什么人打交道。除了束荷这个丫头知根知底，对于外人，你一定要多留几个心眼儿。明明，人心险恶，你一定要保护好自己。每次说完，亚明都是一个表情，乖乖地点头应声。其实许母怎会看不出来，儿子嫌自己磨叨，只能嗯嗯说是敷衍她。有时她格外怀念以前的日子。那时生活过得虽然辛苦，心里却踏实。如今守着一个几乎空空的大房子，除了经常坐在床上唉声叹气，便只能抚摸那只喵喵叫个不停的大蓝猫聊以慰藉。

束荷几乎对亚明百依百顺，大都依照他的安排出席活动。有时也会擅作主张，推掉一些她认为与演唱无关紧要的宣传，一个人躺在床上蒙头大睡。那时，亚明会很生气，说：束荷，你真是太任性了！现在你已经是一个不折不扣的歌手了，唱歌就是你的工作。既然是工作，就要积极配合我。你推掉电视综艺，不想让杂志拍你，你真是太枉费我为你联络那些资源在搭人情时所做的努力了。你怎么还是一副我刚认识你时的样子，你应该试着改变自己，以饱满、积极的态度去面对自己已经是艺人这件事。现在歌手这么多，如果你不频繁曝光，大家便会慢慢忘记你。你究竟想过这个最现实的问题没有？！

亚明坐在床边，目不转睛瞅着把自己藏在被窝里的束荷，一字一句，语重心长说着这些话。有时，她会瞬间产生错觉，认为这个大她近3岁的男生，仿佛是她素未谋面的父亲。她钻出头，像是一个做了错事的孩子，眼睛里闪着泪光，慢吞吞地央求：

能不能不去录今晚的娱乐节目？能不能不被那些没有内涵的主持人像对待马戏团里的动物一样，指挥我、控制我？我能不能不当小丑？能不能不用这种方式让更多的人认识我？明明，我能不能只是单纯地唱歌？能不能不被娱乐？……

束荷质问他，强烈的沮丧与无助感袭击了她。她不再说话，眼睛噙着泪水，一眨不眨地望着亚明。他知道，她说得也对，但他又错了吗？亚明没有办法，哄着她：乖，听话。一边说，一边扶她起来。

祁束荷的造型师只有一个，那个人便是她自己。

宽松的浅粉色碎花睡衣一直罩在身上，下床好一会儿了，也迟迟没有换上亚明为她准备好的演出服。先是坐在梳妆台前，涂上淡紫色的眼影，她的眼毛浓密细长，轻轻刷上睫毛膏，让单眼皮的眼睛看上去更闪亮有神。站起来，推开衣橱，不假思索，拿出一件像袍子一样大大的黑色蝙蝠衫，穿好一条再普通不过的牛仔裤，把异常宽大的黑衣再次罩在身上，蹬上那双穿旧了的白色匡威，跟亚明去参加晚上的综艺节目录制。

按照多数人的审美，祁束荷算不上是漂亮的女人，但她却又长得好看。这样的形容并不矛盾，不单单是因为所谓的气质问题。她的举手投足，一颦一笑，有她自己的模式，所以是真的好看。何况她根本就不在乎外界对于她外表的任何评价。她不需要人人都去喜欢她的长相，他们只需要听她的音乐，能够喜欢，被歌曲打动，那就够了。

一共发行过三张唱片，前两张只因曲风太过清淡，不具备强烈的传唱度和流行性，商业味不浓，大都叫好不叫座。陈以恒生气，以为他不是做经纪人这块料，不会选歌，没有用心包装打造她，其实是束荷太自我，难搞，坚持己见。第一、二张唱片封面，都是清一色的图画，使用自己在 14 岁时画的涂鸦。

第二张唱片，巡演的最后一场。大夏天，检票前，所有歌迷排着整齐的队伍，从演出门口一直排到过街天桥。演出方禁止带水，他们便不带水。她走到观众席，对大家像朋友一样打招呼，之后连声说谢谢。她看见她的歌迷，安静地坐在座位上，她所做的最亲密动作，不过是把听她唱歌听哭的女孩搂在怀里，像母亲搂住女儿一样，给她一个大大的拥抱。

她对大家说，你们怎么没有偷偷带水进来？有个歌迷对着她手里的麦克风说，束荷，听你唱歌，我们真的不会感到口渴，我们都好感动好感动。她听完，用手去揉眼睛，一直说谢谢。

她大肆挥手，冲着最后一排的人喊，看不到你们，握不到你们，不好意思！她问他们，你们都是从哪里来的？歌迷便一个个向她汇报：我是从甘肃来的！我是从云南来的！我是从黑龙江来的！……她激动得一直说谢谢。之后，说，我要唱今天演唱会的最后一首歌。

歌曲唱完，她转身离开舞台，所有歌迷的热情瞬间高涨起来，对着舞台大声喊着她的名字：祁束荷！祁束荷！祁束荷！过了一会儿，她在追光灯中再次现身，说，这是我的第一场演唱会，怎么可以就这样结束。台下的人回应，没错。她接着说，难道就是这个样子吗？难道就是这个样子吗？她握紧话筒，席地坐在舞台边缘，一首接着一首，不用乐队伴奏，清唱。

演唱会结束的时间一直拖，一直拖。最后，拖到实在不能再拖，对着大家依依不舍的眼睛说：我想，听祁束荷唱歌的人，大家都很类似吧。真心希望大家自己照顾好自己！让我们有缘再相逢！

台下坐满流泪的人

……

巡回结束后，密集的工作暂告段落。休假期间，束荷犒劳亚明为她所做的辛勤付出，悄然进到厨房，亲手烧饭给他吃。

她系上印有哆啦A梦卡通造型的围裙，把专门放在厨房里的一台录音机，推上一盒自己演唱专辑的磁带版本，按下 Play（播放）键，边听边给他做饭。能够在生活里听自己唱歌，说明是真的爱唱歌。在所有的音乐介质中，除了黑胶唱片，她最常听的，便是磁带。她跟着轻轻哼唱，给亚明做焖面。

之前在超市，买来1元2角钱的面条，4元钱豆角，两个一共是6角钱的土豆，还有半斤里脊肉。不慌不忙，在宽敞的大厨房，用剪刀先把豆角从中间剪开，又把土豆去皮切成小碎块；葱花炝锅，连同整颗的大蒜，再把肉、豆角、土豆，逐一下锅，炒至半成熟；接着在锅里添上水，刚好把菜没过，把面条均匀地撒在菜上；用小火，盖上锅盖焖至10到15分钟；关火，用筷子把面与菜搅拌均匀。

焖面，这是母亲祁舒经常做给她的食物。

她还记得，她把她关起来，反锁在房间里思过，为何数学只考了那么低的分数。起先，她还反抗，哐哐哐大声砸门，手背的关节敲出血来。后来实在是倦了，饿得没有力气，对祁舒说：妈，我饿了，我想吃焖面。

祁舒曾对她说过，面条既省钱又抗饿，更何况焖面既有菜又有主食。

做歌手后，不再愁吃穿，经常一个人在家，按照脑中自己给自己写好的食谱，尝试做各种菜肴。吃饭的时候，她的嘴吧唧吧唧发出响声。她意识不到，亚明指责她，说这样不雅观，也显得没有涵养。她反驳：我与你一起吃饭，还需要端着、拿着吗？

6

许亚明从夜总会的包房里醉醺醺地走出来，对站在门口留着小胡子的瘦男人说：没问题，包在我身上！

明哥，那妞想出名可是想疯了，哥要是把她捧红，她一定会倾尽所有，报答您的涌泉之恩。穿黑西服的瘦男人趴在他耳旁继续说。

那你明天就带她到我别墅去一趟，老太太正好不在家。亚明说完话，向他使了一个眼神。男子心照不宣，自然明白他的意思。

大妞一头金发，烫着大波浪，耳垂戴着一副大耳环，右耳骨又穿着两枚小耳钉。她化大浓妆，亮蓝的眼影上，闪烁着金光闪闪的亮粉。文眉，一张性感的大嘴唇。上嘴唇，抹着粉色。下嘴唇，涂着玫瑰色。裹一件紧身的枣红色皮衣，下身穿一条卡其色迷你短裙。修长的大腿，脚蹬一双黑长靴，腰肢纤细，走路带风。

亚明色眯眯地看着她，心跳不已。

坐……坐……快坐下。他伸出手，拉她坐在身旁。

明哥，我以前见过你。看来我们真是有缘分！女子说话，娇滴滴的一股酸气，边说边向他抛媚眼。

哦？是吗。我怎么没印象。亚明说完，盯着她的大胸一直看。

明哥是什么人物？金牌经纪人！每天忙里忙外，哪会记得我们这些凡夫俗子。女子撩了撩头发，扑来一股浓重的香水味。

你这个小妞，嘴巴可真甜呐！我啊，见过像你这样会说话的人不少，但是像你这样的大美女，我见的可是不多。说完，眯起眼睛不怀好意地笑。

明哥，现在你可是王牌经纪人，看在我们曾经一面之缘的份上，说什么你也要比别人特别地提携我。女子讲，几年前，他在酒吧喝得酩酊大醉，嘴里口口声声喊着陈香陈香。经她这么一说，亚明隐隐约约记起了那个夜晚，一个女人问他为什么喝了这么多酒，当他还来不及回答问题时，便醉得迷迷瞪瞪闭上了眼睛。等醒来时，已是清晨。躺在一个陌生的女人床上……

哦，原来是你啊！想起来了，但是那时你也没这么瘦？脸也没……亚明把话说到一半，意识到什么，便没再往下说。

嗨，就是整个容，减个肥。女人倒是直接，自己讲出来。

亚明听完，说，有点意思，有点意思。缘分，还真是缘分。于是从烟盒里抽出一支烟，女人凑上去，划着一根长长的火柴，顺势说道：我还记得明哥的下面，跟这火柴一样长，像大香蕉一样粗……

亚明听完，哈哈大笑。使劲嘬了一口烟，向女人的脸上吞云吐雾。

女人把脸贴在亚明的脸上。

……

大妞开始以经纪人助理的身份跟着他。

　　亚明找陈总，说自己的助理有做偶像的潜质。陈以恒起先不理解，更不同意签她，理由是，星月唱片向来以推出实力歌手为主，倘若签约偶像歌手，如此一来她便破坏了公司一贯的策略。亚明为此不断找到陈总，口口声声说，这都是为了公司更好地发展。既然几年前去往我的家乡县城开辟分公司，何不再开拓一条新的偶像打造业务线。我们要与时俱进，这样才能在越来越不景气的唱片市场中立于不败之地。陈以恒仿佛被亚明洗脑，又通过投票表决的方式试水偶像打造业务，最终以多数票赞成而通过。原来，投票的大多数人，都是亚明的心腹。

　　这几年，他在圈子里摸爬滚打，给自己闯出来一条名声，同行人都称他为黑翅。他是重情义讲信用之人，跟他相处过的人对他几乎都褒扬有加。当然也得罪过不少人，另一波人对他怀恨在心，经常在暗地里向媒体造谣生事，说他与公司多个艺人有染，尤其与自己所带歌手祁束荷暧昧，关系非同一般。无聊的媒体把这些子虚乌有的八卦，编的像真事一样，在八卦周刊上刊登，威胁他，试图让他和她的名誉扫地。

　　亚明经常对这些滑稽之事嗤之以鼻，甚至跟束荷打趣道：你还真不如跟我有点什么呢！也好让那些小报记者编些新的，天天看到这些如出一辙的剧情，我都腻了。

　　束荷看到这些诽谤，仿佛跟她没有丝毫关系，也不愤怒。对他说：我们的事，只有我们自己清楚。外人瞎写，就让他们去写好了。权当用咱们这些花边新闻，去养活那些也不容易的狗仔。

　　亚明见她都不计较，本来想通过法律途径起诉对其污蔑，后来也便作罢。假的东西，始终是假的。后来八卦周刊便不再关注他们。

　　是啊，只有他们自己清楚，彼此之间的情感，到底是一种什么关系。

　　从她开始像任何一个情窦初开的少女，在篮球场，倾心于那个帅气十足的少年。到买卖卡座机，遇见突如其来的大雨，侧目他的身体。歌唱比赛获胜后，他开始正式关注她，并决定一起玩乐队。进而一起租房子，看见他与陈香好上，自己百般虐心。

其实他哪里知道，在她看见他与陈香分手后，终日喝得酩酊大醉，便格外为他着急难过。她何尝不想鼓足勇气，上去跟这个高大好看的男孩说出其实我喜欢你的话。然而从小到大，她没有训练过如何主动追求一个人，以及如何占有一件物品这件事。时间就这样倏忽而过。转眼六七年已经过去。就让一些不清不楚的感情，继续在心底保有一份最简单的形状。

束荷觉得，对待一些珍贵而美好的事物，要像对待酝酿、发酵多年的酒一样，别具耐心。然而我这个人是不是太过自闭，让自己错失许多良辰美景。

她说，玮辰，我还来不及开口，一切浮出水面的讯号，就被埋葬在自己内心的冷宫。我为自己设置了一道道冰冷的帷帐，让接近我的人，深以为我这个人布满了扎人的刺。其实他们错意了我。因为连我自己也越来越感受不到自己的爱。

7

亚明是被那个大妞引上吸毒这条不归路的。

失踪一周的亚明，终于在一所迪厅找到。他因吸食海洛因过量而昏厥在卫生间的马桶上。醒来时，已经躺在强制戒毒所的单人床。

他穿着戒毒服，蜷缩着身子，躺在床的一角。被子提到头部，严严实实掩住整个下巴，像一个无助的孩子，盯着窗外，怔怔发呆。

房门开了，他听见熟悉的脚步声，背对着束荷大吼大叫，就像当初失恋时借酒浇愁的日子：

出去！你给我出去！别进来！你给我滚！

亚明这次明显更加狂躁，或许他还被毒品控制，也或许是他觉得难堪，想故意惹怒她。他使劲蹬着被子，拳头紧握，哐哐打向脑后方的床板。他像个发作的精神病人，满嘴胡言乱语，说话没有丝毫逻辑。

束荷不怪他，更没有因吸毒而鄙视他，正如看到篮球场上那个英俊少年，在大街上摇摇晃晃喝得东倒西歪，她上前试图稳住他。

亚明，别闹了。挺过去就好了。别怕，有我在。

滚！你给我滚！都是你，我还不都是因为你！

他猛地坐起来，撩起被子，揪起枕头，使劲朝束荷砸去。之后坐在床上嗷嗷大哭，用攥紧的两只拳头，狠狠击打自己的脑袋，面目极度狰狞。

原来，大妞用尽各种办法引诱他，在开房时，趁其洗澡之际，将带有海洛因的香烟混迹在他的烟盒中。起初，他并没有发觉。后来，开始觉得不对劲。每次毒瘾发作，他便对自己痛恨不已，然后在矛盾的交织中，坠向愈发可怖的深渊。他的才华、事业、未来的无限可能，竟然全部被毒品一一毁灭。

事发后，顶着公司内部和媒体的压力，陈以恒只能解雇他。各大媒体娱乐板块的头条，对丑闻进行了一连几天的报道。华东半个娱乐圈地震，揪出涉毒人员多名。原来那个女人与黑社会一直有瓜葛，也是个吸食毒品的恶魔。她被幕后大佬控制，让其想尽一切办法接近许亚明，之后把他搞得身败名裂。女人在警方到来前畏罪自杀，在她的日记中，找到了下面的线索。

原来她从小很胖，一直活在别人喊她胖丫的自卑中。长大后，试过各种减肥方法，有魔鬼式的节食，也有高强度的运动，然而丝毫不见成效。某天在小报上，看见毒品能迅速减肥的文章，便抱着跃跃欲试的心理，下决心，决定要破除万难，就是减肥减死，也必须得成功。从此，便与黑道有往来，通过肉体交易换取毒品。她看到自己立竿见影的瘦身效果，便大肆加大剂量，以至于到了失控的毁灭地步。

她并不觉得后悔，因为确实在过去的某段时光，拥有了从童年就梦寐以求的曼妙身材。只是竟然没有预料，自己被毒品这个恶魔早早夺去了理智。最后，日记的后面有这样一句话：我讨厌我自己，我把减肥当做了一生的事业。

在娱乐圈摸爬滚打的这几年，许亚明毕竟收获了几个包括像陈以恒在内值得深交的好朋友。他已提前为他办好了出国的签证，亚明从戒毒所出来，便被送往日本东京修养一段日子。

束荷一直不明白，那天在戒毒所亚明所嚷道的都是因为你为何意？她开始觉得愧疚，觉得如果不是自己过于安静，不是因为自己的懦弱甚至逃避，此时此刻，或许与他健健康康、快快乐乐，一起牵手走在世间的某处。正如那年他们为了拍摄 MV，一同去往新疆，在天山山麓的高山草甸，在拍摄空档，他们远离摄制组，以地为席，躺在开满野花的大草原上。看着天空缓缓飘来的白云，彼此不说一句话，然而内心早已心有灵犀。

她换了经纪人，跟她不对付，使得演出机会骤减。

最终决定暂时离开歌坛，去做一些曾经想做但一直没有勇气做的事。亚明并不知道，她内心有伤痛，其实并不比毒瘾发作时轻，只是她不习惯向任何人开口倾诉。

后来，玮辰知道这些故事后，才明白当初她所说的要逃离经纪人的魔抓是什么意思了。原来这背后的深意，这份难以启齿的疼痛，有着种种时光中的伤痕累累。

她对玮辰说：一些东西早在我们出生之时就已注定，我们没法选择自己的出生地，也没法选择自己的父母。正如我是一个没有父亲的女儿，我突然觉得或许也不是祁舒所生。我只是我自己的女儿，自始至终都在自己照顾自己长大。上天可以让我沿着铁路唱歌3个小时，让我有一天站在舞台上唱给更多的人听，也会让我有一天失去所有我所挚爱的东西：唱歌的那份初衷，唱歌的快乐心境，以及……亚明。

束荷，我们要为自己一念之间的错误选择，而背负一生的代价。无论是亚明误入歧途吸毒，还是我为别人替考浪费光阴。玮辰说。

去往东京的亚明，写信给陈总，谢谢他所安排的一切。说已经办妥了音乐学院的入学手续，且安安静静上了3天课。原来陈以恒托远在海外的关系，帮他争取到东京大学理论作曲专业的读书机会。听课，创作。没课的时候，一个人背着一把吉他，在上野公园的草地上自由自在地弹唱。

8

束荷在凌晨的一场噩梦中惊醒。许是冷不防用力过猛，脖子如上了发条的机械玩具，高频率地左右摆动。一阵突如其来的疼痛，如同黑暗隧道里突然滑落的巨石。她试图挣脱这种被砸中的钝痛，然而却没有逃过一劫。身子右侧，连同脖子、肩胛骨、肋骨，一并像有道闪电劈过来，感受到阵阵灼热。伴随着针扎般的刺痛，她僵坐在那里，一动不能动。

于是她干脆就瘫坐在黑暗中，用看不见任何的眼睛，凝视黑暗。

墙上的钟表嘀嗒嘀嗒发出滴水般的声响。她从没有像今夜如此清楚地感受到，自己是黎明前，在最黑的夜色中，一个微不足道的生命过客。她有一具肉身组成的躯体。此刻，自己的灵魂却滞留在这突如其来的刺痛中。耳朵所听到的，是时间的水流，嘀嗒嘀嗒。

她小心翼翼试图扭转身体，让自己再次躺下去。此刻枕头已然是个累赘，她紧缩着身子，用头慢慢将它推至一旁。之后左手垫在渗出冷汗的脸下，另一只胳膊捂在胸口，仿佛像安慰受了惊吓的孩子，哄她再次入睡。

她在心里对自己默念：不要慌，不要怕。要坚强，要勇敢。

她疼得还是无法入睡，不知扭动了多久，才费力拧开床头的台灯，慢慢借着嘴打开信，一字一句地读下去。

束荷：

收信快乐！

不知道这封信能不能在你离开上海前收到。

我还是在上课，依旧想写点什么给你，心里痒痒的。

人家都说，一个人是会有心魔的。我以前从来不知道什么是自己的心魔，但是现在我知道了。一天没有听到你的声音，我的心都会空荡荡的，有难以名状的感觉。我相信，生命里有些事情是会轮回的，这样就会有生生世世不灭的欢乐和痛苦。

连续3天在琴房练习，从上午8点一直到晚上10点。不是自己强迫用功，而是感到时间太紧迫。每天回到公寓还是会坐在电脑前写歌词，如此的自觉，让我自己也惊讶不已，我想是因为想让自己过得充实吧。每天在深夜1点睡觉，早上又在睡梦中醒来。如果每天可以不睡觉，便会有更多的时间做更多的事。

东京的天气冷了，早晚温差很大。我喜欢这种感觉。喜欢在那种冷冷清清的昏黄灯光照耀下，走在看上去油光锃亮的大街。街上没有人，也很少有车辆。这样我更能放纵自己的思绪，让自己海阔天空地思考。想大海，想天山的草原，想天上的星星，想在上海的你。

做人是不能混乱的，是不能失去方向感的。要不然我们就会在晃晃悠悠的状态下，荒芜地度过每一天。我不想要这样的生活，也不想你有这样的生活。我觉得是我让你没有方向感，我懦弱的就像海里的一滴水。

今天是这里的一场地震演练日，白天有巨大的警报声响彻耳边。听着此起彼伏的轰鸣，我的心散了。我不知道这警报是否会漂洋过海，到达你那里。

我想念那年在天山的草原拍摄 MV。我们远离摄制组，在无人的高山草甸，躺在大草原上，看蓝蓝的天空飘过的白云。我当时说，我好想牵着你的手在漫山遍野的花海中奔跑。你说，时势不允许。况且我一直把你当作我的哥哥。你就是有如此中正的情感。从我一开始认识你，便接收来自你体内的这种讯号。你总是自设屏障，将自己与外世隔离开来。你在舞台上唱歌，便也是对着自己唱。你站在麦克风前录制唱片，我更是看到你闭上双眼走进自己的梦幻。一切都显得极不真实，但却又是那么自然而然地发生。我知道，我离你很近，却触摸不到你的灵魂。

那天晚上写老师布置的作业，我一边写一边听《不要不要讨好》，心是异样的。以前你在的时候，我都没有去听。

秋天来了，一晃一年过去了。我们由最初十六七岁在茫茫人海的陌路人，变成真实的伙伴，然后又从形影不离的工作关系中，分隔在海的两岸。我们一起哭过，一起笑过，一切都那么真实，一切都深入脑海，这就是我们一生中不可改变的一切。我一次次地说，我们相识，或许是我们的幸，也或许是我们的不幸。一切都已经发生，一切都不可改变。

我会承担你一生的幸福与苦难。只要你愿意！还是那样的话，乌云也会有金边，也有它自己的快乐。我相信你能懂我。

愿上苍一路的赐福与平安！保佑你快乐、健康！

亚明

许亚明唯一的憾事，就是还没来得及向束荷告别，她便离开了上海。

她只身一人，前往一个又一个目的地。后来，束荷一直在国内外飞来飞去。她暂时搁置了自己的歌唱生涯，开始用笔名疯帽子旅行，给旅游杂志撰写专栏。她是敏感的，感受力丰富的。从小就喜欢写诗，后来更是自己写歌词，唱歌给自己听，她觉得文字与音乐有异曲同工之处。虽然在情感抒发上，文字比不上音乐表达得更直接，却可以借由自己向外书写的这个动作，让往日的伤口慢慢愈合。

她想，昔日朝气蓬勃的大男孩亲历劫数，如今在东京大学的音乐学院安心上课。他给她写了一封又一封的信。那个活蹦乱跳的单纯少年，一举成为名声大噪的金牌经纪人。又因玩物丧志，前途毁于一旦。待将这些往事放下，重新寻觅一份精神寄托，开启人生另外的一段旅途。这一切，都是经历一波又一波的磨难，是历练、淘洗的结果。人生路上的无常，大起大落，或许才是庸常人生的真实风景。

第六章

深居简出

1

夏天刚刚过去，城市里不再是骄阳似火的闷热天气。每日周身黏湿，仿佛洗桑拿浴的日子终于停下来。束荷披散着刚洗过的头发，在房间里来回踱步。头发跟随身体的摇摆，在腰际慢慢地飘散。那一大束丝丝顺滑的柔软长发，已经在白天粗大的麻花辫中绽放。

秋天让人不自觉思索。人会在变得日益凉爽的日子，更加清醒地面对自己。束荷手里抓着大把大把的时间，如同在沙漏里漏沙。她知道，一些时光，就像弃之的垃圾，可以不假思索，让脑子瞬间腾空清零。而一些年华，遭遇的事，路过的人，便无法轻易释怀与忘记。她决意孤注一掷，在时间的河流中淘取生命的真相。只是这个外在的世界依然喧嚣，就像一场永远都不会谢幕的戏。人们像粉墨登场的小丑，陆续登台表演。

暂时离开唱片公司，没有人知道她去了哪。上海的大房子由母亲住着。无论去哪，总要有个栖身之地，即便要与自己的过去一刀两断。就在并不远的南京，她租了一套两居室的公寓。房子在市区南边，而再往南，就是望不到边的田地了。退意已决，干脆就隐居在这处城市的尽头吧。

小区环境清幽。走进大门，西边，是一所20世纪80年代初期建造的工厂车间。东边，便是为之建盖的职工住宅区。房东老太太看她文文静静，二话没说，与她爽快地签署了一年的租赁合同。南京本是她出门旅行的目的地之一，然而当她让出租车司机开着车子，随意在市郊打转，发现这处世外桃源时，便决定暂时先停下来，没想到一住就是两三年。

走进小区，门口正对面是一座园圃，里面有青灰色石头堆积而成的假山。爬上三四十级的台阶，山上有一座小凉亭，从上面可以看到左侧的篮球场。夏天傍晚，这里便有一场场职工举办的消夏篮球赛。

园圃的中央是一个直径七八米宽的水池，里面同样有假山，只是它是一潭静止的死水。昆虫泛滥的季节，水面上除了有点水交欢的蜻蜓，还有许多蚊虫在上面乱飞。孩子们拿着渔网甚至直接用手，捞里面的鱼虫和吸附在池壁上的小蜗牛。

围在水潭外圈的一条小路，由凸凹不平的鹅卵石铺成。光滑圆滚的石头密密麻麻，一圈又一圈向四周辐散。许多居民光脚走在上面，让足底被它们自然地按摩，俨然把它当作了天然的足疗场所。

人最多的地方是一个带拐弯的长廊。它像旧式公园一样涂着枣红色的暗漆，用蓝的紫的和金色的花纹装饰。顶上是仿制的琉璃瓦花边，小鸟头图案，像伸出的细长脖子，一只只整齐排列，看上去显得更加古香古色。长廊在夏季是避暑纳凉的好去处，夜晚多半有少男少女在此恋爱幽会。

园圃的后门，还有 5 根一人来高的柱子，上面写着石林二字。红色的字迹已经模糊不清，束荷总觉得，那些过于低矮纤细的石头柱，像是缩小了的没有被孙悟空翻出去的如来佛祖手掌。

她自己所在的公寓已经深处小区后方。从园圃进来，便要先左转，然后直走通过一个 2 米限高的栏杆，再左拐十来米，径直走到倒数第 3 排的楼房。公寓楼下，栽满了低低矮矮的针状植物，都是束荷叫不上名字的小松树、小针衫。起风的时候，看它们顺势抖落着针叶，会让她莫名所以地感动。

入住当天，束荷便对着电脑没日没夜地写诗，一发不可收拾。她说只有这样，才可以让心底裂开的那个大洞不会过于冷风飕飕。

母亲祁舒住在先前由亚明一手置办的大房子里，身边有保姆精心照料，安然度日。从小，束荷就没有表现过对她的依赖。长大后，与母亲的关系更是避而远之，一直保持距离。她何尝不理解祁舒的无奈与辛苦。虽然对她有怨怼，但尽量试着去换位思考，知道她自卑，对于那些恶狠狠地打骂，就像被赦免的罪一样，没有太多计较。

如果硬要问自己，在这个世界，所剩无几的依恋都有什么？那么亚明一定是其中之一。只是她还缺少一次与他的对话，一次面对面的情感对峙。后来她不断进行心灵探索，才知道先前所有性格上的缺陷，都是拜一种叫回避性人格障碍的心理疾病所赐。

决定与亚明不告而别离开上海的那个午后，登机前，束荷抬头看着她永远也看不到尽头的蓝色天空，愣神好一阵。她看见一群大雁排着整齐的人字形，拍打着翅膀向南方飞去。她突然想起上学时老师在课堂上的一个问题，孔雀为啥东南飞？因为西北有高楼。她觉得自己与亚明之间，就像是孔雀与阻挡孔雀前行的高楼。自己太过静默，而让亚明失去了耐心。由一开始陷入虚拟网络游戏，到后来吸食毒品的堕落。她觉得他有这样的结局，与自己有很大关系，所以心里有愧。

曾经没有演出的时候，他们平行而坐。一个脸朝东，一个脸向西，眼神仿佛永远没办法交错。亚明坐在椅子上，对着电脑屏幕上网、聊天、玩游戏。束荷则倚靠在墙角，支起双腿，把笔记本放在膝盖上，涂涂写写。虽然彼此之间的距离不过一二米，可他们的心却坠落到5000米的深渊，更听不到对方下落的呼喊声。

他们的心跌跌撞撞，早已在漠视中摔得粉碎。

工作之余沉溺在网络世界中的亚明说：束荷，你太过冷漠，还不如这虚拟的电子游戏，里面的女孩尚且懂我。

　　她说亚明，别人不了解我，可你得懂我。我演出完就想安安静静地写写日记。亚明，我感到自己好累好累。有时，心里莫名涌上一阵酸楚，想哭。有时，会想起自己在舞台上被灯光照射，觉得幻觉丛生。亚明，那样的演唱极不真实，原来我在表演唱。

　　表演……唱，束荷把这两个词拆开，又重复了一遍。

　　这些下意识的回忆，都会让她的心脏像是缠了一根又一根的细线，把她勒得越来越紧。有段时间，束荷每天早上醒来都会感到胸闷发慌。做的第一件事，便是去摸夜里放在枕边的音响遥控器。好像只有听见音乐，心脏才会跳动挤压出血来，精神状态会变得稍微好一些。去医院做检查，才知道患上了轻度抑郁症。

　　医生多次警告她要注意身体，尤其是精神上面的健康。由于夜以继日地写诗，她总是把自己的情感深深投射其中。痴迷的状态，时而让神经兴奋，时而又过于紧张。如果再这样下去，随时会有分崩离析的危险。其实医生不知道，这些疼痛与疾患，与她先前所经历的感情旧伤以及童年往事相比，简直是小巫见大巫。

　　实在累了，不想用写诗填满自己，她便画画。

　　束荷的绘画看上去极其幼稚。大面积颜色明亮的色块被她强烈地运用，表现自己内心的欢乐与恐惧。那些触目惊心的笔触，有时狰狞，有时又异常平和。她说，那就是她眼中的世界。她对着自己的涂鸦，看着画布上的颜色让她暂时忘掉整个世界，忘掉一个人长大的童年。

　　她说，如果可以，我愿意一辈子住在自己所画的白色睡莲里。

　　神经衰弱加重或头疼难忍的时候，便把浴室的大镜子用口红涂满。她看见镜子里与口红线条交叠的影子，一个穿白色浴袍的长发女子，轻轻地抬起右胳膊，上面有两三处被烟头烫过的疤痕。时间久远，伤口早已露出肉色，然而这些伤疤，就像她残损的童年，永远挥之不去。

那年，她沿铁路唱歌 3 个小时，一直唱到无人的大海。回家晚归，母亲歇斯底里，一边吼叫，一边把烟头狠狠地扎向她的右臂。小束荷在没有拉上窗帘的黑夜，忍着钻心的剧痛，不让自己流下眼泪。她不声不响，依旧用带有伤口的右手，画星星画月亮。

她说：我没有哭。不哭，便会让自己变得越来越坚强。

有时，束荷也会坐上开往市区的公车感受一下人气。她站在闹市区的公车站牌下，看见一群等车的乘客摇头晃脑四处张望，大街上车水马龙，男人西装革履油头粉面，女人挎着名牌包谈笑风生。他们看上去始终面带笑容，眼中有闪烁的光亮。在电视上曾看到一些曝光频繁的名人，她始终纳闷，为什么有些人面对镜头会一直微笑。深陷的酒窝就像是缩小的陨石坑，里面或许藏着世人还来不及发现的秘密。

身边等车的人上上下下。一群走了，又一群聚拢。她就看着那些长方形可以移动的大盒子，想着人们被拾掇起，然后又被丢弃。倏忽意识到，其实不是别人，正是她自己被自己给遗弃了。来不及说出口的话，以及曾经的过往，如今都只剩下头顶上空飘浮的云朵，好似不知飘向何处的自己。

抬头望望天，天空干净得吓人。什么也没有。有的，是那永远也看不穿的蓝。蓝得不着边际。束荷问自己，我看穿自己了吗？

或许爱情本身就像是一块充电电池。没电时插上电源，等待被爱的电流积蓄能量。当满溢而达到峰值时，便需要消耗释放。否则过于充沛和过于稀少的能量，都不会让爱正常运转。久而久之，便会筋疲力尽，慢慢失去爱的能力。

她变得更加寡言少语，开口说话似乎对她已经失去了兴趣。只是偶尔用发出声音的嗓子轻声唱歌，像是少女时期，随意在夜晚对着自己淡淡地倾诉心事。更多的时候，她用细长的手指在电脑键盘上敲出灵动的文字。有诗歌、散文以及每天的生活日记。她的心思过于敏感，以至于她所洞察的世间都带有一种悲悯的伤痕。

经常对着窗外笔直的雪松怔怔出神，也对着远处类似北方的温室大棚发出阵阵叹息。它们在风中抖动着扬起的塑料布，旁边小烟囱里冒出一缕缕炊烟，猜测那里可能是一处温暖的人家。再远处便是错落有致的平房。红砖青瓦，南方较为典型的民居。束荷不觉得这里是都市的边缘，而是一个伸手就可以触摸的世外桃源。它远离纷繁吵闹的市区，有一片属于这方水土的植被、房屋、街道，以及安于现状知足常乐的居民。

她是来到这里放空的，要把被心事填满就要爆炸的心脏清空。她选择隐退歌坛，转而在一个个无人知晓的地方，用笔和文字宣泄。

站在舞台，因过于绚丽，人会不自知地膨胀。久而久之，歌声中便有表演的成分。她经常说，我不想在我的歌里去演戏。她选择了一种安静并且安全的方式，写诗和作词，再次释放自己的灵魂。

虽然不再唱歌，但内心对音乐有无法割舍的情怀。

音乐是情绪在时间上的流动，不可名状。

束荷不喜欢用理论去解释情绪般的音乐。无论是音乐旋律还是电影画面，都是一瞬间的情绪定格。即便阐释、解读，作品往往被所谓的批评家误读。她向来认为艺术作品是情绪波动外化的记录，硬要给它们扣上一顶理论的帽子，会显得百般牵强。艺术创作者的脑子是一片小宇宙，有谁会真正懂得他们的意图呢。对于音乐，那无疑更是一种浪费。对乐曲与时间一点一滴慢慢逝去的浪费，对情绪共鸣的浪费。

后来，虽然她自己也写乐评、影评和书评，束荷都会在文章的开头这样写道：

我知道，你们一直在看我写的字，关于音乐推荐、书籍介绍、影片评论。对于精神生活要求异常高品质的你来说，你不喜欢在平日里讲过多的话。你只喜欢竖起耳朵听歌，窝在某处捧着本书阅读，逃离人群泛滥成灾的影院一个人看影片。因为某种类似，让你我走到一起。同样，我们之间也不需要太多的言语。这些字，感性的字，都是情绪的捕捉。让所有的音乐、图书、电影，都尽可能回归到它们本来的面目。它们是上天的恩赐，在你我之间。

　　束荷就用这样的姿态，所写的各式评论，不带有丝毫学究气，更不枯燥乏味。她不想用晦涩难懂的批评原理，故作高深，去阐述背后的所谓深意。如果电影、音乐和文字，再次用文字阐发时仍旧显得生硬，只被小众接受，那便是空洞、死的理论，已经丧失了理论存在的价值与意义。她的行文如涓涓水流，散发着芳香四溢的悠远气息。她用散文口吻关注一切她所感兴趣的命题。她是一个对生命课题异常严肃的女子。

　　用敏锐的视角，直接的告白，细腻的笔触，去抒写喧闹城市人群背后的主旨。领悟这些意象与她之间的关系，通过文字传达出去，让更多的人为之共鸣。她用文字去抓住瞬间游走于内心深处的另一个自己。一个更加真实、透明，被周身自由包裹，显得有些任性与无法无天的精灵跃然纸上。她把所有往日积攒下来的话语，像等待一场酝酿已久的午后大雨，准备随时倾泻。一声响雷劈开天际，瞬间释放。这文字的瓢泼大雨仿佛一下便不再停歇，无法收拾。无边无际的滂沱话语如注倾诉。她体会到来自于唱歌之外的一种不可言说的快感。如同自己多年以后，在内蒙古骑着骏马自由驰骋，奔腾在一望无际的大草原上，感觉内心由衷生出的快慰与豁达之情。

　　她说，我只是帮助他们进入。进去了，终究还要靠自己了悟。

她靠对音乐以及其他艺术门类独一无二的感受力和鉴赏力，赢得了一大批读者。她开始在文字领域变得小有名气，只是一直低调行事，用笔名疯帽子在音乐、电影杂志，文学期刊，网络艺术频道撰写各式带有鲜明特色的评论。作者介绍不贴出相片，无人知晓她曾是名噪一时的实力派歌手。

2

阳光透过窗帘的缝隙钻进来。束荷一觉睡到自然醒，如此酣畅的睡眠，对于神经衰弱的她来说，已经是久违的赏赐。

睁开眼睛，没有立刻下床，而是安静地望着天花板发呆。后背袭来一阵阵冰冷的酸痛。她想，外面一定是变天了。还是那次，深夜4点多，她从梦魇中挣脱出来，扭了脖子，然后在灯下读信。好了以后，碰上刮风下雨天，那个地方便会经常肿胀。果真，伤筋动骨一百天。

她记得每一次梦魇的恐怖情形：它多半发生在刚刚睡着时，一张黑色大布便向自己罩过来，狠狠地压下去。每次都害怕到试图大声呼喊，整个身体像是被电击一般，有酥酥的麻木感。任凭用尽全身力气，四肢都不听从意志的使唤。最恐怖的一次，是看见脚边坐着一个黑色的轮廓。

职高时，对宿舍的同学谈及此事，但她们都没经历过，以为只是束荷对噩梦夸大其词。校医说，这叫睡眠瘫痪症，与平日精神紧张、压力过大有关。告诉她要调整好心态，劳逸结合，唱歌和排练要张弛有度，别太累。

那时，束荷的生活就是被乐队排练和校外交流演出所占据，空闲时，便读书记日记，一本接着一本，阅读哲学和心理学的书。这些不起眼的精神生活，让她一直处在高强度的思考中，大脑和心脏已经超负荷运转。

即便有医学上的解释，束荷还是坚持地认定，每一次梦魇，都是一种神秘力量的降临，让她体验到一种超自然的沟通。她的大脑一直试图接收到这些电波，可是频率已经超过人类能够识别的范畴，只能捕捉一些不能翻译的微弱讯号。她说，看似没有任何形状的空气里，不到处充满电波吗？比如只有手机才能够接收到的通讯信号。

束荷把枕头立在床头，靠着它，继续想着梦魇的神秘和以前发生过的种种事情。此刻，房间里播放着一首叫做 The Promise（《诺言》）的新世纪类型音乐。

她想起那天午后，自己坐在广场喷泉旁边的木椅上，看着眼前的景色同样入神。

她与鸽子对视。它们整整齐齐排成一排，站在与她不远的房檐上，一动不动，仿佛窥见了她所有的内心活动。本是笨拙可爱的小鸽子，看上去却显得异常高大。她觉得它们像是在风中戈壁虎视眈眈的秃鹫。它们有鹰一般敏锐的眼睛。它们在洞察她。

束荷：

收信快乐！

又是劳累的一天。好久没写信给你了，不知道为什么，是自己在心底对自己的纵容吗？还是故意想放下一段时间，我不知道。一种无意识的状态让自己感觉很轻松，但也很不安。我想念你，丝丝缕缕，时时刻刻。无论在做什么事情，便会在倏忽之间想起你。我会突然从钢琴前转过头来，仿佛你就站在背后看我。我看到我们在上海的那个公寓，你坐在我对面安静地低头看书画画。会在你做完焖面的餐桌上，看到你扎着麻花辫子沉静的脸。每次我路过这边的麦当劳，便会想到我们常去的那家店。你坐在那个塑料的小丑旁边，搂着他的脖子对我微笑。这样的感觉让人触景生情。

　　断断续续地通信，不知你感觉到我的变化了吗？我觉得有时候生活是空洞乏味的。会有一种麻木应对的措手不及。很多时候，我不知道该如何表达自己内心的那种感觉。那种压抑、痛苦，而又不能向外界透露出来的感觉。我只想在每周准时给你送去我的祝福，这样对我来说，也是一种安慰。从 3 月 23 日开始到今天，没有一天休息的时间。没有一天不被学业和小时工安排得满满当当的，连走路都感觉要飞起来。无穷多的事情让我无奈而无法逃避，我所能做的只能是静下心来，一步步地做好每一件事。会在心里对自己说，做完了就好了。一切都会好起来的。最近每天晚上 10 点，拖着开始倦意的身子回到自己的宿舍。躺在床上一动也不想动，只想一下子睡死过去。好累好累。有时会觉得自己要崩溃了。有时候又会觉得好委屈，好难受。可这是我自己选择的道路，一切都是我该承受的……

　　我突然怀念以前的日子。那时候工作虽然辛苦，但是我们却可以有相处的时间。只是那时候过于放纵自己，回去对着冰冷的电脑，不主动和你说话。那时，我还说你沉默寡言，其实我应该找生活的乐趣来哄你开心才是。你当时心里一定很难过吧。突然感悟出，两个人在一起，不一定要开口说很多很多的话。只要能看着对方，感受到对方真实地存在你身边，便应该知足。是我以前太拘泥于两个人在一起的形式了。

　　终于彻彻底底脱离了毒品的困扰。一个血肉模糊的我终于逐渐清晰起来。一切都是命。一切都是命中注定。我真的有些信命了。

知道你现在不再唱歌，以天地为家四处生活，只要你过得开心，便是我最大的宽慰。

我知道你内心有无数的话要对我说。好的，不好的，快乐的，沮丧的，不能忘记的，不能忍受的……种种种种。但是你宁愿一直把它们放在心里独自承担。有人说，从一个人的字迹可以看出这个人的性格。我觉得这话很有道理。我的字圆滑而缺少刚韧，虽故作棱角而力度不够。我就是这样一个人。我是一个虚伪的经常戴着面具骗人的可恶魔鬼。我不值得别人的怜悯和同情。我不配得到真情和关爱。连我自己都看不起我丑陋的灵魂。

……

春天来了。封闭的校园仿佛突然敞开，满眼都是盎然的绿色和无尽的花香。第一次感觉到校园的热闹。会站在教室外的回廊里，打开窗子，倾听风声。闭上眼睛，让风拂过的感觉会让我不禁泪湿双眼。

换了一个公寓。从以前那个阴暗的双人公寓搬到了单身公寓。高高的9层。不坐电梯，每天把上楼当作一种锻炼。回去后可以一丝不挂，站在阳台上，打开窗子，让风继续拂过。嗅着满园的樱花香气，满脑子都是思念和感动。

永远忘不了那样的夜晚：和你站在星星密集的街道，我喝得酩酊大醉，并且对你大声吼叫。你只是轻声言语，拍打我的肩膀给我安慰。两个人聊天一下子聊到天亮。我哭了笑，笑了哭，那种丝毫不曾设防的放纵，内心没有任何疲倦，滔滔不绝向你倾诉。如果上天可以让它重来，我宁愿舍弃我的所有！

记得唯一一次给人的承诺，不离开我们的乐队，不离开有天使一般声音的乐队。然而这一切……

不写了，只要你知道我仍旧记得天山的草甸，记得用心说过的每一句话，记得曾流下的每一滴眼泪就够了。

愿上苍一路给你赐福！

亚明

束荷折上这封长信，内心泛起涟漪。所有写给她的信，都是先寄到星月唱片，而后由交好的员工再转寄给她。她就怔怔地看着那群鸽子，它们也聚精会神看着她及这个世间，投以无限好奇的眼神。她起身站起来，想走过去近距离观察，谁知道它们扑扇着翅膀，腾空而起，向东北天空飞去。

……

手机响了。束荷拿起它，看到屏幕上显示的是一个陌生号码，便又放下。

其实，她特别想直接关机。以前当歌手，只要铃声一响，便知道又有一场演出或通告再等她。关机，就可以暂时让全世界都找不到她。亚明经常指责她：你又玩失踪。

她心里想，即便通讯录里存满一个又一个电话号码，认识的人也越来越多，可是都不知道在自己心里突然感到难过时，把电话该打给谁。

在电话一边向另一边的人无所顾忌地倾诉，对方该有怎样宽阔的胸襟。她觉得根本就找不到这样的人，世界上或许就没有这样的人存在。经常在输完号码后，迟迟不肯按下拨通键。她总在想，这么晚了，他们或许已经睡了吧。这样做是不是没有体谅到对方的感受，显得任性和自私。就这样，自己经常把自己陷入两难境地。觉得即使开口说出心中的不快，对方中肯的应声或者出谋划策，待挂断电话后，那些伸手就可以触摸的难题，仍旧一个一个令人棘手。属于自己的事，还需要自己面对解决。

慢慢地，她便觉得打电话没有用处。伴随着一个个商业演出的电话通知，更觉得这个小小的工具冰冷，只有利益关系，丝毫没有人情味。

电话铃声再次响起。束荷仍旧不理会，把它倒扣在床上，干脆放进被窝，直到对方挂断。The Promise（《诺言》）这首曲子一直循环播放。直到电话第三次响起，束荷实在无奈，从被子里摸出手机。

喂！老姑娘，真有你的。到底是歌星，耍大牌啊你！听筒传来一个高嗓门的女声，然后继续嚷嚷：

束荷，你也太绝情了吧。真要隐居起来不出山了啊。难道连我你也不想见了？！

女人嗓门很大，声音有些沙哑。束荷略显迟疑，搜索着似曾相识的声音，眼前打开一扇记忆大门。

……

3

这是歌唱比赛假期去往上海打工的一段日子。

午后阳光透过梧桐树错落的叶子，洒下斑驳细碎的光影。束荷骑着自行车来到一个陌生的小巷，里面摆设的一个个小摊位让她欣喜若狂。有卖面人和棉花糖小吃的叔叔，也有卖面具和大风筝的老伯。这些属于过去旧时光的物品，一下子再次闯入她的视野，让她兴奋不已。

……

束荷凭借自己的实力，终于获得歌唱比赛第一名的成绩。从自己三观建立之日起，便一心想要摆脱母亲的魔爪。趁着假期，她就像一只从没有飞出过笼子，体验自由飞翔滋味的鸟儿，见到外界一切她所陌生的事物，都倍感新鲜与好奇。

面对百货公司琳琅满目的商品，她确实有过动摇。认为自己生不逢时、生不择地，一些客观环境是无法自己选择的。这些命运的不公，她想一想便放下了。她知道先天的环境虽然差强人意，也是老天对自己的恩赐。那些不曾拥有的东西，只要自己肯努力，慢慢都会有的，或许还会比他们拥有的更多。

束荷没有迷失在物欲横流的世界。恰恰相反，当她有朝一日终于成为万人瞩目的歌手，不再像小时连生存也步履维艰，挣的钱也越来越多，拥有大房子、汽车，却感觉生活让自己变得面目全非，很难找到那时唱歌给自己听，觉得有别样欢乐的苦涩美好。她便问自己，问亚明，能不能不去讨好。

一些事情仿佛早已注定。老天能让她当歌手，与她血液里的善感和真诚密不可分。经常在学生寥寥无几的大教室上自习。一个人斜靠在墙角安静地看书。雨天，外面下起瓢泼大雨。听着噼里啪啦的雨声，内心夹杂着喜悦与惆怅的双重情绪。而当阳光落在窗外梧桐树的下午，看见自己的身上、桌子上、墙上投下的斑驳影子，看着它们一闪一闪慢慢摇晃，感觉自己的心马上就要飞奔出来。

看到那些明晃晃的树叶，内心就会涌出莫名感动，望着窗外愣上好一阵子。不一会儿，便放下手中的书，从座位上跳起来，推着自行车，一路狂奔出去。

那时，束荷不像现在这样不喜欢白天。但仍旧喜欢一个人独来独往，没有朋友。在老师和学生眼中，她是一个孤僻、不合群的人。他们不懂她的欢乐。其实，孤独是一种享受。何况这种孤独，从小到大便一直如影随形。

束荷穿着宽大的碎花裤，样式简单的塑料凉鞋，头发编着两条粗大的麻花辫。骑上在初中念书时，靠辛勤打工买的自行车，去往任何她想去的地方。

外出时，她都会挑选自己不曾到过的地方，尽量避开商业闹市区，也不热衷逛百货商场。那里，除了人，还是人。除了物欲，还是物欲。充满不同格调的小街小巷、寺庙、大大小小的音像店、书店，都是她常去的地方。

……

那些面人，天空上被放飞的老鹰风筝，都久久停留在束荷眼中。她把自行车靠在一家小店门口，双手揣在裤兜里，踢着青石板路上的小石子，漫不经心地走着。

伴随着噼里啪啦作响的油炸声，袭来一阵香气。束荷抬头一看，一个手里拿着三根土豆丸子、两根蘑菇串、一根鸡腿的胖女生，站在离她不远处的小摊上胡吃海塞。两个人对视而笑。

喂，喂，给钱！还没给钱就想跑啊！摊位上的女老板喊住了掉头就要走的女孩。

怎么说话呢？！什么叫没给钱。3，2，1。刚才你炸的时候，我就说这个数字好记。说完，不是把 6 根炸串钱先给你了吗，还让你把素的和肉的分好，别算错账。你怎么记性就这么差！

胖女孩扯着脖子，声音有些嘶哑。一句一句，像连珠炮似的，把那些话一口气讲完。

老板执意咬定她没付钱，两个人的争执声越来越大，旁边聚拢起看热闹的路人。

她灵机一动，手一挥，指着身后的束荷说。姐，你说我是不是把钱给她了。刚才人那么多，你就站在这儿，我掏钱时，不小心掉了枚硬币，还是你帮我捡起来的。就是姐看着我把钱递给她的。对不对嘛？！

束荷有些傻眼，看到胖女孩挤眉弄眼，她便明白了。

是不是啊？姐。

有这回事？！

女孩和炸串摊老板几乎同时问她。

嗯……

束荷略加迟疑，点了下头，心里却在打鼓。

老板也纳闷了，不知是不是自己真的记性差。看着旁边的束荷，文文静静，与这个假小子般的胖女孩明显是两类人，便相信她的证明。

你走吧。我实在喊不过你这个胖丫头。就算我今天倒霉吧！

怎么说话呢，什么叫倒霉？！给了就是给了。女孩强词夺理，继续与她理论。束荷赶忙上前，一把拽住还在扯着脖子大声嚷嚷的女孩，把她从人群堆里拉出来。

姐姐，今天多亏你仗义相救，不然脱身必费一番周折。束荷听完女孩的话，迷惑不解。

其实我今天上街啊，压根儿就没带钱。我也不是有意要诓她，接过炸串时，才突然想起来这回事。说完，做了一个鬼脸，冲着束荷伸了伸舌头。

啊！束荷瞪圆了眼睛，万分惊讶。

嘴馋，没办法。从小就这样。你看，不然我也不会这么胖。女孩边说，边把手挎到束荷的小臂上。

她打量着这个说话古灵精怪的胖女生：一脸稚气，短发，齐刘海。性格就像是一个假小子。这个刚刚邂逅的女生，让束荷觉得比整天朝夕相处的同学还亲切，也并不觉得挎着她让她不自在。

姐姐，我叫王长卉。你呢？

别叫我姐姐。咱俩看上去年纪相仿，别胡乱叫，喊错了大小。我叫祁束荷，喊我名字就行。

遵命！束荷小姐。

长卉笑，装出一副一本正经的样子。

听你口音，是北方人吧？束荷问还在吃着手上炸串的长卉。

没错！我的确是从北方过来的。内蒙古，大草原，你的明白？她油嘴滑舌跟束荷打趣道。

知道。我当然知道。敕勒川，阴山下，天似穹庐，笼盖四野。天苍苍，野茫茫，风吹草低见牛羊。束荷背诵着《敕勒歌》，露出醉人的微笑，呼吸间，也透出羡慕的口气。

我是去年秋天，父母因工作变动，跟随他们从那边过来的。长卉说。

好羡慕！内蒙古的景色一定美不胜收吧。对它，我还仅限于地理课本那点知识。你们一家从那么老远的地方过来，可真不容易。现在是读书还是工作？束荷问她。

我当然在念书，在海宁读职高。她回。

就是浙江海宁三马路边上的那所职高？束荷一脸惊讶。

是。她又回。

这下好了，俩人竟是校友！反而王长卉要比祁束荷高一届。

整个下午，她们便沿着一条幽深僻静的小巷一直走到黄昏。

中途，两个人看到一群背着书包的小男孩儿，呼啸地从她们身旁跑过。原来，调皮的男生抢走了女孩儿手中的棒棒糖，正逃之夭夭。小女孩儿站在原地，想着自己的棒棒糖不见了，一个人悄悄抹眼泪。两个人看在眼里，都觉得这场景似曾相识。她们给小姑娘新买了根棒棒糖，又陪她玩了一会儿，直到小女孩儿又笑了才离开。

打那以后，回到学校，两个人几乎形影不离。一起去食堂吃饭，一起到自习室看书。王长卉成为束荷唯一的同性朋友。一年后，长卉的父母又因工作调动迁往北京，她们便一南一北分开。两个人一直保持书信来往。束荷告诉她看见亚明整日酗酒，心里别提有多难受。告诉她与星月唱片签约，将要发行专辑，实现多年的歌手梦想。慢慢地，长卉写给她的信越来越少，直到有一天，音讯全无。

此刻，她突然接到长卉的电话，耳边再次响起曾经朝夕相处熟悉的声音，确实让束荷措手不及，喜出望外。不知这个精灵古怪的女生是如何获取自己电话号码的？失踪的这些年又都做了什么？

她告诉束荷，目前正在法国一所知名学府读博士，过些天将回中国，跟随导师参加一个国际学术研讨会，她希望届时能够抽出时间与束荷见见面，好好叙叙旧。

束荷放下电话，觉得有些困意。闭上眼睛，依然在回忆着与长卉相伴的那些时光，只是后背继续隐隐作痛。太阳穴附近仿佛有两个电钻在往脑袋里使劲地钻。心里开始恍惚，觉得自己又要崩溃了。小时候，面对母亲的打骂，数学老师的嘲讽，自己都坚强无比。现在却经常一个人想着那些往事，心中泛出酸楚，不由自主流眼泪。她还是喝下一支安神醒脑的口服液，待慢慢镇定后，下床，打开影碟机，塞进一张碟片。

一部影片，关于爱与生死。

影片围绕一所房子展开。女主人公曾经是房子的主人，爸爸唯一留给她的遗产便是这所房子。丈夫抛弃她，房子被他变卖，她却蒙在鼓里。房子的新主人，是一家偷渡客。男人是少校，女人是家庭主妇，女儿已经订婚，儿子还是个翩翩少年。少校态度异常坚定，执意要撵走迟迟不肯搬走的女人。女人感到无助，经常酗酒。双方为把握住自身利益，开始打官司。

影片结尾，爸爸开枪，误杀了自己的孩子。他伸开沾有儿子鲜血的双手，对主祷告。我什么也不要，只要我的儿子。丈夫没有勇气把儿子死亡的消息告诉妻子。他们一家是从伊朗到美国的偷渡客，妻子一直过着提心吊胆的生活，经常对丈夫说，我们回家乡吧。迫不得已，他在妻子茶水里投毒。落日夕阳，对着海面一轮红日，妻子依偎在丈夫肩头永远睡下。在她沉睡前，他一直说，我要带你们回到故乡的花丛。最后，丈夫用保鲜膜紧紧裹住自己的脸，窒息而亡。死亡前夕，他发出沉闷短促的呼吸。慢慢地，只能听到自己缓慢的心跳，直到声音全部消失。海水撞击着礁石，不发出任何声音。

死亡是残酷的，也是美的。因为，永恒最美。

死亡深处，或许藏着最不想伤害彼此的心意。

曾经，一个儿子对妈妈说。妈妈，你总是让我担心。只要你还没回家，看不到你，我的心就一直悬着。妈妈问，那么怎样你才不会担心我呢？儿子用镇定的语气回：你只要活着，我就担心，除非你死了。

有时候，我们只是不习惯把死亡拿到明面上谈论，死亡背后的爱很深沉。

人在这个世界，永远挣脱不掉亲情之爱，爱情之爱。对自己的爱，甚至由仇恨转化过来的爱。如果要对这些爱排列顺序，你会如何安排呢？

爱我们的家人，爱我们的恋人，爱我们的孩子。我们要爱，便爱我们周围的一切。爱生活里一切的人和事。用忍耐和宽容的心，驱赶冷漠与愤恨。

束荷裹着被子在床上看完这部片子，想到爱。

她不喜欢看电视节目。平日躲在家里娱乐的方式，就是放自己喜欢的音乐和影碟。她酷爱看那些小众的文艺片、实验片。诡异迷幻的画面，光怪陆离的色彩，破碎的情节。黑暗、欲望、寂寞、下坠、挣扎……当看完这些让自己内心卷起狂澜的影像后，拉开窗帘，经常会感到自己恍若隔世。

人生如戏。主角永远是有数的几个。多数人终归要默默无闻，劳苦奔波，过完自己的一生。强劲的，活下来。懦弱的，倒下去。一辈一辈，一代一代，一幕一幕，永不完结。戏里戏外，亦真亦幻。

安神的药效上来，束荷瞌睡，下床关掉电视机，倒头再次睡去。

她做了一个梦。梦里她如此清醒地知道自己是在做梦。她在地下室小心翼翼地行走，水滴落在空旷冰冷的空间，发出沉闷的嘀嗒声，耳边有持续轰鸣的回音。前方出现白色台阶的楼梯。她上楼，四处张望。楼梯开始缓慢旋转，她想下去，但始终迈不开步子。她开始尖叫，但听不到自己的声音。最后她累了，干脆就接受楼梯旋转。闭上眼睛，不再看。她瞬间感到内心原来是那么坦荡，没有任何世间嘈杂的痕迹。她记得她在梦中发出微笑。

4

外面刮着风，拐角处，可以听见它们扯着脖子发出鬼哭狼嚎的嘶喊。街道上有稀稀落落的行人，裹在厚厚的大衣下。此时，已是深秋。西方天空最后一抹晚霞迟迟不肯褪去。

华灯初上。人群、车辆都蜂拥而至。自行车的铃铛声，汽车的鸣笛声瞬间响个不停。街上小商贩的吆喝声此起彼伏。买菜的家庭主妇，为便宜1毛钱讨价还价。人们行色匆匆，赶往回家的路。

生活在每一日重复着，如同循环往复的环线地铁。没有起点，没有终点。所有人都在急匆匆地赶路。上车，下车。有些人一辈子在方圆5里打转，每天与无数张陌生面孔打下一眼照面。有的，停下来说上几句话，拍拍肩膀，继续上路。有的，则一辈子只是擦肩而过的过客。

束荷走在寒风凛冽的大街，给自己买了一个热气腾腾的烤红薯。垫着废报纸，呛着冷风吃得津津有味。

她依旧只穿一件单薄的黑色外衣。现在，她的衣服不多，并且多半是黑色。有很多，都是跟亚明逛路边小店买的。她不愿意挤人潮汹涌的百货商场。站在明晃晃的试衣镜前，人会局促不安。每次搬家，宁愿把一件件不适合自己的衣服叠好准备捐掉，也不会随便处理任何一本书和唱片。可以用沾满灰尘的双手提裙子，却舍不得翻开一本书页和唱片。

顺着 Carpenters（卡本特）的歌，她站在一家小店外。听到的第一首英文歌，便是兄妹二人的经典代表作 Yesterday Once More（《昨日重现》）。那时，束荷还是一个没有谈过恋爱的青涩少女。此刻，她歪头看着淡蓝色橱窗中的自己，脸上暗淡无光，嘴唇干裂，头发蓬松。衣服穿在身上显得肥大松垮，她又清瘦许多。

她发现，每一个经过橱窗和门口的行人，都会下意识瞥一眼镜中的自己。人类大都自恋，贪恋自己年轻的容颜，爱慕自己健康的身体。男男女女，漂亮的、不漂亮的，都不厌其烦来往于健身俱乐部、美容院。不惜消费自己一个月微薄的薪水，在脸上甚至全身涂满各式化学药水。他们并不知道，安步当车，就是最好的锻炼方法。

她想到亚明曾经说过这样的话：只要你觉得开心，随便怎么过都可以。人，就一辈子的命。

但是他却玩物丧志。

店门打开，里面出来一个高挑时尚的女人，右手挎着一个老外。束荷觉得女子好生面熟，便一直打量她。女人也一直盯着她看个不停，时不时皱起眉头，好像想起了什么：

束荷！女人嘶哑又嘹亮的嗓门着实把她吓了一跳。

长卉！

她简直不敢相信，眼前这个漂亮入时的女人，竟是自己这些年来一直惦念的好友。束荷掩盖不住内心的喜悦，上前一把抓住长卉的手，紧紧与她相拥。

三个人心急火燎，搭上一辆出租车。王长卉操着一口流利的法语让男人坐在副驾，她则挎着束荷，两个人有说有笑坐在后面。长卉的个性一如既往，咋咋呼呼，像只麻雀。束荷在她面前，总会有呼之欲出无穷无尽的表达欲，一反她在别人面前不爱言语的常态。

每个人的小时候，都会有无数伙伴。有的是一起跳皮筋的，有的是一起做作业的，有的是一起结伴去漆黑厕所的。

一个人就是天不怕地不怕，也会有降住自己的克星。长卉对于束荷来说，就是这样。面对长卉，束荷不会再把心事憋在肚子里。任何让她感到困顿的事，都会毫无保留向她讲述。这样没有顾忌地倾诉真是让束荷好开心。长卉给了她家人般的亲切和温暖。或许束荷还不甚了解她，但长卉懂得她，明白她的心思。在众人面前，她们两个人有太多不需要言语的默契。

5

出租车直奔意林西饼店。

长卉始终紧紧挽住她的胳膊，让束荷心里几天来的空洞一扫而光。高大帅气的法国男人回头看着她们，露出绅士般礼貌的微笑。他 32 岁，未婚。长卉的导师，也是她的男朋友。

　　如今坐在束荷旁边的长卉，已是一头烫着金发、魅力四射的女人。她像一朵盛开的金菊花，有娇小妩媚的容颜。身材更是纤细苗条，早已与若干年前那个体态臃肿的胖女孩儿判若两人。眉宇之间，深深散发出一股成熟女人的优雅。

　　车里放着 Ben Harper（本·哈珀）的歌。那个有着磁性嗓音、弹得一手好吉他的男人唱着 Waiting on an Angel（《等待天使》）。有时候，我们确实需要一个天使，带领我们飞到远远、祥和的地方。

　　束荷获知，长卉这些年过得相当不错。适时对每一个涉及人生重要关口的阶段做出理性而正确的选择。唯一让她不如意的，便是自己上一段的感情。那时，她还对束荷说，自己不会轻易恋爱。在某种程度上讲，她是不相信真爱的女人。经过那场痛定思痛的恋爱，长卉认为：若要问我这个世上到底有没有爱情，我会说，真情是有的。只是爱情的花，在生命中只会开一次。你也只会倾其所有，真正爱过一个人。

　　这些年，她在束荷写给自己的明信片和电子邮件中，看到她与亚明之间复杂微妙的感情，仿佛自己也身临其境，跟束荷一起体验、经历着一场苦不堪言的情感折磨。经常替她和自己感到一种只有女性才能感受到的悲哀与无奈。

　　束荷曾在信里问过长卉，有无中意并决定牵手走完下半生的男子？她通常只会在信里暗自傻笑，不透露丝毫自己真实的喜怒哀乐。难道从小到大你就没有意中人？束荷反复问她。她知道，一个人能长这么大，记忆不会像是没有写字的纸一般苍白。别看平日长卉看上去大大咧咧，好像没有任何心事，有时说出话来也会让她匪夷所思。

她说，束荷，你知道吗？我好喜欢这句话：

最黑的黑，是背叛。最痛的痛，是原谅。

她知道，长卉身上有她还不曾知道的故事。她若是想说，总有一天会告诉她。自己与亚明之间的纠缠，长卉是唯一清楚里面来龙去脉的人。束荷突然觉得，在她潜移默化的心里，对长卉曾经有过非同寻常的依赖。

王长卉也曾经说过，每个人就是再长大，再坚强无比，也会有自己依赖的人和事。小时候我们依赖父母，大一点我们依赖朋友。而当我们长大成人，不想让父母担心，我们便不再向他们倾诉和抱怨。慢慢地，我们找到让自己内心觉得慰藉的人和物。

束荷，你看，我现在身边不是有你吗？我在你心中肯定也占有一席之地。我吃炸串，你替我解围，这是我对你的依赖。你不在我身边时，枕边有你送的娃娃，这也是依赖。而你喜欢的那些书、磁带、CD唱片、收音机、随身听、球鞋、猕猴桃、酸奶、爆米花……只要是你自己喜欢的东西，便不自知产生了依赖。

每当听她说这些话，束荷都会觉得长卉并不是她眼中所看到的样子，整天只顾沉浸在吃零食中的单纯女生。有时，她会突然对束荷大笑，并用沙哑又高亢的嗓门对着操场大喊：就让那些永远也没有答案的问题统统见鬼去吧！

她在回信中写道：束荷，你要快快乐乐的。你在任何人面前，都要表现得像跟我在一起时一样的自信，没有丝毫的拘谨与不适。你要从容不迫地生活，要去努力追寻快乐。

她每次这样说，束荷都会在心里感恩。没有人比长卉更能切中要害安慰她。

三个人从意林饼屋出来，已经是深夜 11 点。

在这个夜色凝重的南方城市，多数人已经在梦中安然入睡。只有寂寞的人聚在一起，打发着寂寞，或者让寂寞愈发地膨胀与蔓延。

束荷在想，他们仨在这漆黑的夜下又算是什么呢？容颜可以改，装束可以变，但每个人心底都会有一潭死水。有时，它会变本加厉，紧紧把你捆住，不让你挣脱。

束荷，你看这座漆黑的城市，到处是一片死寂。但我深信，在它的某个角落，一定会有我们看不见的龌龊，里面充斥着贪婪、暴力、不堪入目的情欲。

当晚，她把男友一个人留在酒店，跟束荷回到她租住的房子。

壁灯下，长卉越发显得妩媚动人。她文了眼线。青春期少女时脸上留下的小坑也被粉底遮掩得不露痕迹。每个人都会让自己最大程度的自信，长卉更是一个追求完美的人。束荷虽然退隐歌坛多年，但仍会觉得心力交瘁。因她本身就一直在逃避生活。

从接到长卉的电话，到今日午后在大街上与她偶遇，此刻与她躺在同一个被窝，面对面谈心，让束荷感到不可思议，如同做梦一般。

这次，王长卉回国参加研讨会。她根本就没有心思出席一场场报告会。会议一结束，便与男友迅速飞抵南京。她本想买一件黑色毛衣送给束荷做礼物，没料到却在店门口与她团圆。一些事情早就写进生命的记事本。

束荷，一些人从小别到大别，再由大别到永别，永远不得相见。而我们，即便以前置身在一南一北的两地，后来又分隔在地球的两端，我们还是得以团聚，并且丝毫不觉得生分。或许这就叫作缘分吧。

整个晚上，束荷放下手中的一切活计，把要写的专栏文章丢到一边，放着 Secret Garden（神秘园）的 CD，与长卉彻夜聊天。两个人挤在一个被窝，束荷把冰冷的双脚放在长卉的脚背取暖，手心紧紧攥住她的手，直到两个人在音乐声和说话中不知不觉睡着。

我们都是好孩子，只是有时我们会迷路。

再坚强的人，也难免要受打击。

我们都是很好的人。

6

一个女人靠近镜头，用手把唱针放在黑胶唱片上，呲呲啦啦的空白声响起。不一会儿，单调的吉他声弹起，女人转身离去，开始用带有颗粒的声音唱歌。

画面里多是女人三分之二的侧脸，头发紧紧贴在头皮上，梳着一条粗大的麻花辫。上身是一件蓝色沙网装，下身穿一条中间带黑色条纹的宽大布裤，身后拖着一条长长的橘红色丝带。

她站在一个圆弧形的长廊底下，时隐时现。有时，又坐到一把白色的塑料椅上。歪着头，伸长脖子，注视着镜头。焦距太近，脸有些变形。

天上是快速漂浮的云朵，颜色肮脏。刺眼的阳光透过云层投射一道一道光柱。唱到中间，墙壁突然开启一扇大门。一对对情侣进进出出。有翻书的，有听随身听的，有玩跳飞机格游戏的。

最后，音乐再次只剩下拨撩的吉他。女人终于安心地坐下，缓慢地左右摆头。

那是一张无精打采却别有味道的脸。显然，她很寂寞。

束荷一遍遍播放这支 MV，迷恋上开头旋转着的黑胶唱片，空白轨道的划痕声。

当忧郁的太阳往西边落下，我才开始想到，你要如何回家。

在我们真的疯狂并且快乐，筋疲力尽以后，什么也没留下。

你想着他，眼睛湿了。

你说害怕，我哭了。

……

他们从来也没有时间顾及到我坐在那里，说甜蜜的话。

你笑了，我很惊讶。

你说爱他，我很尴尬。

我远远的，坐下。

盼望你，打来电话。

……

束荷无数遍地观看这支MV，听那个女人唱歌。

她还记得那年走在长春的街道，城市的马路此起彼伏。从这边可以看到远处的楼顶与自己处在同一水平线上。慢慢她相信，总有一些东西像眼前的高楼和马路一样，被一些外界因素遮蔽了视线，出现错觉。

那时，她总是在兜里揣着一个随身听。一遍遍地听《不确定》，一遍遍地听《知道不知道》，以及在电脑上一遍遍地看那支叫作《以后》的MV。

长卉，一些东西，久而久之，便会成为某种心结。

束荷，我不喜欢看你每天都活在梦里。你总是自以为是，给自己编撰和导演一幕一幕的戏。进去，就出不来。被自己封闭在那个狭小的世界。不要整天戴着耳机大声地听音乐。你要记得，眼前永远是明晃晃的现实生活。你要趾高气扬，面对所有的人和事，不可以再任性地睡觉了。

你要让你的嘴角上扬，那样让人看起来你才是坚强而自信的。你的眼神太过迷离，让你这个最好的姐姐都不敢正视你的双眼。束荷，要记住，一定得改变自己。不要事事顺着自己的情绪。

回法国前，长卉语重心长地对束荷一直嘱咐。

长卉，我有许多事情都想不通，感到矛盾和纠结。我从一种状态进入另一种状态，常常会因为不适而迷惘。我试图找到一条出路，却始终无能为力。

我并不知道，我的人生大半辈子就这样交给了我手里写的诗歌和专栏。正如其他人辛辛苦苦上了十几年学，不管文凭高低，都会有一份被称作职业的东西。每个人都会认为自己所从事的工作是极其重要的。原因很简单，我们靠它活着，依赖它养家糊口。所剩无几的光阴，便完完全全交付于它，围绕它开展。

我们总是希望，尽可能在最不费力气的情况下，挣最多的钱。不如意的时候我们会抱怨，会沮丧，会背地里发发牢骚骂骂老板。第二天睡不到自然醒，依旧要从温暖的被窝里爬起来，不情愿地上班。赶公车，倒地铁，换轻轨。

慢慢地，我们拥有钞票、地位、权势、房子、汽车。其实我们不知道，空虚也趁机而入。我们就这样看着镜子里的自己老去。我们孤孤单单被抛向这个世界，历经种种磨难，最终又孤孤单单什么也带不走地离开。

有时，我们也会回过头，对此略加迟疑。但我们还是照旧行色匆匆地赶路，生怕错过人生的良辰美景。

当看到自己如此不容易的一辈子时，是否会恍然大悟，我们只是千代万代，普普通通，继承人间香火的生命过客。我们的肉身和学识用以传承文明，我们是多么的伟大。有朝一日，我们都将万劫不复，化做一缕青烟，在这个世界消失得无影无踪。不管你多爱这个世界，这个世界不一定爱你。

一辈子，人就只有一辈子。

过完这辈子，如果真的有下辈子，如果下辈子还会生而为人。我们是否还会记得这辈子为之拼命奋斗得来的一切？我们统统要重新开始：上学，工作，成家立业，为人处世，孝敬父母……经历生老病死的轮回。

我们是多么地不容易。

既然活着，就要活得轰轰烈烈，没有遗憾。

第七章

风尘仆仆

1

夜行的列车渐行渐远，如一条在黑暗中穿行的长龙，周身发出一格一格的光亮。

玮辰站在人满为患的车厢过道，与众多神情困顿的乘客混迹在一起。人越挤越多，他侧着身子，缓慢地向车厢连接处移动。最后，挑选了一处可以容身的空地，在肮脏的地上垫了张报纸，盘腿坐下来。双手紧紧抱住自己的膝盖，把后背靠在溅满泥点的铁皮墙上，头顶是一把红色的紧急制动阀。

狭小的空间挤满了人。厕所门口、洗脸池子、垃圾箱旁，到处都是人和行李。他们站站坐坐，努力寻找最佳姿势，让自己舒服些。他盯着对面坐在编织袋上一个穿中山装、戴鸭舌帽的乡下男人，内心起伏。

那不正是刚才上车，在自己前面扛着蓝色大编织袋的男人吗？当时旁边还有一个胖男人。玮辰揣测，两个人或许是哥俩。胖男人帮他推着后背的重物，显得躁动不安，额头上布满细密的汗珠。或许他担心他来不及上车，火车便开了。

这些都是背井离乡、进城谋生的务工人员。他们大多来自偏远乡村，对外面世界抱有无限幻想，便放下田野里的农活，只身一人，或者三两成群结伴而来。他们神情涣散，又不失警觉，对陌生的都市人心存戒备。当他们带着一腔热情置身于高楼林立的都市，是否会觉得不适？城市森林，是否还是当初他们所设想的那般美好？

出门前，他们曾对爹娘和妻儿许下诺言，一定要在外面混出一番天地，赚到很多钱回家过年。老父亲老母亲眼含热泪，佝偻着腰，目送他们慢慢消失在田野和大山的尽头。有的人，辛辛苦苦打工，一直得不到应有的报酬，工资被迟迟拖欠。有的人，在城市里迷失，偷盗、抢劫，开始对生活抱怨，埋怨老天的不公。有的人，还来不及踏上回乡的路，见亲人最后一面，便客死他乡。

火车哐当哐当，敲击着铁轨，在伸手不见五指的大山中穿行。

玮辰与火车有缘。父亲在铁路部门上班，从小便跟着他坐火车到处跑，去的都是沿线的小站小村。他跟在爸爸和一行人的队伍中，手里攥着蒲公英，一跑一颠。他还记得，曾经任性向一户人家的伯伯要了两只小鸡仔儿。他把它们放在盛过方便面的空箱子里，坐着火车把它们从村里带回家。等稍微长大，他便不再对任何东西刻意需索。即便有，也不说出口，一个人在心里想想便放下。

玮辰回忆着过去的点点滴滴，又想到，在这荒芜的黑夜，如果自己被丢在车外，慢慢地，是否会变成一个野人？想着从租住的房子到上车的前前后后，觉得自己也可以这般风风火火，暂时抛弃一切，决然踏上一条心底呼唤已久的路途。

两个小时前，自己还坐在电脑前，连续做多媒体课件长达10小时之久。只有在中间零星吃过放在桌上的饼干，一直不停地大口喝水。

一个海面日出的动画终于完成。按下播放按钮，看见漆黑的天空慢慢由大黑变为深蓝，再由深蓝变成浅蓝。羞涩的太阳遮遮掩掩，缓慢在海平面升起，天空越发变得明亮。终于，一轮红日变成耀眼的银盘，射出万丈光芒，海水上跳着一道道波光粼粼的白光。

玮辰反复看着动画，眼前一会儿暗，一会儿亮。在黑白之间，看着蓝紫色流动的大海，内心无限怅然。不知是否被这明显的对比光亮灼伤了双眼，脑中顿感一片空白。眼球因太过干涩，顺势淌出两滴眼泪。站起来，往米黄色的双肩背包塞进两套换洗的内衣、一件黑色羽绒服、一条牛仔裤，拉上拉锁，跑下楼。逆行走在去往 2 路公交车站牌的人行道上，迎面是一群穿蓝色校服骑自行车放学回家的少年。他们飞快骑着单车，肆无忌惮地大声讲话，旁若无人。

把学校的一摊工作、领导、同事、学生、课件，都统统抛在脑后，暂时不去理会。仿佛这个世界只有自己一个人存活。

坐在公车冰冷的塑料椅上，把背包搁在腿上，看窗外缓慢晃过的风景。来这座城市已经数年，还没来得及仔细端详过它。今天在离开它的傍晚，窗外是车水马龙的下班人群，临街店铺逐渐亮起灯火，内心竟开始有些许留恋。

买一张到南京的火车票，要开车时间离现在最近的一趟！

没座了，还要吗？

要！

从售票窗口接过车票，背着包，执拗地坐上电梯来到候车室等待检票。此时此刻，坐在拥挤的车厢连接处门口，闻着混杂人群的陌生气味，心里没有丝毫的抱怨与后悔。

这一年，玮辰 29 岁。硕士毕业后，留校任教已近两年。列车一路向东行驶，途经北京，然后南下，一直到达目的地江苏省南京市。

2

束荷：

你都好吗？

夜渐渐来了。红色铺满了我眼前的夜空。操场上的学生们在发泄他们过多的精力。各种球类在这个封闭的校园中占据了绝对的主导。

非典的疫情平静了很多，于是可以静下心来做些自己喜欢的事。静静地听音乐。万芳、陈绮贞、苏慧伦、雷光夏、陈珊妮、张洪量、Carpenters（卡本特）、Ben Harper（本·哈珀）、Damien Rice（戴米恩·莱斯）、Maximilian Hecker（麦斯米兰·海克）、Secret Garden（神秘园）……我一个个聆听着那些曾经带给你感动的声音。闭上眼睛，让他们的歌声和音乐在我身边静静流淌。

认识了一个在电台做 DJ 的朋友，是我们学校的老师，在电台做兼职，比我大一届，很健谈。难得他也一样喜欢万芳。那一刻的感觉，像是碰到了知己。他说，都是一些寂寞的人。

写书的事情已经没有了早日的激情。像是潮汐，一下子来了，轰轰烈烈，又一下退去了，干干净净。因为没有时间。我知道，一些事情如果现在不做，恐怕这辈子也不会做了。我不该就这样轻易放弃。

我的生活依旧如故。相信你闭上眼睛也会想象到我工作的样子吧。每天睁开睡眼，繁忙的一天就如约而至。时间从来不等我。我感觉到了生命流转得飞速。我努力地使自己每一天过得充实而有收获。但在教书上课、管理学生贷款这些日常工作中，我失去了更多的学习机会。我的英语水平一落千丈，心里很慌张。

租了新的房子，可以每天洗澡，感受水流冲过身子的清净。不会再整夜无眠，很少睁着眼睛看黑暗，因为我已经被工作占去了大半，包括那些有过清醒夜晚的头脑。

我曾经是一个好学生。但我是一个完全意义的好人吗？我也不知道。

一切都是命中注定，让我在五台山遇到你。上辈子，你肯定亏欠过亚明。而我，肯定又亏欠你。这辈子注定得还给你。还要让你再多得一些，好让你下辈子仍来找我。这样我们就会永远在一起。

　　眼睛疼，因为灯光太暗。不多写了。我的心意你知道就够了。

　　祝你一切都好！

玮辰

　　一周半前，玮辰写下这封信给远在南京的束荷。两个人从五台山分别已近两年，一直保持书信往来。束荷每到一个地方，都会写信告诉他。有时，她寄明信片给他，都是清一色的几个字：玮辰，收信快乐！他曾收到一张盖有阿拉斯加当地邮戳的明信片，上面的字密密麻麻：

　　玮辰，我看见了极光。这里是一片极夜。当北极光划过天空，我觉得我看到了通往灵魂世界的道路。这里一年四季，都有来自世界各地朝拜的灵修者。他们相信，人死后是有灵魂的。真的，它们在夜空绽放的瞬间，的确是太美丽了！你不知道眼前如此诡异的光芒，是否真的是那些亲人的灵魂在通往彼岸世界。有些人干脆便不再回去，留下来，在这里定居。他们放弃体面的工作，温暖舒适的房子，来到地球的一端，一住便是一辈子。我一直以为，自己隐退歌坛已算是清心寡欲，过着与世无争的生活。然而与他们相比，真是自惭形秽。他们才是真正随时随地可以四海为家、到处流浪的隐士。

　　他们把彼此视为知己，不断地通信。有时玮辰会想，如果把这两年的信件串起来，一定是一部情深意切的通信集。他曾试着写作，把脑中一闪而过的只言片语，记录在随身携带的本子上。慢慢地，他便觉得如果每天不写下一些字，心中就好像悬着一块石头，不吐不快。

还记得两年前，研究生二年级，自己有幸参与一部本科教材的编纂工作。那是一本艺术原理教程，他被分配撰写几篇影评。他开始写作，脑中闪烁出流动的意象，便用感性的语言记录、评介。老师看到初稿，甚是不满，生气地指责他：你是研究生。研究生就该有研究生的样！要用术语，用批评理论。

他想，研究生应该是什么样呢？不同职业身份的人又应该是什么样呢？

他在课堂讨论中，沉静的像个乖巧的幼童。听见老师和其他同学乐此不疲地激烈讨论，觉得他们离自己内心甚是遥远。其实，他与外界交流的阀门已经慢慢关闭，口头表达欲逐渐丧失。心底却异常敏锐，感觉头上像是长了触须，本能地探测一切敏感的讯号。

他是一只被放置在大盒子里的昆虫，心里依旧是一个有着强烈出走念头的少年。他听见心底的另一个自己对自己说：走出去！走出去！

他忘不了那年暑假，在家中对着日历用铅笔在日期下面打钩。他因替李峰考试被学校处分。他面临一场选择，不知是继续考研？还是去往大城市打工。看着日历上面的数字6和9，正反一颠倒便不尽相同。或许命运也是如此。在重要的人生关卡，一个决定便会有不尽相同的人生。他斟酌再三，经常一个人陷入无边无际的苦恼。

如今，他决定再次遵循自己心底的声音：走出去！走出去！

做多媒体课件的时候，自己终日对着惨白的显示器。在电脑突然黑屏的瞬间，看见投射在屏幕里那张寂静的脸。房间干燥，脸上开始剥皮，脱落的皮屑细碎地掩埋在一个个粉刺周围。嘴唇裂开几道小口，抿一下，唾液里便会有腥味。头发油腻，已经紧贴头皮。他跑到卫生间，对着镜子呆呆看了好一阵。当再次回到电脑前，看到动画的刺眼光芒，便不再犹豫。切断电源，收拾好行李，跑下楼……

两年来，他再一次坐上久违的列车。心中日日夜夜的念想，似一场浇不灭的火焰。一路伴随着东行南下的火车声音，想着自己经历过的往事，想着那年初秋的五台山，想着离群索居的束荷。

列车已行驶在山东省境内，终于有了空座。玮辰坐在靠窗的位子上，逆着火车开行的方向，把头抵在有雾气的玻璃窗上。慢慢地，他不知不觉闭上了眼睛……

3

母亲躺在床上阅读。这床是她与父亲结婚时便一直用到现在的老物件。其实它不是真正的床，而是被漆成土黄色的一对大木箱。它们对接起来，里面装着旧物，草帽、军大衣、军用水壶、棉被、棉袄、口罩、手套……玮辰远不及这对箱子的年龄大，它们盛载着属于父亲和母亲结婚以来的时光记忆。同时，也记录着从他出生到现在，这二十多年的光阴。

他看到，一个编着两条粗大麻花辫的姑娘，露出两颗洁白的门牙，向一个皮肤黝黑的小伙儿招手。那是大家闺秀少女时期的母亲，以及刚刚中专毕业、对生活和未来抱有无限憧憬的少年父亲。

母亲自顾自地翻书，一页一页顺着往下细致阅读。

每次收拾好碗筷做完家务，她便进入一个无人能懂的自我空间。玮辰也进不到其中，只能揣度她的欢喜。阅读对于母亲来说，或许是一份不可名状的怡然自得。似乎只有在那段时间，生活才是美的，她才真正关照了自己。

大部分时间，母亲都在寻思着家里的柴米油盐、一日三餐等生活琐事。正是这些杂七杂八的家务活，让一个黄花闺女慢慢沦落成一个苍老的妇女，而她却丝毫没有怨言。

当一个女孩，一个大姑娘被冠以母亲的圣名，便有一种母性的伟大与博爱，让她自始至终都呵护着她与他结下的爱的果实。

父母对待孩子的方式，是一种原生态、最纯粹的洁白之爱。玮辰知道，此生此世，他都无以回报完结。

母亲读的是一本小说。她从不折叠书角。她对书籍的爱护甚至洁癖毫无保留地遗传给了儿子。

若干年以后，她的儿子手捧喜欢的图书，不忍用没有洗过的手去翻阅那些柔软的纸张。他把看过的每一本书，都在阅读之前包上书皮。那些书皮甚至比封面本身还要好看。有的，把用牛皮纸做成的大文件袋在中间裁开。有的，则特意跑到文具店买来包装纸。玮辰心灵手巧，不厌其烦，坐在台灯底下，手持剪刀、格尺，认认真真量好尺寸，小心翼翼把纸划开。一本一本，把书包好。

旁边的父亲，用遥控器将电视机音量调至听力所及的最低分贝，一个人看体育频道的新闻或足球比赛，其乐无穷。母亲散开的长发像褪色的棉布，虽不及年轻时乌黑顺滑，却一直蓄着长发，如同出嫁前的大家闺秀，编着一条粗粗的麻花辫。

玮辰知道，母亲、父亲、姐姐还有他自己，每个人都是对时光充满无限眷恋的人。他们一直都在寻找时光走后与自己相契合的人与事，极力嗅出与时光相联结的那个隧道。这通道使得我们从此岸跨到彼岸，去寻觅和保留我们终其一生也改变不了的心结。

此时此刻，玮辰的心结在南京，在深居简出的束荷那里。

4

她站在出站口等他。玮辰背着包，随蜂拥下车的乘客走在地下通道。道口两边形成对流大风，刮在他脸上，把头发吹散。刘海被一次次吹开一道道缝隙，他看上去不像一个即将三十而立的男人，更像是一个单纯青涩的少年。

一件军绿色的 T 恤，把洗得雪白的衣领翻出来，扣子系至倒数第 3 枚。黑框板材眼镜，一戴就是 6 年。上面有擦拭的划痕，对着灯光，有一圈一圈的轮廓。他颠着脚步，混迹在把行李箱拖在地面发出嘈杂声响的人群当中。

束荷一袭黑色长衣，站在出站口外面一根银色栏杆后面，热盼，又拘谨。

玮辰老远就寻到她，冲她使劲挥手，内心兴奋，露出整齐的洁白牙齿。

暌违两年，他终于再次见到她。按捺不住内心的激动，跑上前紧紧拥抱她。

他说，束荷……

她说，玮辰……

两个人控制不住，都流下眼泪。

中正的感情，不需要用漂亮的脸蛋、金钱、新鲜感、甜言蜜语维系。

通信近两年，每月三四封固定的信躺在彼此的信箱，都是手写。邮票上被扣以无数个当地邮戳。它们坐火车，或搭乘飞机，行程数千里，历经长途跋涉。

任何感情能够持久维持，便是真感情。在玮辰眼里，两年是一个分界线。

他们都过于激动，久久不能平静，眼里泛着泪光。束荷好似是玮辰丢失已久的宠物，再次被他找到。

南京在修建地铁，站前被围圈起来。他们绕道而行，走了好长一段路才得以离开。可他不觉得远。两年都过来了，近三十个小时的旅途都过来了，这一点路又算得了什么！

俩人一时竟找不到话题，只是互相对视。

马路还留有白天下雨时的积水，整个城市的夜空被一片潮湿的水气所包裹。玮辰嗅着只有在南方夏季雨后才得以感受的湿润，内心涌上一阵感动。

拦下一辆出租车，束荷坐在副驾，他坐在后面。电台播放着舒缓的音乐，DJ 轻声细语，诵读着一篇笔触细腻的散文。衬着高山流水般的音乐，夜色愈发散出动人温情。他伸出手，上前触摸她一直倾泻到腰际的长发。她没有躲闪。

她说，玮辰，这篇散文是我写的。

他说，嗯，我知道，我早就听出来了。

出租车在她的住处停下。

近一年，她一直住在这个深处城市边缘的房间，一个人，不找合租伙伴，不结交朋友。此时此刻，玮辰终于亲眼看见她在信中无数次对他描述的房子。

环顾房间四周，墙壁上有两层木制的隔板，上面整齐摆满了一张张、一盒盒的 CD 和磁带。旁边挂着一个小狗头的储物袋，里面塞满机器猫等各种小挂件。两个人所坐的床上，铺着洁白的鸭绒被。枕头只放在一侧，剩下的空间则散落着一本本书。简易音响放置在床头柜上，旁边有自己的专辑。突然，他注意到一只音箱后面藏着一些小药瓶。他探过脖子，看到里面有红花油、维生素 B2、维生素 C、栀子金花丸、去痛片、阿司匹林。同时，注意到纸篓里都是擤过鼻涕的卫生纸。

束荷，你感冒了？玮辰有些着急地问。

嗯，半个多月，现在已经不碍事了，几乎痊愈。她说得不慌不忙。

为何不在信中告诉我！说完，紧挨着她坐下。

都是头疼脑热的小病小灾，告诉你又如何？不会马上康复。你在北方，帮助我也不会立竿见影。你知道，我并不需要这样的安慰。何况这肉身的病痛远不及曾经那些内心的伤。我的身体自然能够抵挡，正在慢慢恢复。

不说它了。玮辰，我去给你烧洗脚水。今天下午小区开始停水，一直要到明天上午才能来，所以你不能洗澡了。她说。

好。他说。

平日多亏用这些塑料瓶接接水，还足够把它们烧开，让你烫烫脚解解乏。她说。

玮辰看见窗台地板下摆满一排排大塑料瓶，里面盛满水。之前，他还以为那些是没有开封的纯净水。

他说，原来你果真用它们接满水，然后晒在阳台上，浇花、更换鱼缸里的水，甚至直接把它们烧开饮用。

你以为我在信中所写的都是假的吗？束荷说这句话时，心里有些难过。

玮辰觉得惭愧。他以为对于一个不缺钱花的歌手，生活不用这般节俭。

束荷曾在信中对他说。玮辰，我买了一个红色大塑料桶。把它放在水池中，轻轻拧开自来水龙头，让它一滴一滴往里面滴水。夜晚临睡前拧开，次日早上起床便会蓄满。用水瓢舀出来，分装在喝完的空饮料瓶中。不拧上盖子，把它们置于阳面的窗台上，让太阳光把里面的细菌、漂白粉等物质晒掉。用它们给花浇水，给鱼缸换水，或者在紧急之时直接饮用。

玮辰看着眼前这些瓶瓶罐罐，内心酸楚。

束荷仿佛看出他的心思，对他说。玮辰，我过得很好。我觉得人应该节俭。即便以后很有钱，不缺少物质生活，也应该从小事为后人留下些东西。如此一来，也是一场积德行善。

玮辰听完，真不知该对她说些什么。

束荷去厨房烧水。他拉开象牙白的窗帘，看见窗台开满细碎红色花瓣的植物。它们枝繁叶茂，旁枝已经蹿出老高，搭在旁边一盆仙鹤来墨绿色的叶子上。另一边是一盆被修剪整齐的文竹。窗台下方的高脚凳上，放置着一个矩形小鱼缸，几片玻璃简单地粘贴起来，左右分开，两面水域分别养着一对小鱼。

玮辰辨识出左侧是一对燕尾。公鱼异常美丽，拖着比身子还大的鱼尾，逡巡在这片窄小空间，与旁边挺着大肚子的母鱼相伴甚欢。右面两条他叫不上名字。扁平菠萝黄的身子，通体透明，可以清晰地看见体内的鱼骨。

两对鱼彼此身处各自水域，虽遥相呼应，却有一道玻璃墙壁挡在其中。好似成人世界，虽共处一室，却彼此生异。即便是热恋过的爱人，久而久之，是否也会同床异梦？……

玮辰把脚泡在热水盆中，束荷搬来一个小板凳与他对坐。伸手，便能触摸所有他所需要的物品，香皂、浴盐、擦脚毛巾。这些位置的摆放，束荷都在信里一一对他描述过。她不厌其烦，把家具的摆设、颜色、功能全部写在信中。

玮辰，这就是我的生活。我与这些物品终日为伴，看到它们安静地在房间某处，心里会觉得踏实。

束荷，何苦这样难为自己！看你这两年，一个人是怎么过来的？！

不，玮辰。这样一点都不觉得是在难为自己。我已经习惯了，并且心安理得。

这些天我一直在写一部舞台剧的剧本，反复设定修改，要求自己精益求精。多半是中午起床，洗完脸到楼下的小餐馆喝一碗皮蛋瘦肉粥，要一张土豆丝卷饼，有时是一张韭菜盒子。半小时后回到家，拉上窗帘，打开可以伸缩的工作灯，让整个房间散发出柔和的黄色光线。坐到床上，把能够折叠的小方桌摊开放在腿上，上面放上笔记本电脑、水杯。打开神秘园的 CD，只播放一首，循环地听，直到听腻，再换下一首。

在家工作就有这样的好处：可以不用化妆，甚至不用洗脸，不用穿外衣。一直播放自己喜欢的音乐，用最舒服的姿势工作。渴了可以随时喝水，饿了可以吃些零食。状态良好的时候，可以整天一直工作而不觉得疲倦。感觉不对劲，便可以一直睡觉或到户外散步。因为知道工作对于自己的意义，便会全身心扑在上面，不去想那些感情的事，不让它们占据我。

有时，连续八九个小时写剧本或专栏。关上电脑，会惊叹自己竟然有如此自觉的毅力和韧劲。真的，当投入一件所热爱的事物，便会忘记时间和自己的存在。那时，似乎我是一个不曾有情感血肉的女人，把头脑都交付给手中所写的每一个字。关上电脑，整个人会觉得轻飘飘而失重。知道如此用功，定会让诸多脑细胞死亡，但看到那些用心所写出来的剧本、诗句和文章，自己如此真诚地付出，便觉得一切都值得。

渐渐的，习惯了一个人封闭的世界。累了，就喝几口水，然后再使劲地做深呼吸。我颈椎不好，便光脚在这些简易泡沫地板上来回走动，用脖子写风这个字，以此来缓解颈椎的麻木和胀痛。借着台灯光亮，去厨房用热得快把灌在暖水瓶里的生水烧开。没灵感的时候，便彻底关上电脑。静坐在床上，看管道上爬满的这些日本牵牛花。你看它们粉白、紫蓝、暗红，一朵一朵，盛开得就像是张开的大嘴，也好似人生最美好的年华。有时，也会擦拭这只茶色广口瓶里的玻璃花。

　　束荷一口气把这些话说完，仿佛两个人就要分别，然后缓缓地从瓶中把玻璃材质的向日葵拿出来。玮辰含情脉脉地望着她，时不时发出几声叹息。

　　嗯……我都懂。束荷……你不用多说，我都懂……

5

　　替考事件，学校张贴出白榜，我看见自己的名字写在上面，始终无法正视。那时，我还抱着一丝希望，找到女教授，恳求她为我出面说情。我知道，这样一定是为难人家。但是我无法接受如此一视同仁地对待。我觉得我不该像那些整日逃课的学生一样得到这样的处分。从小到大，我一直是乖顺听话的孩子，把心思全部放在学业上。我不知道，有时太过善良，反而会适得其反。善良是否也该有原则？可我们不一直被教育要与人为善吗？后来，我得出结论，是因为自己太傻，太过单纯。可是这股傻气，我已经改不掉了。

　　玮辰滔滔不绝，开始详细对束荷讲起那年困锁自己的烦恼。

我决定回家待几日，度过大学阶段最后一个暑假。

在火车上，我心事重重。22个小时，我躺在闷热的卧铺上看似沉沉睡去，其实内心一直苦苦挣扎。想到垂榆树旁，女教授对我说的话：孩子，是男子汉，就要学会一个人在心里把事扛下来，承受它。我试图这样安慰自己，可总是感觉不堪独自背负。

在回家短暂的9天里，我显得异常沉静，像鱼一样不动声色，在烦恼中独自漂游。没有人知道我正在经历一场选择：是复习备考来年的硕士研究生？还是只身前往大城市找工作。

奶奶过来看我，81岁高龄。我是她的二孙子，是她从小就异常疼爱的孩子，我对她也非常孝顺。

还在上小学的时候，我们祖孙俩就经常坐着环城公共汽车，到小城的郊区游玩。每逢假期，我便搬过去跟她住在一起。两个人看港台影视剧直到深夜，还乐此不疲讨论剧情，被人物的悲惨命运和遭遇感动，如同两个孩子。

暑假，便坐上西去的火车，行程两三个小时，到熟悉的沿线小站采蘑菇。那时，她七十多岁，体态步伐犹如五六十岁一样利落，跟我一起上上下下，在雨后的小山坡上猫腰捡蘑菇。当时，我看见趴在土堆上的小蜥蜴，便上前去抓。她似乎也忘记自己的年龄，一同跟我爬上爬下。回家后，两个人都感到筋疲力尽，倒在床上沉沉睡去。晚饭的时候，嘴中吃着自己采摘的蘑菇，想到山中树林、蜥蜴蚂蚱，内心便觉得无比幸福。

一日，她来到家里，看到我无精打采的样子，便对我说，你气色不好。我没有理睬。她接着说，你的发型过于花哨，一根一根支棱着，太扎眼。我依旧不作声。孙子，你决定考研了？她继续问我。那时，自己心中尚未做出决定，在家一直一个人反复思量。她一句句在我耳边唠叨，我便开始有些不耐烦。

毕业了，就应该去找工作。即便是考研究生，也可以边工作边复习。奶奶看你脸色不好，皮肤暗淡无光，眼睛也无神。你怎么又黑又瘦。我看报纸，说你们那边附近有制造冰毒的工厂，你不会是吸毒了吧？

她越说越离谱。我终于按捺不住内心的怒火，加上几日来心中一直闷闷不乐，终于像喷发的火山、被惹毛的兽，瞬间爆发一声声吼叫：

谁让你管！谁让你管！不许怀疑我！不许不信任我！……

生平以来第一次对她大吼大叫。我出言不逊，不知道是否刺痛了她的心，但我保证不是存心要害她难过。

我跑进自己的房间，紧闭房门，趴在床上哭起来。隐约中，听见爸爸和她怄气，怪她太过磨叨。她一个人下楼走了。妈妈追出去。

事后我出来，看见茶几上的玻璃杯底下压着两百块钱，是她留给我的。我心里异常难过，追悔莫及。吃饭的时候，我坐在沙发上一动不动，耷拉着脑袋。父亲坐在我对面，也沉默不语。我就一口一口吃着白米饭，不就菜，眼泪啪嗒啪嗒往下掉。母亲把排骨夹在我碗里，我也一直没动。

回到房间，我便翻开日历。每过一天，便用铅笔在日期下面打钩。就这样，我在家独自权衡利弊，在纸上把各种得失罗列出来：

　　　稳妥与冒险
　　　现实与梦想
　　　平静与动荡
　　　踏实与浮华
　　　保持与尝试
　　　放弃与坚守

忍耐力，吃苦力，知识能力，巨大的经济负担……

对着它们，我冥思苦想，始终也没有答案。面对选择，真的很烦。优柔寡断，患得患失，生怕一时失策，让整个人生都发生变化。

一天晚上，父亲抽着烟，语重心长地对我说：

儿子，做人不能站着这山望那山。到头来，只能低不成高不就。人活一辈子，有个安稳的工作，然后再去做点自己喜欢的事，也就过完了。至于别人住大房子、开汽车、赚好多钱，那都是他们的事。你也看到了，爸爸单位的领导，不一个个都犯了错误。记大过的记大过，开除党籍的开除党籍，坐牢的坐牢。咱们家生活虽然差强人意，可爸爸觉得问心无愧，心安理得。别人的生活，都是他们的，咱们根本用不着羡慕……

父亲的话自然有他的道理。他们那一辈人，经历大的世事变故。小时候，衣食紧缺，被迫辍学，过早挑负起生活的重担。上山下乡。对于诸多事情，只能被迫遵从，无过多自由选择的余地。面对社会的徒然转型，经常措手不及。他们承受太多，担当太多，是异常辛苦受累的一代人。

父亲说，只要心安理得，觉得知足便够了。可是我心不安，意不足。如果我的人生就此囚禁在这个小城，没有经过一番冒险与流浪，便觉得枉活一生。我一直在蠢蠢欲动，心底的那个声音越来越大。

走出去！走出去！

我必须尽快重新振作起来。考虑来考虑去，始终没有一个坚定的选择。我慢慢回忆这些年自己所走过的路，擅长什么，性格偏好又是什么。看到写字台橱柜里塞满的书，都是大学 4 年下来的藏书。我终于知道，我一直喜欢沉浸在书香的瀚海中。虽然骨子里是一个桀骜不驯的流浪汉，外表依然是一个文弱好学的书生。

　　我毅然下定决心，准备复习备考来年的硕士研究生入学考试。我要的，不仅仅是一个对自己学识的证明。我要的，是一个 3 年之后真正蜕变的自己。我要让时间的车轮打磨我、铸造我。3 年后，我是一条真正的汉子。那个时候，我有足够的忍耐力、包容心、待人接物、知识技术等各个方面的能力。我会做一个真正担当起一切生活重负的男子汉，到外面世界去开拓一片真正属于自己的事业，过上真正属于自己心满意足的生活。即便在这期间要流浪、动荡不安、居无定所，我都丝毫没有怨言。我内心的那些光是我一路追寻的幸福所向。我会轰轰烈烈，风风火火，在所不惜。我是一只纵身扑火的飞蛾！我是一只行将涅槃重生的凤凰！

　　后来当我接到录取通知书，我不知道自己为什么高兴不起来。我就是没有一丁点的激动兴奋。我马上就要成为一名光荣的在读硕士研究生，可是我突然觉得就是那么回事。我不知道是不是因为自己太过努力，已经让我麻木地失去了感受力。这种感觉，就好像看到那些刚刚入学不久的大学生。他们终日抱着一本词汇手册，上辅导班、啃历年真题、做模拟试题，只为盼望早日通过英语 4 级考试。代价是如此沉重，以致让他们还有我自己迷失。不知道自己的专业到底是什么。对，我们已经走火入魔。

　　上学念书的时间无限漫长。从小学中学到大学，这样下来就是 13 年，还不包括上幼儿园。如果再读硕士和博士，就又是 6 年，加起来就是 20 年，还要抛除期间留级或复读的插曲。20 年。人生有几个 20 年？有几个年轻的 20 年？

　　我听着时间，它们嘀嗒嘀嗒，一秒一秒从我的指缝中溜走，我便有无限恐惧，像是得了强迫症，拼命地读书复习。那半年，我就整日捧着那些书本，翻过来调过去，不停地看，生怕漏掉里面任何蛛丝马迹的信息。甚至连上厕所，都不忘揣一本词汇手册，晕晕沉沉再背几个英文单词。更是在无数个醒来的早晨，政治书蒙在脸上，台灯依旧亮着。即便这般用功，每年还是有数以万计、数以十万甚至数以百万的考生落榜。日日夜夜的梦想因分数达不到标准在瞬间化为泡影。我真的不知道是要为自己脱颖而出窃喜，感到无比兴奋，甚至激动地流下眼泪，还是为如此麻木的幸福失去感觉。

曾经看到一些百般顺从的读书人，整个人身上散发出一股腐朽味道。也有一些人，不去盲从、直接拿来所谓权威的话语权柄，而是用心揣度和仔细审视，发出自己的声音，不做书本的奴隶和顺民。

读大学时，我看见那些所谓的文艺理论家写出的批评文章，时常把作品误读。他们只顾按照自己的喜好，对一些他们接受不了、读不懂甚至根本就没有通读过的作品妄加评论。当别人红火起来，自己仍旧默默无闻时，便抛出文章肆意攻击。其实这样做不外乎有两个原因：要么是作品本身的确有缺憾，要么就是出于嫉妒。

那些时日，我对父母说，儿子想一直遵循心底的声音。我不知道当说出这句话时，他们能否真正理解我。他们一直期望我过安稳踏实的生活，一次次不停劝我尽量早日找到一份稳定工作。

放假回家前，我曾写过一封信，告诉他们我真实的想法。我说我想到喜欢的城市闯荡打拼。打电话沟通，父亲态度坚决而强硬，用命令的口吻告诉我：你要安分守己。如果在这样不懂事，就不要进家门。母亲在旁边让他住口，抢过电话安慰我。我拿着听筒，强忍住眼泪，觉得心里难受。

还记得刚上大学时，自己第一次离开家，一个人独立生活。军训前，父母带着我拖着大包小包的行李，坐上长途火车，送我到另一座城市念书。待把我安顿好，再三嘱咐，一定要努力学习。学习向高标准看齐，生活向低标准看齐，事事要三思后行，自己把自己照顾好。我含着泪，在学校大门口目视着他们上了去往火车站的公车。

　　军训的那些时日，我寝食难安，朝朝暮暮思念父亲母亲。晚上，穿着迷彩服一个人到学校后面的马路，一直走一直走，觉得只要对着东面走下去，便可以走回家。那一晚下着秋雨，我就一直向东走，直到走到铁轨，我实在走不动了，对着呼啸而过的火车就哭。

　　终于熬到军训结束的日子，正赶上十一国庆学校放假，我便兴奋地赶到火车站，急切地买上一张返乡的车票。独自坐上夜行的列车，在硬席车厢一坐就是 22 个小时。回到家，像童心未泯的孩子，立刻感觉一直悬浮于空中的大石头落在地上。睡在自己的小床上，闻到熟悉的枕头味、家具味，以及父母亲的体味，觉得这就是幸福。

　　自从在那次电话有过冲突，自己便如同洗过大脑，只穿着原来那副肉身，逐渐变得寡言少语。决定不再轻易向任何人敞露心扉、倾诉心事。即便对于生命中最为信任与疼爱的双亲，我都懂得，只要自己在心底一直爱着他们，那就够了。

　　一个人只能感受一次以人为存在形式的生命机会。所以我总是希望按照自己期望的样子生活，有意义地度过每一天飞逝的日子。即便我在租的房子里复习，不上班不工作，这个过程也根本不是畏缩在墙角、坐以待毙懒散过活。它同样需要万般辛苦的奋斗甚至比别人更多的努力。就像农民在田野里劳作，需要一年四季各个时辰为它们浇水、施肥、铲草、驱虫，用心经营与呵护，耐心等待它们丰收，最后完成收割。

　　这一路，慰藉的法宝便是自己对自己的鼓励。深入自己，了解自己。为了追求终极自由，我必须心存乐观信念，坚韧不拔，不轻易让自己沉坠到乌七八糟的琐碎事物。让自己时刻清醒，远离诱惑，避免沉沦。坚持下去，坚持下去，直到成功。

　　束荷，从小到大我一直乖顺听话，很少与父母发生争执，与外人更是鲜少有摩擦。在他们眼中，我是一个安分守己的老实人。我确实如此，但是他们不懂得，越是不动声色的人，心底的声音便越是强大。就像那次我对奶奶吼叫，发出一鸣惊人的咆哮。与父亲冷战，内心越发觉得自己被他人所误解。就在这样的表象下，外界认为我的内心与外表一样平静如水，波澜不惊，其实我只是丧失了在人群面前说话的耐心与兴致。因为我找不到说话的对手。

很多人都在无稽之谈与你闲扯生活那些鄙陋之事。轻佻的人说着八卦话题，你觉得无奈，便不再习惯开口说话。他们看我的外表，以为我露出灿烂的笑容，一副娃娃脸，觉得定是过着养尊处优的生活，却不知我所经历的那些旧事，与同龄人相比，已经让我承受太多生命之重。

从小便目睹身边亲人一个接连一个死去。刚刚四十不惑的大舅，因兴奋过度突发脑溢血而离去。上大学不到一个学期的表姐，因患罕见癌症晚期在病痛折磨下离开人世。

从 7 岁，我便目睹一幕一幕人间悲剧。自己更是在 20 岁出头，因一时鲁莽好善，疏忽大意，遭受人生第一次打击。虽然事情错在自己一念之差的选择，但这个世界却不能够回过头来仔细审视你的人品，而一视同仁不加区别地对待。我倍感世态炎凉，人生无常。慢慢地，我便不在人群面前、大庭广众之下暴露自己。看到别人那样，觉得甚为滑稽，就像是观看一场场表演。

与我打过交道的人觉得我过于冷漠、自私，以自我为中心，甚至觉得我是一个没有爱的能力的人。其实在我心底早已掀起阵阵狂澜，波涛汹涌，异常澎湃。

束荷，其实我有一件事情一直对你隐瞒，请你不要怪我。说完，玮辰略加停顿，瞅着束荷，终于决定鼓起勇气，将那一年的旧事说给她听。

第八章

人在天涯

1

大四冬天，玮辰响应系里号召，自己联系实习地点，准备度过一段完全脱离开学校轨道的社会人生活。他坐在网吧里，登陆各大招聘网站，注册求职信息，选择北京、上海、深圳这样的大城市，把职业范围圈定在网站编辑、广告设计和电视台实习记者。没过几天，信箱里便塞满一封封让他面试的电子邮件。

玮辰最终选择了路途并不遥远的北京。心想，这个人才济济的城市，一定会有适合自己施展才华的舞台，机遇相对其他城市也会多些。况且无论是北方的气候还是风土人情，都不会让自己感到陌生。有一年暑假，那是他第一次去上海。在那个离家相对靠南的大都市，异乡人的感觉从没有过的强烈。虽然到后来，两座城市都成了他的最爱，玮辰还是对北京情有独钟，那些散发出历史气息的古老建筑格外令他振奋，皇家园林、胡同、所剩无几的古老城门楼。

火车到达北京西客站，他背着米黄色双肩包，胸口托住一个纸质手提袋，里面装满了书。顺着地下通道，夹杂在涌向出站口的大部队人群中。从北一出口出来后，搭乘向上的滚梯，北广场到处是川流不息的车辆和人流。

夜色开始变得凝重起来。在这座城市，他举目无亲，却对这里的地形异常熟悉。寒暑假，爸爸经常带他一起出差。此时眼前的北京无非现代化建筑越来越多，从站前广场熙来攘往的人群，就足以显示这个城市带给人们的巨大诱惑力。除了人，便还是人。每个人带着不同的梦想，把这里当作是自己人生新的起点。

卖报纸、手持交通旅游地图、炸香肠卖煎饼的小商贩追着旅客兜售生意。一个卖地图的老太太，操着一口京腔，对玮辰说只要买她的地图，便能够把他送到开往目的地的公交车站。玮辰挥着作罢的手势，一边笑一边跳上一辆即将始发的公车。

公交车停在一片高楼林立的社区附近，玮辰下了车，打算看看周围有无便宜的小旅店。一个亮着汇丰超市的霓虹灯牌吸引了他，其实那并非真的是一个超市的招牌，而是一个提供地下室出租服务的小门脸。在它附近，一家24小时昼夜营业的民航代售网点，里面灯火通明，穿制服的员工依旧在电脑前忙活。

大风在一栋高楼的入口处发出鬼哭狼嚎的惨叫声。从上往下看，通往地下室的楼道漆黑一片，望不到尽头。墙壁两侧，各有一条一米多宽的楼梯，中间夹着一条带有抗阻纹路的缓坡，用来运送货物或是让带有轱辘的车辆通行。在玮辰前面，一个穿军绿色棉袄的年轻人推着自行车小心翼翼地往下走。他立马小跑过去，把手提袋搂紧，用另一只手拽住年轻人的后车架。

谢谢你啊，小哥！年轻人回过头跟他打招呼。

别客气！出门在外，大家有个照应是应该的。玮辰说。不过这辆车子的确够重，每天都要这么搬上搬下吗？他继续问。

嗯。每天一个来回，不算辛苦。要是这点苦就喊累，估计在北京就甭用混了。何况现在住地下室，俗话说，连土都入了，还有什么可怕的？早就不怕了！在北京，这丁点苦，完全不是事儿！年轻后生操着一嘴京腔，动作娴熟地推着自行车往下走。

兄弟，你是西部人吧？山西、内蒙古一带？玮辰问他。

呀！哥，你咋知道！你不觉得我的北京味儿纯正吗？就连公司同事起先都以为我是本地人，咋一下就被你给听出来了？厉害，哥。实不相瞒，老弟是包头人。

听完，玮辰直乐。又加了把劲儿，一边拽着车架，一边说：难怪咱俩这么亲呢，应该算是半个老乡哇。我是赤峰的。虽说你在西，我在东。

算、算、算，当然算！是老乡，是老乡！而且还是老乡见老乡，两眼泪汪汪的那种老乡！后生越说越来劲，让两眼空空的玮辰心里直热乎。

两个人边走边说，车胎时不时发出在水泥板受阻吱吱啦啦的声音，把漆黑楼道中的声控灯振亮。一只小黑狗循声不知从哪儿跑出来，摇着尾巴，晃到两个人脚下嗅起来。年轻人把它踢开，嘴里嘟囔，去，到一边儿去！说完，吱扭一声，地下室一层的平台墙角，一扇铁门打开，里面走出一个披着军大衣的中年男人，留着支棱的短发，胡子拉碴，瞥了两人一眼。他喊了声花花，抱起狗，把大门又砰的一声关上。两个人目目相觑。这时，不知又从哪儿传来电锯刨木头的噪音，锤子叮叮当当作响的装修声。年轻人回过头对玮辰说：看到了吗？哥，地下室里可住着一帮怪人呢！

2

终于走到地下室入口。玮辰赶在年轻人前面，撩起棉门帘，撑起一个空间让他和车子先过。他谢过玮辰，告诉了自己的房间号，便推着车子先离开了。

值班室住着一对 50 岁上下的夫妇，听口音像是四川人。他们算是这里的房东，把整个地下 2 层包起来，再出租给房客。里面住的都是常客，一间房屋按面积大小，每月 260 元到 500 元不等的租金。房屋与房屋之间大都用胶合板做隔断，真正的实体墙一般只有两三面。每门每户有独立的电表，水费每月收取 10 元钱。开水免费供应，就是出门前把自己的暖水瓶拎到值班室门口，夫妇会在你回来前将其灌好。

　　身穿土黄色开襟毛衫的中年女人仔细打量着玮辰，再三与他确认，开了收据租金就不退了。如果中途想退租，没有商量的余地。玮辰点头应声，说放心吧，我都清楚了，不会给你们添麻烦。

　　原来这里并非按天出租，至少要住 1 个月。玮辰看天色已晚，加之旅途劳累，实在不想再上楼找其他住处，便恳求他们能否让他暂时住下。夫妻俩看他眉清目秀，说话又诚恳厚道，便同意让他先交两个星期的房租。玮辰接过女人手中的钥匙，男人用手指着房间的位置：从值班室正对的大门进去，左拐走到头，再左拐，第 2 间就是了。

　　第一次住地下室，又深居地下 2 层，这里简直就像是一个纵横交错的迷宫。房东两人住在入口处的旁边，是一间很宽敞的房间。其他房间却分隔在十字或是井字的各个方向，拥挤不堪，奇小无比。监视器到处都有，悬挂在各个交叉口的上方。阴冷的走廊铺着磨损的大理石，墙壁已经暗淡发黄，也有烟熏火燎的痕迹，犄角旮旯更是缠绕着一团团的蜘蛛网。洗好的衣物床单悬挂在粗细不等的绳子上，像这座城市二环内的电车网，被密密麻麻的线高高吊起。没有拧干的衣裤滴答滴答从上面滴下水，地面慢慢湿成一片，让本就狭窄阴冷的过道更加潮湿。几个站在门口的房客，用打量陌生人的眼光盯着玮辰从中经过。他不去理会，径直走到自己 12 号的房门口。

　　用钥匙打开门，借着走廊的昏暗微光摸开隔断墙上的电灯开关。一只已经用旧发黑的节能灯发出暗暗的白光。突然，一双大手用力拍在他的肩上，伴随一声叫喊，着实把玮辰吓了一跳。回过头一看，原来是刚才那个推红色山地车的年轻人。

哥，我来帮你收拾收拾。你有什么需要我干的，尽管吱声！话音刚落，便以敏捷的动作闪入屋内。

其实，狭窄的小房间站着两个人根本就转不开身。房门正对着的是一张单人床，左右两边各摆着桌子和矩形小木柜。桌子漆着旧式家具惯用的枣红色，上面已经坑坑洼洼布满零星的窟窿。一扇绣有鸳鸯的脏白布帘子把桌洞遮挡起来，里面放着一个脸盆和一袋已经开封的洗衣膏，油腻腻的。小木柜倒是干净，刷着淡黄色的油漆，里面铺满报纸。玮辰先是把背包里的东西掏出来，分门别类把衣服、手机和随身听充电器、各种证件以及手提袋里的书摆进去。随后，与年轻人一起揪住被褥的一角，在走廊里抖落。完事，在褥子上铺上自己从学校带来的床单，两个人坐下来歇脚。

哥，看你多幸福！有这么多纸鹤陪伴你，还有这个红灯笼。年轻人说道。

玮辰顺着他手指的方向看过去，果真，从房顶高高的管道上垂下来5条白色细线，上面密密麻麻串着五颜六色的纸鹤。一盏红色的纸灯笼挂在通风口上，让玮辰喜出望外。探着脖子，仔细观察单薄的胶合板隔断墙面，能够隐隐约约辨识出模糊的字迹，上面写着勿忘我。玮辰猜想，这些物品连同这三个字是上个房客留下来的吧，或许他们是一对情侣，或许刚经历完一场分别。

他望着那些串联起来的纸鹤，寻思着是什么原因让它们被遗弃。分手？不想在日后看到昔日曾经爱的见证。搬家？因挂得太高，懒得去摘。还仅仅是某个孩子随便折着玩的？玮辰越想越觉得它们孤单，心中生起一丝丝凉意。

年轻人的问话打断了他的感怀。他问他叫啥名，来北京做什么。玮辰丝毫不避讳，把自己的情况和此次出行的目的都一五一十地告诉他。中间，房东男人送来一瓶热水。两个人互相存了对方的手机号码，玮辰知道他在一家三维动画公司做游戏人物的建模工作。俩人继续攀谈了一会儿，年轻人看时间不早，便很有礼貌地告辞。

玮辰送走他，撕开方便面的包装，往里面倒满开水，戴上耳机，铺开北京市交通地图研究起来。吃完面，在洗漱间，其实就是带有水龙头、位于厕所旁的水泥池子，洗脸刷牙。屋里实在太冷，棉衣要一直穿在身上。他钻进被窝，想，地下室的温度就像没有暖气的南方冬天，真是一样的潮湿，一样的寒气刺骨。他把脱下的毛衣毛裤，连同身上的大衣一起压在棉被上，蜷着身子，但仍冻得上牙叩着下牙。嘴巴埋在被子里，只露出两个鼻孔呼吸，带着对明天面试的紧张与喜悦，不知什么时候，沉沉睡过去。

次日，玮辰从漆黑的房间中醒来，突然迷糊起来，不知自己身在何处。缓了半天神，才想起自己已经置身在人海茫茫的北京。打开手机，时间刚6点一刻，离10点半面试的时间还早，便仍继续躺在被窝里，不开灯，看着眼前的黑暗。

恍惚之间，觉得此时此刻的场景似曾相识。隔音效果极差的胶合板墙壁传来陌生人沉睡的鼾声，头顶是通风口逼进来的一嗖嗖凉气。他知道，自己蛰居在这个高楼林立的城市底端，此刻地面上早已是匆忙上班的人群。公交车、地铁、小蹦蹦满载着行色匆匆的路人，奔往大家各自拼搏的归宿：写字楼办公室、建筑工地、商场等，在某个既定的地方，卖命挣钱。

3

上午温暖的阳光打在玮辰身上，北京的冬天并不冷，最高气温几乎都在零度以上，护城河水很多都没有结冰。干枯的枝丫上挂满彩灯，夜晚分外美丽。他坐上公共汽车，车厢里仍旧人满为患。夹在拥挤的乘客中间，侧棱着身子，踮起脚尖，尽量避开对面乘客的眼神。

两个民工扛着大包和纤维袋子，售票员叫嚣着他们俩往里面挪挪，同时又额外收取了5块钱的行李费。其中年纪较轻的男子神情窘迫，涨得满脸通红，咬了咬嘴唇，把头低下。稍大的那个嘴里一直嘀咕：什么态度！以为我们外地人好欺负咋的！周围的人见怪不怪，完全不予理睬。该发短信的仍旧按着手机按键，趁着漫长上班路途小睡的仍旧闭上眼睛打盹，看报的仍旧捧着一叠厚报纸快速翻阅，孩子仍旧向妈妈要着肯德基的薯条和甜筒，戴耳机听MP3的年轻人仍旧把音量开得很大声……只有玮辰调转过头，注视着他们。

下了车，步行10分钟，从包里掏出地图，环顾四周，看见路牌上的字。没错，只要沿着这条路走下去再左拐就会到达公司所在的大厦。今天是到北京后的第一个面试，虽然之前曾做过兼职，为广告公司撰写文案、用色彩构成和平面构成的原理去指导美工做电脑设计，但心里还是紧张。他知道自己面对的将是从天南海北涌来的应聘者，里面不乏业务和各方面能力出众的精英，大家都怀揣过人的本领，满载着一腔热情而来。玮辰定了定神，深呼一口气，让自己尽量从容。

22层全玻璃外观写字楼被高高的太阳照得通体发光。玮辰迈进电梯，用余光扫了周围一圈人。他们穿的西装革履，腋下夹着公文包，头发油光锃亮。他又下意识瞅了一眼自己：带帽的青色棉衣，里面套着一件白色的薄毛衫。简单样式的深蓝色牛仔裤，一双黑色球鞋，斜挎一只蓝色运动与旅行双用的休闲包。

等等！先等等！别关门！一个穿卡其色正装的女孩踩着叮当作响的高跟鞋跑过来。谢谢你啊！她对着拦住电梯门的玮辰说道。他没说话，只是微笑瞅着她。慢慢地，电梯里的人都下光了，只剩下他们俩，玮辰依旧不说话。看上去与他年纪相仿的女孩斜着眼睛偷偷瞄他，身子轻轻摇晃，双手攥紧装有简历的文件袋，把它挡在嘴前，略显矜持。最终，两个人同时走出20层，一前一后，走进一家知名网站的前台。

女孩与办公室的工作人员寒暄，之后在一间隔板办公桌前坐下。玮辰轻声询问，哪位是面试官，说明了自己的来历。一个穿白衬衣、瘦高个子、三十来岁的男人站起身，走上前与他握手，随后叫上刚才那个女孩一起来到一间小会议室。

面试很顺利。男人询问了玮辰的专业背景，以及都对哪些领域感兴趣。轻松的谈话就像是一场与同龄人的倾诉，让他的顾虑全都被融洽的气氛一扫而光。在电梯，他还曾担心自己的穿着是否过于学生气，但看到办公室到处晃动着年轻人的身影，一个个穿得随意且舒适时，知道忧心忡忡的想法是多余的，禁忌的心便逐渐敞开。

他对着眼前的人力资源部经理，介绍了自己在校期间所主修的文艺理论相关课程，掌握主流图形图像设计软件，并有一定社会实践经验。坐在对面理着干净短发的经理不住点头，玮辰说完没多久，他的决定让他大为惊讶：从明天起，加盟读书频道，带薪实习。这突如其来的录用消息，着实让玮辰喜出望外。事情进展得过于迅速是好还是坏呢？在来北京的车上，心中还一直惴惴不安，却没料到在第一场面试就敲定了未来3个月的去向。坐在旁边做记录的女孩也暗暗窃喜，用A4白纸挡住自己的笑脸。

原来，女孩是业务部门的，准确说，是读书频道新晋升的副主编。玮辰与她一起，负责频道日常性的编辑工作。人力资源部经理发现他心思细腻，对服装和旅行也有浓厚兴趣，便建议他得闲时，也可以协助时尚频道和旅游频道的小伙伴工作。

女孩虽然年轻，因工作表现过于出色，人也漂亮机警，深得文化中心总监赏识，很快就提携她为读书频道副主编。在这之前的一年半，她与玮辰一样也是一个曾经来此实习的毕业生，在北京一所知名传媒大学读书。公司多次表示要将她留下努力栽培，但她说顶多再做半年，便要去往欧洲留学深造。公司为了显示诚意，先给了她一个副主编的头衔。

这个世界说它大就大，说它小就小。她的祖籍在内蒙古。日后玮辰与束荷相识，她曾提过自己从小到大唯一的一位同性好友。玮辰怎么也不会预知，在那年暖冬的北京，与他在同一家公司共事过的女孩就是王长卉。这个曾经跟随父母搬往海宁的女生，竟然与束荷成为无话不谈的闺中密友。

工作慢慢步入正轨。长卉是玮辰的领导，他所在的团队还有 3 名小伙伴。5 个年轻人工作能力都极强，让频道在众多网络媒体中脱颖而出。有时，长卉独挑大梁，亲自主持作家新书发布会的视频直播，玮辰撰稿和搭建专题。两个人经常心有灵犀，工作效率极高，被同事誉为最佳拍挡。中午在食堂吃工作餐，长卉一般都会主动端着餐盘坐在玮辰旁。

4

一天，晚上加完班，已是深夜 11 点。两个人踉踉跄跄赶往地铁站。

长卉瞅着手表，从白天一名女强人的雷厉风行作派，变为一个娇柔的小姑娘，唉声叹气，说，末班地铁恐怕要赶不上了吧。她灵机一动，向玮辰提议，明天是周六，反正晚上通宵也无妨，不知能否到他的地下小窝去瞅瞅。玮辰没有拒绝，只是提前给她打预防针，告诉她地下室的环境极其恶劣，温度又低。长卉满不在乎的样子，标榜自己是上得厅堂下得厨房，都市新新女性的典范。还好坐上了末班地铁。出了地铁站口，步行十多分钟，来到玮辰住的地方。

他换了新的地下室。搬家那天，来自包头的年轻人推着自己的自行车忙前跑后。当初刚下火车只有一个背包和一个手提袋的家当，如今早已被一堆堆的摆设占满了空间。大部分是新买来的书，还有一本本只卖半价的过期杂志，商店里打折的便宜衣服。一席新蚕丝被铺在稍宽的单人床上，门的对面立着一辆旧自行车。

为了早上能够多睡一会儿，也为了不赶在上班高峰期坐拥挤的公车，玮辰便从旧货市场买来这辆六七成新的自行车。只要骑大约半个小时就能到达公司，要比行驶迂回的公交车还快。

新的地下室房间仍旧在 B2 层，但较先前那间，环境有所改善，温度也温和些。

地面铺着大方砖，墙壁粉刷得干净，房间与房间之间的隔板相对来说也算厚实。如果需要，可以接入有线电视和网线，费用也不高。租赁业务，由一对新婚不久的东北小两口经营。入住当天，房东男人就向玮辰索要房间押金。那时正碰上同事结婚，他早已把薪水很大一部分当作份子钱随礼。交了房租，经济相对吃紧，便没有理会。他指着满满一屋子的物品，反复重申：哥，你就放心吧，我以人格担保，绝不会为了房租，就逃跑的。你看看我东西这么多，就是真的要逃，搬东西不得惊动你们啊……房东觉得他说的在理，便不再追缴。

长卉捂着鼻子，眉头紧锁，消毒水的味道实在是太呛人了。

地下室在一所医院大楼底下，门的右侧是一个健身中心。医院规模不算很大，而且都是门诊，不设病房，这让玮辰丝毫没有顾虑就搬进来。之前，有同事提醒他是否会不干净，毕竟是医院，病毒细菌什么的也会格外多。后来住得舒适证明了这些担忧都是多余的。

哎哟妈呀！总算进来了。我就怕这股消毒水味。闻到它，浑身发紧，鸡皮疙瘩一阵一阵的，就感觉护士在我身上抹碘酒，要给我打一针！长卉边说边摆着手，一副神经过敏的样子。

单玮辰的房间在长长走廊的三分之二处，隔壁就是盥洗室。每天深夜，他都是伴着房客刷牙洗脸的哗哗水流声入睡，早上又被水龙头的声音唤醒。它们就像是天然闹钟，让玮辰省去了设置手机闹钟的环节。深居城市地下，关上灯，就无所谓白天黑夜。生物钟会被仿佛没有尽头的极夜搅得紊乱。

玮辰拧开门进去，长卉紧跟其后。

啊！她发出一声尖叫。

蟑螂！

快看啊玮辰，是蟑螂！

停放自行车的墙壁上爬着一只蟑螂。玮辰不慌不忙，用拖鞋把它驱赶到门口。

瞧你，被吓着了不是！刚才不还说自己所向披靡吗？！玮辰笑着说。

你不怕啊？她问。

先头确实害怕，现在不怕了。之所以害怕是担心它们会钻进我的被窝。说完，敲了敲墙壁。

哈！玮辰，还真是苦了你啦！长卉佩服地说。

你发现没有，小时候我们在北方都没见过什么蟑螂，可现在却是稀松平常的事。大街小巷，随处可见拉着小车、敲着竹板推销灭蟑药的商贩，也不知道究竟管不管用。长卉说。

床边到对面墙壁的瓷砖上，铺着简易地板，那种从超市买来的一包10片装的泡沫拼接地板。草绿色的小方块，一个一个，把房间映衬得格外鲜亮。打开夹在凳子上可以旋转伸缩的台灯，房间更加温暖。

玮辰，真有你的！连一个小小的地下室房间都被你布置得这么温馨。工作灯是从宜家买的吧？我也有盏和你一模一样的。说完，长卉上前把灯头对准房顶。

他转身，猫腰给她从暖水瓶倒出一杯水。长卉脱下大衣，搭在自行车把手上，没有丁点的拘束，脱鞋盘腿坐在床上，手指肚在CD收纳盒中的一张张唱片上滑过。

Tea For Two（《鸳鸯茶》）！你竟然有万芳这张英文专辑！长卉显然大为惊讶，兴奋地拿出碟片放进玮辰的随身听里。

那当然！不但有她的首张英文专辑，她所有的专辑，我都有！玮辰异常激动，他终于发现在他周围还是有人知道她的。他接着说，长卉，我不但有她所有的专辑，磁带、CD，我还给她做过个人非官方网站。

她塞上耳机，早就随万芳的音乐摇头晃脑。玮辰见她没有反应，把立在墙角的折叠小方桌放在床上，摆上水杯和零食，示意让她随便。长卉一边吃蛋黄派，一边翻开放在枕边的书。书包着银灰色书皮，上面有细密排列的凹痕，这是一种防潮防湿的高档包装纸。

呦！原来是乔治·奥威尔的《巴黎伦敦落魄记》。玮辰，你在北京地下室看这本书真是再合适不过了！长卉取笑他，又接着说：你看啊，北京也是首都，而且你现在不正在这里流浪吗？北漂的生活！哈哈……

谁说不是呢！玮辰接着她的话说。来北京之前曾在一本杂志上看到编辑强力推荐，面试完的下午就去书店把它买下，回来后每天都在睡前读上几页，但我可没法跟书里的人物相比，他们的生活那才真正叫个苦，真正的落拓。我的这点苦根本就是微不足道，何况我这也叫苦啊？！

是，是，是！你没他们苦，他们比你苦行了吧！据说奥威尔是自愿要过一段流浪人的生活，所以才写就了这部纪实性质的作品。你发现没有，流浪生活根本就没我们想象的那样浪漫。什么背着包，边打工边赚钱，那需要何等的心理承受能力和随遇而安的心境啊？！真希望那些有离家出走念头的学生可以好好看看这本书，让他们明白外面的世界真的是即精彩又无奈！长卉说完，叹出一口气，让玮辰哭笑不得。

不过话说回来，我还真想过一段这样的生活。衣衫褴褛，装束邋遢，不带镜子，在哪里都可以随遇而安。

那是乞丐！玮辰纠正她。不过乞丐也是一种流浪的状态，而且是最为接近本真的一种流浪与自由。行。我看行。那我就支持你以这样的方式去流浪！两个人开起玩笑，越说越没边。

你也喜欢万芳？玮辰看她塞着一个耳机煞有心思地听歌便问她。

当然喜欢！这年头，用心唱歌的人不多了。你猜，现在唱到哪首了？长卉问他。

第7首？……第6首！玮辰想了一会，答道。

相信第一感觉就对了，是第7首！她说。

哦，Making Love（《鱼水之欢》），我最喜欢这首歌了。玮辰说。简单的钢琴旋律，配上万芳淡淡的声线，简直是天籁！

真的吗？你也喜欢这首？我也是最喜欢它！长卉就像个小女生，拿着CD机，站起来欢呼雀跃。

或许两个人都太高兴，不小心把脸碰到一起。长卉没有躲闪，反而把脸贴得更近。眼瞅着就要亲在玮辰的嘴唇上，他猛地扭过头。

怎么了？你害怕了？长卉问他。

玮辰坐下，一动不动，也不吱声。沉默片刻，站起来，翻开手机看了眼时间，说：天！你猜几点了，长卉？玮辰有意抬高声调问她。已经凌晨1点多了！他自问自答。早就听说年轻人来北京有两个地方必须得去：一个是三里屯，一个是后海。三里屯太闹挺，我今晚倒是想到后海走走。怎么样长卉，跟我一起夜游后海吧！只要你不怕妖魔鬼怪出洞，保准让你有不一样的感觉。玮辰故意开起玩笑，试图打破刚才冷场的尴尬。

5

两个人拦上一辆出租车，在地安门附近下车，肩并肩走进一条灯火通明的街巷。风格迥异的店铺随街林立，彩灯缠绕，外面的音响多半播放西洋爵士乐。卖本子的小店，挂满老北京风貌地图、明信片的小商铺，古香古色的饰品行，充满现代气息的时装店……都在这里汇聚一堂。长卉俨然像一个十六七岁的少女，蹦蹦跳跳，钻进一家全是手工制品的小店。戴戴帽子，试试披肩，满脸兴奋。玮辰紧随其后，在店家客人留言本上写字。

出来，顺着什刹海慢慢散步，湖面上仍有滑野冰的年轻人。各种小轿车沿着狭窄的胡同停了一路，酒吧周围站着三三两两拉客的帅小伙，两个人像逃难一样，在热情招徕生意的人前仓皇而逃。长卉对玮辰说，要不就进去坐坐，正好体验一下泡吧的感觉。他说，我还没到享受那种生活方式的时候。即便可以，到目前为止，我对泡吧这件事也是相当无感。

玮辰，你总是这么冷静。从你那日给我拦电梯门，当时你都没正眼看我。知道吗？我就欣赏如你这般性格的人，沉默寡言。虽然给人的第一印象略显沉闷，也不懂风趣，不会变着法迎合领导、同事的心思，可就是让人觉得踏实，有安全感。

两人走近湖边一把石椅，坐下来，对着此处眼前闹中取静的酒吧灯火聊天。

长卉接着说：玮辰，我很少见你喝酒，是不是不胜酒力？

是，确实是其中一个原因。我酒精过敏，从小就这样，这一点应该是遗传了父亲。一杯啤酒下肚，就能让我面红耳赤。一瓶过后，脖子上、胸脯上、手臂上到处会起满红点，串皮。

人们都说喝酒上脸的人，能交！长卉接着他的话说。你这么善解人意，性格温文尔雅，一定结交不少朋友吧？是不是追求你的女生也一大把？！

怎么说呢，我朋友是不少，但又不像你说的那样。其实我并不是一个好交好为的人。朋友确实有一帮，但这些朋友却被我分成三六九等。你一定也有体会，朋友这个概念或许对于每个人的定义都不同，珍视的分量也有重有轻。有的人喜欢拜把子，那是难兄难弟、同甘共苦仗义式的友情。有的人喜欢在饭桌上办事，酒肉穿肠、锦衣美食，那是带有功利目的性的合作关系，称不上是真正的朋友。有的人虽然沉默寡言，看似冷漠，内心却一片火热，朋友有难，定会鼎力相助……

哦，那我知道了，你一定属于后者。还没等玮辰把话说完，长卉便插嘴说道。

其实不然，我不觉得我属于后者。我的确不喜欢过多言语，可择友的标准却异常苛刻。因为百般挑剔，真正算上好朋友的人并不多，也就一两个吧，或者干脆就没有。说完，玮辰觉得后悔，赶忙对长卉说，你听着不会觉得难过吧？请千万别误会我的意思，认为我没有把你当成是我的朋友。我只是就事论事，把对朋友的真实想法说出来。

哎呀，瞧你，又多想了不是！我可没你敏感，没有你的感受力那么丰富！既然你能当着我的面开诚布公说出这些话，不已经没把我当外人看了嘛！说完，拍了拍玮辰的肩膀。

玮辰接着喝酒的话题继续讲下去。

我除了酒精过敏不能多喝以外，还有一个很重要的原因，那就是酒喝多了，没准会失态。不知道别人是啥感觉，反正我心里就像有一个一直在咚咚擂响的战鼓。心跳加快，神经变得更敏感，情绪很不稳定。高兴的时候或许会很畅快，但难过的时候就会更难受。所以我宁愿一直不温不火的生活，不让自己大喜大悲，不让自己过于借助酒精的力量壮胆或者浇愁。

人生如果没有畅快淋漓的大醉几场，你不觉得遗憾吗玮辰？她问他。

醉过！我当然醉过！而且在酒桌上的举动让老师和同学们一个个都瞠目结舌。他说。

你都做了什么？长卉迫不及待想知道他酒后的举动。

说来也惭愧。当时我就从桌前站起来，端着酒杯走到雅间的中央，借着酒劲，一反常态，唱起了万芳的《知道不知道》：我不知道，关起房门怎么跳舞，我不知道，音乐响起怎么开口。我不知道，脆弱时候怎么勇敢，关于自己怎么面对，我不知道。我知道，我不知道。我不知道，我知道……他们一个个听得晕晕乎乎，我却异常清醒。其实，人喝完酒不是越来越迷糊，而是越来越清醒。真的。

对，对，对！特别清醒！那些喝得烂醉如泥的人，酒后不承认自己当时的言行，其实他们比谁都清醒着呢！长卉插了一嘴。尼采不也倡导疯狂的酒神精神吗？弗洛伊德不还说通过外界的刺激，可以打开本我那个潜在的小宇宙吗？！

说得好！玮辰竖起大拇指称赞她，然后继续说：

唱完歌，我发现大家对此不屑一顾，不知哪上来的勇气，又继续开始大声讲话。我说，有些事情，我们自以为可以掌控，处于明了知情的状态，也就是知道的状态，却反被我们的小聪明和伎俩玩耍。我们变得越来越模糊，看不清外界，也看不见自己，知道，变成了不知道。有些事情，我们并不知道，觉得没有把握，缺乏信心，甚至在困难相继出来找麻烦的时候，会不由自主地退缩。可是我们却在经历它们的时候，逐渐磨炼自己，鼓励自己，也就是俗话说的，见得多了，也就见怪不怪了。当把困难看得越来越淡的时候，慢慢地，它本来的面目便自然而然浮出水面。当我们拨开迷雾，最终却能够在不知道的状态中，知道。人生就是反反复复处在知道与不知道的两难境地中。

你竟然说了这些啊！他们一定都明白那首歌的意思了吧？长卉问。

哪里！不知道明白没明白。反正沉静过后，他们把我哄下台。几个男生嗤之以鼻说，有那工夫，还不如打会儿网络游戏，要么泡泡妞，逛逛街买几身漂亮衣服，也总比扯些吹牛的人生哲理强。

怎么算是吹牛呢？真是太气人了！长卉在一旁愤愤不平。

不说那些陈芝麻烂谷子的旧事了。总之，我不喜欢喝酒。能不多喝就尽量少喝，能少喝则不喝。玮辰说完，在嘴边挥着手让这个话题就此作罢。

突然，长卉紧紧攥住他的手，把它放在自己的脸上。玮辰顿时吓傻眼，愣在那半晌说不出话。

玮辰，我好喜欢你！真的，好喜欢，好喜欢！让我做你的女朋友吧！话音刚落，他嗖的把手从长卉的手心里抽出来，不知所措，转而放在自己的腿上摩擦，慌慌张张，故作镇定地解围道：哈！长卉，听我讲了一通酒的事，你自己跟着醉了吧！

不！我没醉！玮辰，你不是说过人会越醉越清醒吗？更何况酒后吐真言。我真的是喜欢你，虽然到现在还不确定那是不是爱，但对你的好感，从一进电梯那一面就开始了。请你相信我，女人的直觉一向很准。

玮辰越听越慌，一时间更不知道说什么才好。长卉又朝着他挪了挪身子，继续说：玮辰，我把自己这张脸放下，主动向你说出我的心意，请你不要辜负我对你的这份情！我一定会认真对你。我爸妈都在外交部工作，如果你想出国，我会让他们替你办好手续，到时我们一起去欧洲，一起深造，一起游历世界，过我们想过的生活。长卉越说越激动，张着小嘴，含情脉脉等着玮辰答复。

不可能！绝对不可能！长卉，你听我说，这不是辜负不辜负的问题。我要对自己负责，更要对你负责。请你原谅，我不能接受你的这份心意。我把你当成好朋友，始终没有两情相悦的妄想。现在没有，将来也不会有。说完，玮辰觉得为难，把眼神放在远处酒吧的霓虹灯上。

我知道，感情是勉强不来的。好吧玮辰，你是我永远的小辰子！

长卉到底是家教良好的女孩，听完玮辰的拒绝，觉得自己只是一厢情愿的单恋，便立刻清了清嗓子，恢复到往常爽朗的性格，笑着说：瞧我，还真是喝醉了！人家郁达夫写了篇《春风沉醉的晚上》，我也在这儿弄了个《冬日里沉醉的后海之夜》。哈哈，玮辰，时候不早了，你送我回单身公寓吧。虽然学校里还保留我的宿舍，但我在校外还有套单身公寓，是我爸爸朋友的房子，他们全家都移民到澳大利亚去了。房子没有卖，留给我这个干女儿，让我啥时候想去，就去住。说完，戴上手套，拉着玮辰的胳膊，离开后海。

6

　　工作一如既往按部就班，玮辰的地下室生活依然，两个人上下级的关系也如故。时间在荒漠继续开出不确定的荒芜之花。

　　按时下班的晚上，玮辰都是一个人推着自行车骑骑走走。看着街道行色匆匆的路人，以及掩埋在夜色喧闹中的北京城，他心中总是觉得，夜晚像是收容的花蕾，虽然看上去拘谨，却等待次日的再次绽放，便会在夜晚积蓄无限能量。与此同时，夜晚更会把心底那份真正的自由慢慢放大。

　　自由，这在玮辰心中势不可挡。他始终认为，人不能被客观外力轻易囚禁，尤其是自己在心底筑起的高墙壁垒更要把它推倒。否则，自由便无从谈起，真正的自由也无从出发，生活便会如一潭腥臭的死水，慢慢的，由内而外，滋生出蠕动的蛆虫，在时光的缝隙里让自己日益变得粗糙，腐烂，直至形神俱灭。

　　夜越来越深。隔着大气，路灯的光亮抖动得厉害。玮辰喘着粗气，蹬着自行车，视线也变得模糊起来。道路的颠簸让光线看上去像是断了线的珍珠，又如熔化的铁水。丝丝相连，有不灭永恒的幻视感。

　　将近三个月的实习生活即将结束。公司欲留下他，告诉他如果年后有意再来北京，便直接到这里上班。玮辰欣然接受，觉得这是公司对自己的认可，也是此次出行接触社会的初衷。只是年后要做毕业设计并撰写学位论文，一些事情便由不得自己掌控。未来的事只能交给未来。

　　王长卉也辞去读书频道副主编的职务。父母从国外打来电话，让她赶快飞往澳洲跟他们一起度假，并为下半年的留学做准备。

　　临走前，她抱着一个巨型高脚杯送给玮辰。玻璃上雕刻着袖珍玫瑰花，里面有一条纹丝不动的蓝色泰国斗鱼。

一日，长卉看到这条颜色异常艳丽却被单独搁置的斗鱼。鱼市老板告诉她，斗鱼因争强好胜的习性，它们只能独自生活。若放在一起，必定互相撕咬，即便是亲人。听后，她想也没想，当机立断把它买下。

此刻，这只高脚杯就放在玮辰布置温馨的地下室2层小房间中。他盯着它，除了有频率颤动的美丽尾巴，游也不游，身体纹丝不动。忽然之间，他的脑海闪过这句话：鱼的眼泪是否真的在水里？……

当晚，玮辰做了好多离奇古怪的梦。印象最为深刻的是梦见自己凌空飞行。次日，他躺在被窝，瞅着黑暗给自己释梦。他在心里对自己说，总有一天，我要奔向自由自在的生活。

其实玮辰知道，在靠近这份自由前，必定会独自泅渡一片深暗大海。

7

火车门关上，出发的时间已到。

玮辰站在车门里，长卉站在车门外，两个人挥手告别。

一阵长长的鸣笛声后，列车开动。长卉追着火车跑了一阵，玮辰歪着身子一直探头望着窗外。终于，她停下来，擦拭眼角的泪水，转过身去。

火车拐了一个弯，玮辰再也看不到她的背影。

他在心里默念：再见，长卉！再见，北京！

一周后，飞往布里斯班的航班在夜色中爬升。登机前，长卉删掉之前所有与玮辰发过的短信，然后关上了手机。

……

玮辰滔滔不绝，把与长卉之间所有发生过的往事都一一讲给她听。

束荷，之所以现在才告诉你，是怕你多心。更重要的是，我对她一直没有那方面的感觉，所以就没说。

你要相信，长卉只是与我打交道、无数路人中的其中一个。3个月的时光，记忆已经慢慢模糊，我仍旧是一个感情空白的学生。不过，真是要感谢她在那段时期对我的照顾，还有她曾对你在青春时期无微不至的关怀。

束荷听完这个长长的故事，起初是惊讶，但慢慢，她便安静地侧耳倾听。相反，倒是对玮辰这样信任自己的举动而相形见绌。因她自己还有许多未曾说出的心事。

是否每个人都应该给自己留下一些秘密，把它深深埋藏。守口如瓶，烂在肚中。永远不说出来，最终让它跟着我们死去的肉身消失在这个世间。秘密，成为一个不必向外人道且珍重的纪念。它就像一个仪式，成为长大成人的标志。有一首歌唱道：爱是我唯一的秘密。而你的秘密又是什么呢？

玮辰，其实你不用对我谈及此事。我知道你的为人，更为长卉感到欣慰，因她终究没有看错人。或许你俩有缘无分，就像我跟亚明一样。有时，人生不一定非要把所有的话都说全说尽，给自己留下一两个秘密，未必不是件好事。

你的坦诚，你的透明，你的大度，反而让我更加自惭形秽。

谢谢你的理解，束荷。我知道，我懂。之所以决定现在把这些事都说出来，是感觉时间已到。我们俩对彼此的信任已经让我没办法再去隐瞒什么。说出来，反而会觉得心里透亮。真感谢长卉在那段时期丰富了我，让我对感情的辨识度有了新的认知。分清楚了什么是友情，什么又是爱情。我丝毫没有借与长卉的过往而取悦你的心思，更没有贬低她的意思。今天可以让我鼓足勇气把它们都和盘托出，最要感谢的，是时间，是你。那种笑谈往事的感觉，真的是时间历练的结果。在这一点，想必你的心得会比我更丰富。

唉……时间，真的是时间的魔力。那些做过的事，爱过的人，终将落在心底。束荷叹了口气说。

玮辰，那我问你，你真的不喜欢长卉吗？她可是个好女孩。

喜欢，但不是爱。玮辰的回答如此简短，似乎已经说明了一切。

束荷想起玮辰曾经写给她的一封信，里面说他一直不相信婚姻：花海看似美丽，纠结在一起就会迷乱人的双眼，产生下坠的幻觉。如同人世间遭遇的婚姻，外表甚是美好，内核却空洞荒芜。

9

玮辰，你还记得吗？两年前，我们在五台上相识，一切都显得那么巧合。我们同住在一家你们内蒙古人开的旅店。在塔院寺向你借镜头纸时是与你第一次谋面。之后的日子，我们便一直同行，直到你不得不返回呼和浩特，我又继续赶往下一站目的地独克宗月光古城。

束荷，我当然记得。第一眼看到你，我都没反应过来你就是歌手祁束荷，不过后来我却成为你的铁杆歌迷。从小到大，竟也会如此疯狂喜欢上一个人的歌。我终于可以体会到那些挥着荧光棒，为自己偶像加油的粉丝们的心情了。你的歌就像你的人,是不需要那些花里胡哨的包装和通过八卦的方式宣传的。与你分别的前一晚,我们在一家小饭馆吃饭。你说原来不当明星这么好,可以大大方方吃一碗路边的刀削面。当我试着提出想与你长久保持通信往来时,你竟欣然答应并立即给了我你的地址,当时我高兴地合不上嘴。回到呼市不久,就收到你从香格里拉寄的明信片。你写着:玮辰,收信快乐!后来你几乎在所有信的开头都会写上这4个字。日后我才知道原来这是亚明给你写信时惯用的问候语,然而你几乎从不回信给他,所以就把那4个字转写到给我的信上,也算是一种自我宽慰。

玮辰,没怪我吧?好长时间后,我才把事情的原委告诉你。或许最初,我的确把一些情绪转嫁给你。那时我心里特别慌,写写诗歌已经不能填补心底裂开的那个大洞,毕竟创作有时需要把一些真实想法表达得很隐晦,但我觉得心中不快,又不想回他的信,便把所有的心情完完全全写给你。你就像是我的一口容器,让我把所有想说的话全都倾诉出来,你来接纳它们,承受它们。后来我们的通信越来越频繁,你就真的成为我心里面的寄托。虽然你的样子有一段时间我曾模糊过,但你已经彻底在我心里生根发芽,哪周没写信,心里都会痒。

束荷一边说,一边从紧贴在墙角床单的底下摸出一个长方形盒子,待把这个带盖的银色铁盒递给玮辰,打开后他顿时傻眼愣住。一封封用剪刀小心翼翼剪开的信,按信封大小、颜色,逐一放置。

玮辰拿起最上面的一封,看着信封上熟悉的笔体,展开折叠的纸页重新阅读。

束荷:

收信快乐!

昨天下午收到了你的来信。非常高兴。本来应该在昨天晚上给你回信，但是这一段时间好忙，好累，所以偷懒到今天来写了。希望你不要见怪。

　　今天晚上，就是刚刚。我到寝室取换洗的衣服，这时候电话响了，因为信号不好，我跑出去接，可是对方却没人应答，就挂掉了。看了号码，知道是你打来的。再回拨的时候，却告诉我是空号。我很担心，不知道你出了什么事。手机一直没关，等着你的电话，可是直到现在也没有。我担心你，却苦苦联系不上你。希望我的担心是多余的。希望你仍然快乐地生活在千里以外的南京。希望你能够安然无恙地读这封信。希望能够开心地给我回信，告诉我什么事情也没有发生。我不信神，但今天我却真的希望有神灵出现，望上天保佑这个多苦多难，这个最纯真善良的女子。

　　一直通信，对彼此越来越了解。首先回答你一个问题。无论是网上、电话、还是写信交流，和你接触从没有感觉到累。对你一直有一种很奇怪的感觉。我这个人是一个依赖感很强的人，对自己没有信心，任何事情都认为无法独立完成。我对自己的评价是，适合做一个优秀的副手，却永远做不了优秀的领导者。所以我喜欢被别人照顾，喜欢比我年龄稍大的人。可是对于你，却不一样。对于你有一种怜爱的感觉。不知道为什么，在你面前，我倒觉得有一种责任感。我应该让你摆脱痛苦，快乐地生活。这是我最大的心愿！我的心从此就多了一份挂念。这种感觉是发自内心的真情流露，是自然而然的真情。

　　你是一个异常细心且敏感的人。做什么事情都要为别人着想。前思后想。往往会把简单的事情想复杂，而让自己陷入一种不能自拔的境地。有些事情可能也会让我痛苦地去想，可是这种痛苦很多时候是短暂的，比如在本科毕业时给我的巨大打击。我懂得放弃，懂得顺其自然。如果有些事情不是一己之力就能左右，我就会选择听天由命。我用平静和快乐的笑掩饰了自己的痛苦。不管这种快乐是否持久，毕竟我快乐过。所以在很多人眼里我是一个快乐的人。只有我自己知道我到底是怎样一个人。现在还有你也知道。

比如像我们这样的感情和友谊是否能够长远走下去的问题一样。无数这样的难题每天都同样困扰着我。但我依然很庆幸，像我们这样能够在各自的地方互相记得对方，可以经常写信，一写便是两年，视彼此为知己和倾诉的对象，我想在这个天底下，这样的人并不多吧。我为这来之不易的幸福而庆幸。同样也倍加珍惜！

说说你和亚明吧。我不想干涉你的感情。我只是想说，世界上有些东西付出了是不需要回报的。不求回报的付出是快乐而幸福的。但是希望得到回报的付出却是痛苦而无助的。各种滋味我都曾经品尝过。你是聪颖过人的人。应该明白我说的一片苦心。懂得珍惜和拥有，才会发现生活中更美好的一面。

束荷，我希望你能更宽容一些，更豁达一些，更大度一些。那样，才会更快乐一些。

爱情是痛苦的。我在努力使它不再痛苦。你呢？

在这个偌大的世界，除了父母，你是唯一让我亲近的人。你也是第一个和我通信的异性。我想，恐怕也是最后一个了。对于跟别人，我没有安全的感觉。而对于你，有的是那种一见如故的亲切。

其实，我们的性格有类似的地方，但是表现出来却不一样。如果我们真的在一个城市共同生活，不知道我们的清高和不合群，是否还会让两个人成为朋友。但是我有信心，让两个人永远成为彼此的知己。不弃不离。

看见你整日忙于创作诗歌和撰写专栏文章，让我一直很担心你的身体。不要因为过于拼命而累坏了自己。要注意休息，特别是保护眼睛。

不早了，明天还要上班。过几天再写给你。希望你一切都好。

玮辰

玮辰放下自己的信，对她说：

束荷，这就是我为什么要放下手中的工作，坐火车千里迢迢来南京与你见面的原因。那天晚上的电话，真的让我好紧张，好紧张！不知道你出了什么事。现在亲眼看见你每天的生活，更让我不知该说些什么才好。你太不爱自己了。束荷，答应我。等我走后，你要像我在的这几日，一日三餐、起居饮食都要有规律。

嗯。你放心，玮辰，其实我过得很好。真的很好。就让我们好好说说话。虽然我很困，可是我怕睡着了，等明天起床就不是现在这个心境了，觉得它们不值得一提，就不想再讲了。还是趁着现在这份热情，把想说的话都说出来。

好。束荷，你慢慢说。我在听，会一直好好听下去。玮辰异常认真地瞅着她。

玮辰你看，阔别两年，我们终于又可以坐在一起，面对面直接交谈。她说。

是啊。可以这样近在咫尺跟你说话，听你讲话，真是一件幸福的事！不管是写信还是在这儿，束荷你要相信，我都一样真诚。他说。

我相信，我知道。你是我唯一的朋友，玮辰。你是我的知己。两年来，我几乎要把这二三十年的事说完，小时候，学生时代，以及那些难以对其他人启口的心事。我不信任任何人，除了你。一些人会把你讲的事当作笑柄，或者假惺惺地做个倾听者，对你承诺保守秘密，可转眼却跟别人讲：喂，跟你说个事，但是你千万不能对别人讲，因为我已经答应束荷替她保守秘密了……原来，一些事情就是这样散播出去，他们把你当成娱乐的手段，以打听别人的隐私为乐。只有你真心实意、设身处地为我着想。不慌不忙，耐心把我的信看完，听我把话说完。在这个越来越讲求实际和功利的世界，你是难得的朋友。我相信这辈子都不会再碰上一个像你这样的人了……

束荷，别这么说。我很乐意做你的倾听者。在五台山临别前的小饭馆我就说过，日后如果你愿意，可以把它们全部写信告诉我，我会没有任何怨言，甘心做一口盛纳你酸甜苦辣的容器。就像咸咸的大海，仿佛承载着地球上所有人的眼泪。

束荷听玮辰这样说，眼睛里闪烁出泪光，接着说：

玮辰，有一次，我梦到亚明。他的样子我已经相当模糊。有时，我怀疑自己的记忆力不像其他人深刻。小时候不小心在冰上滑倒，头正好磕在钢筋上，之后感觉一些事情就会慢慢遗忘。所以我一本接着一本写日记，生怕忘掉每一件事。

梦里的亚明与我平行而坐，我一直沉默不语，他的眼神流露出让我心碎的无助。我装作若无其事的样子，把自己心中的恐惧、焦虑，那种说不出来的忧心忡忡全都掩藏住，不让自己感到害怕。

玮辰，你会感到害怕吗？不是那些形象上的害怕，而是那些不知道从何处涌上心头的害怕，它们一直萦绕你、捆绑你、蚕食你。

嗯，会。而且有时还相当强烈。感觉心里像是被什么东西抓住了，不好受，可那不是伤心的体验。那种不安的预感、焦灼的情绪，搅得自己惶惶不安。但我深信这种恐惧还是有因可循的。可能是一些被压抑的情结，没有被我们打开。或者是我们始终逃避，不愿正视的难题。玮辰清了清嗓子，继续说。

以前，我总是做一些无谓的担心，希望用未雨绸缪的计划可以让未来进展得顺利，遵循着凡事预则立、不预则废的道理，结果并非完满。久而久之，才知道自己是杞人忧天，变得越来越没有安全感。是自己把自己给捆住了，做事瞻前顾后，优柔寡断，患得患失。坚定的自我判断力逐渐丧失，做出的选择大都是听命于家长、老师和别人那些人云亦云的东西。那颗富于冒险精神的心脏不再强劲地跳动了，转而让日益加重的迷茫与退缩包裹，内心矛盾丛生。变得越来越胆小，越来越怕事，越来越懦弱。

一次深夜，我被隔壁讲电话的房客吵醒。我本该大大方方告诉他旅店的隔音效果并不好，说话声音请尽量小一些。就当我辗转反侧犹豫是否该去找他理论时，又从另一边隔壁响起用低音炮播放音乐的声音。我就在两面夹击中，继续考虑该不该出去敲他们的房门。我掂量再三，迟迟没有下床，而是把头蒙进棉被装作听不见。

玮辰，别怪自己了。是你太善良，不想惹是生非。束荷安慰他。

不。不是善良。是懦弱。他坚定地认为，觉得自己特别软弱。

是你为人太过老实，觉得一些事无需争辩就能解决。毕竟林子大了什么鸟都有。你没有错，玮辰。如果善良和力求息事宁人都是错的，那么人与人之间的交往就到处是火药味了。你不要再自责，我懂。

你说的对，束荷。林子大了什么鸟都有。是我想得过于简单，一直抱有世界大同的想法，实际上根本就不可能现实。不说它了，以后我会尽量为自己争取该得的权益，没有原则地隐忍，只会一直受欺负。你说你梦到亚明了，接着呢？

束荷端起茶杯，喝了一口，继续讲那个梦。

他说想吻我，然后把手伸过来揽住我的腰。我一手把他推开，与他要保持距离的想法是那么强烈。我说亚明，你该让自己忙起来，这样就不会感到空虚。他听我说完，一阵竭力狡辩，像子弹扫射的机枪。

束荷，我很忙。离开戒毒所，来到东京读书，每天都专心学习。回到公寓，还不停地看影碟，试图在别人的生活里找到一些让自己清醒的痕迹。可里面的人不是吵架就是做爱，不是抱怨就是说谎，不是沮丧就是买醉，不是自私就是贪婪。他们看上去一个个光鲜亮丽，有体面的工作，可内心的欲望都一样肮脏龌龊。原来，他们和我都一样。但为什么只有我的下场这么狼狈？我就想，或许是我一直说真话，或许是我过于理想主义。

于是我干脆就不去看片子里的人物了。我开始注意空镜头阳光下湛蓝的天空，听里面发出的揪心配乐。那种感觉就像梦见沉寂的紫色大海，在没有人的礁石上发出无声的轰鸣，一浪压过一浪。我的听觉开始丧失，只能看见幽深的大海，海面上闪烁着巨大的金星。我知道我看见的光都是已经死去的，可我就是被这些光深深地吸引。束荷，我的的确确很忙，你知道……

听他说完，我开始心软。觉得眼前这个曾经天不怕地不怕的男人需要像婴儿一样呵护。我说，亚明，乖，安静些，别被幻觉左右。他突然就安静下来，像一直被我抱在怀中不停咿咿呀呀的小宝宝。

窗外瞬间电闪雷鸣。顷刻，暴雨滂沱。他说，束荷，我冷。于是我起身去关窗子然后紧挨着他坐下来。他把头耷拉在我腿上，我把他扶正让他枕下去。他就一直睁着婆娑的双眼望着我，不再说话。我低下头，看见脖子上那根明显凸出来的血管。

玮辰，其实我自己右手腕上的脉搏就一直看得很清楚。我经常对自己说，那是一条裸脉。

说完，她把手臂伸过去给玮辰看。

……

那时我被母亲关在房间，还曾幻想用刀子干脆把它挑开，看看里面是否会喷出强有力的血柱。是否会像一把玩具水枪，轻轻一按压，水线便被远远射出。

我终于看见这个生命的载体。即使我穿梭一个又一个太空宇宙，跨越无数时空维度，我仍旧在某个确切的时间拥有这条管道。它帮助我出生，又带领我奔赴死亡，用这个世界独一无二的皮囊，完结我的一生。看起来应该就是这样简单。每个人都是一样的。可人与人就是千差万别。

随后，我就一直俯视亚明，轻轻拍打他，像哄他入睡的母亲。我们俩一直缄默。大雨哗哗哗地使劲下，一切恩怨仿佛都被它所浇灭。

他开始轻声蠕动着嘴唇对我说再见。

他说，再见！束荷……再见！束荷……我是来跟你告别的。

说完，他突然就消失在我手里。我慌了，用手抓住刚才他躺在我腿上的空间，可我什么也抓不到，除了房间里冰冷的空气。

这时，我就醒了。我眼里含着泪，感到万分害怕。玮辰，这个梦太真实了。我不住地回想这个梦，越想越害怕，越想越伤心。我就给你打电话，电话响了几声我就挂断，觉得自己太无理取闹，怕打扰你。

束荷，真是委屈你了。一个人背负那么多的不安。以后不要再说什么打扰不打扰的话了。你的事，就是我的事。他说。

玮辰，你知道吗？退隐的日子，就像是闭关修行。我有意让自己清空归零，不知要持续多久。我用大把时间面对自己，时空仿佛一下子回到数年前。我被母亲关在房间，任凭如何声嘶力竭地呼喊，她都不心疼。我甚至觉得当时并没有喊救，而是甘愿被她锁住。那样，就可以终日跟自己在一起。

时间像光速列车，赶都赶不上。还来不及与它靠近，便倏忽一下又向前蹿了一大截。它总是不以具象存在，让你根本触摸不到，好似高高在上，故意与你保持距离。而这距离其实正是人为所致。当突然意识过来时，它已经又向前冲了一程。我就这样被狠狠地甩在了后面。我们没有来得及。

玮辰，我想我跟他就这样算了吧。就这样算了吧。有些人能够理解你，便是你的真命天子。有些人还迟迟接收不到你的讯息，便说明他与你无缘。没有什么遗憾不遗憾的，因它本就不属于你。

就让那些不属于自己的东西，像天空倾盆大雨尽情地下吧。待雨过天晴后，定是一片太阳高照的艳阳天……

束荷说完这些话，情不自禁轻轻地啜泣。玮辰拉住她的手，语重心长地说，束荷，我在呼和浩特上车前，曾在车站看到这样一句话：当你想我的时候，我就站在你身旁。束荷，以后不管发生什么事，我都会帮你分担。我们一同把生活的不如意扛过去……

玮辰就这样，打开话匣子与束荷彻夜长谈，丝毫感觉不到旅途的疲倦。

清晨，束荷看到玮辰在地铺上沉沉睡去，嘴角挂着甜美的微笑，发出均匀的呼吸。她轻声走到客厅，拉开房间的窗帘，看到阳光透过玻璃投射出一道道光柱。

她想到两年前，自己与玮辰在五台山的黛螺顶，在参拜五方文殊的寺庙，看见阳光穿过布满灰尘佛殿的一块块小窗，投下一缕缕拉长的光影。尘埃漂浮其间，四处游移，却始终不愿离开这方狭长的光缝。她曾对玮辰说，它们是在等待一场超度。

她默默注视睡在地板上的玮辰，这个依旧像孩子般睡姿的男人，重新唤起了心底久违的温暖。几日来，家中一直散发出玮辰好闻的体香，都让她感到无比踏实。

她反复思量，想把他留下。两个人心贴着心在一起生活，说说话、看看书、做做饭、洗洗碗，再也没有误会、争执和忧虑。无论醒来还是睡去，都可以用手指和内心去触摸对方。三言两语，彼此便心知肚明。不再恐惧，不再害怕，不再焦虑，没有伤心。幸福，真真正正踏实地幸福着，过最普普通通平凡人的日子。

其实，在束荷心里始终有一所房子，里面没有置备任何物品，只住着自己和恋人。两个人长相厮守，相依为命。不结婚，不做爱，不生孩子。就是一直在一起。简简单单地在一起。

10

束荷，我要走了。十天来，我们彻夜长谈，可还是感觉时间飞逝如梭。我们不出房门，一次性在超市把东西买齐。我们也不逛街，因我本就不是出来游山玩水的。我们就是说话，日夜不停地说话，可还是没有把话说完。我不得不走。我把学生撂下，内心始终愧疚，但此行更是让我放心不下你。束荷，生活就是这样让人为难，也这般捉弄人。分了聚，聚了散。答应我，我们要始终在一起，做彼此真诚的朋友，一辈子的知音。

她点头答应，含着泪递给他一个小纸包。他把纸包拆开，看见里面有几根长发丝。

玮辰，这是我的头发。我始终觉得从身体掉下来的东西就有灵性。一天下午，我搬过一个小板凳，坐在上面低头剪指甲，突然想起一些话。每个人都不属于自己，肉身来自父母，最终还要交还给大地。自己能够独立拥有的就是像头发、指甲这样的衍生物。它们虽然也有父母的遗传基因，但自从脱离他们身体之日起，便缓慢或飞快地自行生长。那些虽然已经掉落的发丝，却在你哭的时候，笑的时候，陪伴过你。

现在我把它们包好送给你，希望你不要嫌弃，我实在不知道该送些什么给你留作纪念。我怕突然哪天，自己便消失不见。我要留一些身内之物给你，作为我们曾经交往的凭证。那些信件，录在磁带上的话，抄在笔记本上的短信，买给我的娃娃，还有这些发丝……

束荷，不要说了。我难受。你不会消失的。你会好好活在这个世上，每天从温暖的床上幸福地醒来，踏踏实实去做自己想做的事。唱歌，创作。只要有我，我就不会再让你担惊受怕。束荷，请给我一次机会，让我照顾你。

说完，玮辰把她的手紧紧握在自己的手心。两个人良久地对视。

……

傍晚，玮辰在卫生间沉默地整理洗漱用具，把两个人混在一起的东西又各自分开。慢慢地，玻璃梳妆台上的物品逐渐减少，最后只剩下束荷一个孤立的刷牙杯和几个瓶瓶罐罐的护肤品。

她冲进来，把玮辰从后背搂住。他停下手里的活，两个人立在原地一动不动。玮辰分明感到脖子后面一滴一滴落下的滚烫热泪。

第九章

两生花开

1

　　束荷从踏入歌坛出过两张唱片，开过一场演唱会，到决定退隐这个圈子已经快 10 年了。其中在隐退这 3 年，持续不断，一直到处旅行。所做的每一件事无非都是在寻找自我。

　　她把自己隐匿于地球的某个角落，与人失联，仿佛是一个不染俗尘的女子。没有恋爱史，不被大喜大悲的情绪左右。她始终告诉自己，尽量安静低调行事，像小时候那样缄默不语。即便面对大灾难，也要从容不迫，不卑不亢。

　　她在南京，在杭州，在独克宗月光古城，在北京，在巴黎，在斯德哥尔摩，在雷克雅未克，在布拉格……她看下雨的江南，亦在冬季飞到新西兰，去往诗人顾城当年所在的激流岛。始终自己一个人旅行，享受着这份特别的自在。

　　有一天，她在机场上网收发电子邮件，对着显示器读完信后，内心一片潮湿。

　　……

　　束荷，

　　10 年过去了，你站在时间的哪一点？你都好吗？

　　从踏入歌坛唱第一支歌给我们听，10 年里，你只唱了 20 歌首。

知道吗，我的随身听几乎只放你的专辑，两盒磁带被磁头摩的声音都变模糊了。

如果你不曾忘记自己唱歌的初衷，你自己的梦，就请再圆我们歌迷一个梦吧。在第10年，开一场纪念演唱会吧。

就像你发唱片，根本不在乎商业市场，也曾说过，未来如果经济条件允许，如果还有人愿意听我唱歌，走上独立制作的道路也不无可能。

束荷，你是幸福的。一路上有许多爱护你的歌迷。虽然我们和你一样不怎么爱说话，但心里始终翻江倒海。听你的歌，能让我们不自觉进入到一种思维，去思索身边的一切。

生命的真相到底是什么呢？

所以你要继续出唱片。如果你觉得唱歌这件事让你失去了意义，便想想在演唱会曾经说过的话。

你说等到第10年，应该会出一张非比寻常的专辑吧，以此用来当作对时光和生命的珍重纪念。

束荷，这个世界太疯狂了，我们需要听你的歌来取暖，让自己觉得安全。

……

歌迷热情洋溢发来电子邮件，然而她已有半年没有收到亚明的信。

他音讯全无，仿佛在这个世界消失。她不知道他在音乐学院学业进展得如何？一个人生活是否快乐，有没有谈新感情。她就在海的这边猜测他的生活，相信没有消息就是好消息。

而祁束荷这三年多，起居饮食经常没有规律，唯一自律的坚持，便是一封封写给单玮辰的信。两个人始终写着收信快乐的祝福，却诉说着一个个并不轻松的话题。

玮辰，因为感到荒芜，所以时常郁郁寡欢。又因为寡欢，所以远离人群，自己去写诗，做一些更加精神性质的活动。这是一个人就可以完成的自持天地。又因为创作，并且试着哼唱那些词语和句子，就好像更能感受到什么。也不是简单的悲观，就是觉得没有意义，很虚无，于是就越来越不喜欢开口说话。

束荷，那日我接到家里电话，父亲告诉我他已退休。当时我并没有太大的反应，觉得那是和自己没什么关系的事。直到有一天，母亲又打来电话，我问父亲退休生活过得可好？她说很好，每日三餐后便外出散步，早上更是坚持爬南山。暮年已至，人已老矣。但人可以自我调适，进入一段新的生活。

我放下电话，心中突然生起一种无以言表的荒凉，不知是自己对于生命的感怀，还是对于父亲和母亲的怜悯。我觉得人生仿佛倏忽就要过完。我刚刚真正懂事自立，他们便从工作岗位上退下来。想到几年前放暑假回家，当时我还经历一场选择而摇摆不定，不清楚是否应该继续读书还是走上社会赚钱谋生。

那个时候，回去最怕面对的便是亲人。我该如何交代，又该如何叙说这几年的苦闷与想法。看着日渐老去的父母，觉得心中难过。难道一方的成长非要以另一方的衰败为代价。我开始沮丧，一些事没办法扭转。

但是突然，心中又燃起一团火焰，从来没有过的热烈与坚定。我对自己暗暗说道，要坚强，要懂事，要担负起肩上的重任，要孝敬父母。我知道我已经在那次回家后开始发生蜕变。我在完成从一个男孩到男人的过渡，虽然这个过程一直持续到念完研究生的 3 年。我已经深切感受到肩上的重任，不可以再任性再随心所欲地生活了。说一些话做一些事要三思而后行，懂得付出与更加的感恩，明白人与人感情之间的微妙。

我学会了与人和睦相处，也懂得每个人都是不容易的。我们都是性情中人，只是角色要让我们戴着面具去分头做着不同的事。这副面具未必不好，或许它让每个人更加专注，而不会过于散漫。

记得有人说过，绝对的才情有时会导致绝对的毁灭。现在看这句话不无道理。理性并充满自信地生活、工作、学习、唱歌，才算是真正活得明白吧，或许也是一种坚持。

因为我们坚持着从混乱的错觉中走出来，坚持着没有让自己太沉迷于自己给自己营造的幻觉和感动中。

我们还站在这里，站在这里笑着看眼前的斑斓世界。看太阳升起后刺眼的光线，看这个世上行色匆匆的路人。只要我们能够看到这一切，便应该心存感恩。感恩我们依旧活着。活下去，是多么不容易的事。我们没有理由不好好地活。那些双目失明、听不见音乐、上不起学、被贫穷和疾病缠身的人，依旧坚强地活着，我们没有理由不好好并且更加精彩地活着。

我终于明白父亲从第一线退下来的无奈，但他却找到了另一番天地。我从荒凉中转悲为喜，看到一个更加广阔的世界。未来才刚刚开始。

2

日子过得波澜不惊。束荷因自始至终都在写诗歌、写包括乐评在内的专栏，也算间接关注歌坛的一举一动。她找到至今仍活跃在一线的制作人，打算把自己3年来写的近百首诗卖掉，换些旅费。她希望以诗入歌的歌曲能被符合它们意境的歌手诠释。制作人看着那些意味深长的诗句，最终建议她自己演唱。看着电子信箱一封又一封歌迷的信，制作人又三番五次地鼓励与相邀，她心中的死灰开始慢慢复燃。

两周前，玮辰洋洋洒洒又写了一封长信给她。

束荷：

收信快乐！

我没能如约给你写信，内心觉得愧疚。但是我想你能够理解我的苦衷。那样的话，我也就会感到好受一些。

现在是零时整。刚刚加班做完一些琐碎的工作。毕业留校，除了教课还要暂时负责一些学生工作。

这样的夜晚很好。没有人打扰，可以安静地写信给你。耳边放着你的歌。我喜欢这种淡淡疏离的感觉，如清风徐徐吹来，拂在脸上，让烦恼和压力瞬间全无。

最近一段日子可能真的是对我的一次考验。组织了一次全校学生的贷款签字仪式。这是我第一次组织这么大的活动，很紧张。但是还好，没有出什么疏漏。一切都很顺利。周六和周日又自己组织了全校毕业生参加的新华社的照相工作。这一次做起来就熟练很多，但是同样感觉很辛苦。回到家里倒在床上就沉沉睡去了，而第二天早上又要不情愿地醒过来。渐渐地体味出，原来工作就意味着自由地失去，特别是在这样的机关里工作。

还是一如往常的平淡生活。有时也会想想将来。将来是一件很模糊的事。如果我能抛开一切随心所欲地生活该有多好。可是世事总是不随人愿。于是索性不去想它。不知道这样的想法对不对。随着时间的推移，年龄的变大，很多问题都会凸显出来。或许我一直回避着的矛盾哪一天就会一下子全部爆发出来而不可收拾。

束荷，你既然有想重新唱歌的打算，就坚定地走下去吧。3年来，你一直沉寂，到处旅行，进行自我寻找。我知道你在忘记一些事情。你在刻意回避它们，正如我回避生活上的烦恼和工作的压力一样。但是你发现这个根本就不是办法。在这修行的过程中，你感受到了他人没有洞察的真相。一个人过于安静的生活，会脱离人群造成避世的疾病。这已经违反了人生的常规，与你真正退隐歌坛的最初目的背道而驰。我希望你能用快乐的一颗心去重新拥抱这个世界，用歌声感染每一个你能影响的人。在这个感动他人的过程中，已经是人生的一大乐事。对于其他不去强求，或许它们便会慢慢降临到你身旁。时间会证明一切。我想，你会明白我所说的。

今天呼和浩特出奇得冷，这样的鬼天气恐怕不是什么好兆头。不知道会有多少人因这突变的天气得病。不知道此刻南京的天气如何。每天创作，一定不要太累着自己，要多注意身体。

……

昨天夜里实在是太晚了，于是今晚接着写信给你。总觉得还有很多话没有和你说。对你有太多的牵挂和惦念。

今天接到了你的电话。让我心痛。你哭的时候，我一下子就慌了。不知道该如何安慰你。可是我知道我的心痛。我能感受到你的孤单和无助。

感情说到底还是两个人之间的事。面临死亡，悲恸的滋味确实不好受。我从小便目睹很多死亡，对它有一种禁忌的心结。而你从小便一个人倔强独立的生活，一个人承受太多。你在电话里哭的时候，我真想能站在你身边，做你一辈子的知己，化解你的哀愁。真的希望你快乐如初。真的希望你幸福一生。

心情不好的时候，我喜欢漫无目的地在街上游走。我会关掉手机。切断一切和世界的联系，随便踏上一辆公车，趴在车窗上，看飞逝而过的街景，看行色匆匆或者悠闲自在的路人。灯火闪亮，夜色阑珊。有时会莫名的感动，泪水也就不由自主地落下来。甚至会失声痛哭。那个时候，我会觉得我面前的这所城市是如此的陌生。在这个城市里我没有一个亲人，没有一个朋友。我是如此的孤单。那个时候会有委屈，会有怨恨。但是所有这些都过去后，一切就都又好了。我会重新打开手机，重新把自己置身在这个世界中，感受这个城市的美好和生活的快乐。一切如新。

生活就是这样简单。善待生活，其实就是善待自己。

写诗，写专栏，是一个需要积累的过程。这些年你一路行走，已经累积了不少感悟。不要强迫自己每天要写多少多少的诗。当灵感枯竭的时候，更需要放松自己。放松些，再放松些。不要太难为自己。

相信我。束荷，其实每一件事你都已经做得很好，不要再苛求自己了。自然的，才是最美的。

看了你的邮件，心里很压抑。不知道该说什么。我仿佛看到一个困惑的灵魂在世俗中无助的四处碰壁，遍体鳞伤而不知疲倦。你还能撑多久？快快醒来吧！

此刻，你还在用功写诗歌吗？脑海里浮现出寂静的深夜，你刻苦的身影。多想为你献上一杯热茶。累的时候陪你聊天散步。多想看到你舒心的笑容。那样的美好，那样的温暖。

愿意一辈子做你心灵的倾听者。愿一辈子伴随你化解你的哀愁。直到有一天，你寻找到真正的快乐和幸福。直到有一天，你不再感到孤单和寂寞。直到有一天，你寻找到真心可以伴你一生的人。那时，我会默默地淡出你的生活，淡出你的记忆。

奇怪的很，作为一个受过教育、信仰无神论的人，有时候会陷入对神灵的感悟之中。我越来越相信缘，越来越相信命。人生一世，不过如此。一切都注定了。

是否我们存活于这世上的二三十年中，所经历的苦难，所感受到的烦、恐惧、焦虑都只是刚刚开始。

步入社会以后，你会发现这个社会有更多的复杂，有更多的无可奈何。但是也更有挑战性，更有意思。每一件事都要自己坚强地面对。没有人帮助你。一切都要靠自己。就这么简单。这就是生活。

一直通信，觉得你变得越来越成熟和坚定，更加清醒，我是说在感情方面。努力吧，在不远的前方，会有喜悦的果实。

胡言乱语说了这么多。感觉想说的话还未说尽，看来还需要时间的历练。听你在电话旁大哭，内心焦急万分。不能在你身边真实地安慰你，一些事情还需要你自己面对。战胜悲恸，战胜自己的心魔，让一些事情该忘就忘，让它们永远不再纠缠你。束荷，你要单纯快乐的生活和唱歌，这便是我最大的期望。

先写这么多，还是希望你开心。

你一定要好好的！

玮辰

就当束荷返回上海，向陈以恒表达录制新专辑的想法时，突然接到亚明去世的噩耗。他因大剂量注射毒品而死在公寓，尸体两天后才被发现。警察在整理遗物时发现一本日记，第一页便贴着束荷的照片，后面写着爱这个字。

听到死亡消息的当时，束荷便昏过去。醒来后，耳边一直回响着嗡嗡的轰鸣。她拨通玮辰的电话，在电话里号啕大哭。

玮辰，我彻底垮了。我瓦解了。心好像不再属于自己。它破碎了，已经无力跳动挤压出血来。我不知道自己是如何晃晃悠悠回到家的，只记得自己在黑暗中一直哭一直哭。哭累了不知不觉睡过去，醒来后忍不住接着哭。我以为自己挺不过去了。

我一直不承认，我把他当成自己生活的影子。即使他不在身边，只要我想到他还在这个星球的某个角落活着，我便心满意足。可是这次，他在这个世界上彻彻底底地消失了。他形神俱灭，而我的心也万念俱灰。

我是他的傀儡，他也是我的傀儡，我们俩是彼此心魔的傀儡。

玮辰，我心里疼，揪心地痛。多少次，我想回到家有一个肩膀可以依偎，那样便会觉得安全。有些日子，我写叙事长诗，觉得里面的主人公是我的知己。他们应该陪在我身边，可是早上醒来却发现整个屋子一片空寂。除了我自己睁着眼睛躺在空洞的清晨，什么也没有。

束荷越说哭声越大。他安慰她：哭吧，束荷。只要你觉得好受。我在这儿，想哭就哭吧。

许亚明丧事后，她终于不再犹豫，决定复出歌坛。

玮辰，我有种预感，觉得如果自己不唱歌便无法在这个世上存活。它已经是我生命的一部分，即使不站在舞台，我也要唱给自己听。

嗯，束荷，你应该唱给更多的人听。你有这个天赋，这是你的使命。

这个时代太浮躁，我们生活得很盲目，有些时候我们自己也看不清自己。在这个摇摆的过程中，我们丧失了好多东西，包括感情。我有一个好朋友，他和女友已经相恋七八年，他们还迟迟没有结婚。反而我觉得只有这样的感情才是没有杂质的真爱，没有那个结婚证的感情才是真感情，时间和行动早已证明了一切。

两个人在一起，要经过时间的磨合。爱情不可能天天是一副甜甜美美的样子。有过动摇，有过分开的念头，但是坚持了，互相体谅，能够为对方换位思考，便是在努力试图走进彼此的内心。

3

深夜 3 点 35 分，玮辰站在卫生间的镜子前，给刚洗过吹干的头发喷啫喱水。头发一根根支棱着，摸上去硬硬扎扎的。这个刚毕业 1 年，在学校教授现当代文学史的年轻男子，越发显得精神帅气。收拾完自己，把地板又拖了一遍，涮干净拖把后，用手直接拧干，而非像往常戴着橡胶手套。4 点 15 分，他锁好家门，塞上耳机，CD 机里正循环播放束荷的第 2 张唱片《依恋》。外面漆黑一片，路灯打出昏黄光晕。在月明星稀的凌晨，一切都显得静止如水。此时此刻，玮辰的心像怀揣着小兔子一样七上八下，有紧张与兴奋交织在一起的愉悦。拦了一辆出租车，一路奔向火车站。

他想到半年前，自己坐在夜行的火车上，闭着眼睛听铁轨与铁轨连接处被车轮压过时发出的哐当哐当声。其他人都已经趴在桌子上睡觉。一些人干脆把报纸垫在地上，弓着身子，打着鼾声沉沉睡去。只有他，在依旧明亮的硬席车厢里，闻着陌生人的体味与沉闷车厢其他被混合的气味，若有所思，与列车一同清醒着前行。

自己不觉得疲倦，仿佛是不需要睡眠的机器人。的确，他是脑中编有思念语言程序的男子。他的内心蠢蠢欲动，像一阵一阵的清风吹过芦苇荡，心神荡漾的感觉。坐着没有座号的夜行列车，去南京看望束荷。正如她此刻坐在还有 1 个小时即将进站的火车来呼市看他一样。

卧铺车厢一片沉寂，除了夜间始终亮着的小夜灯，周围旅客都在熟睡。她趴在中铺狭窄的床上，摊开日记，借着微弱的光亮，阅读上面一篇篇游记。那是 3 年前，她从上海只身前往山西五台山放空自己，看见与玮辰第一次邂逅的点点滴滴，深感时间与缘分竟是如此奇妙。

相爱多少要靠些运气。在这个偌大的茫茫人海，找到知己是可遇不可求的。以前过于注重形式，认为两个人在一起就要开诚布公交换彼此的秘密。虽近在咫尺，却触摸不到对方的心。

上课预备铃刚刚响过，黑压压的多媒体大教室已经坐满了学生，没有选上课的同学直接站在后面旁听。玮辰穿着一件带领 T 恤，深蓝色仔裤，手里拿着一个碟包，夹着透明文件袋走进教室。束荷跟在他身后，没有化妆，梳马尾辫，穿一件印有字母 W 的黑色棉 T 恤，同样也是一条仔裤，只是颜色洗得异常发白。他们没有注意到她。她看起来再普通不过，简直就是衣着朴素的大学生。

玮辰把讲台上的椅子搬给她，她坐在过道中间。卸下背包，从里面掏出一个软皮本，翻到空白页，拔出黑色中性笔，低头在右上角写下日期，俨然是一个准备认真听讲的学生。

同学们，今天我们看一部电影，片名叫《天使爱美丽》。之所以选择这部影片，是因为故事里的主人公是一个自己照顾自己长大的女孩。虽然从小患有自闭症，可她一直好善乐施，默默帮助别人而不求回报。不知是否真的苍天有眼，长大后她得到一份美丽的爱情。它不仅告诉我们要始终心存善意，并怀有一颗感恩的心去待人接物，同时也向我们打开一扇大门。因为在我们的潜意识里，在本我那个充满欲望的混沌世界，里面除了有快乐和幸福之外，也潜藏着恐惧和战栗等许多不安因素，很多时候我们面对它们确实会感到束手无策。真心希望大家在看过影片后都能有所收获，踏踏实实度过每一天，满怀理想和信念，快快乐乐坚定地生活下去。

　　玮辰说完，同学们回以热烈的掌声。束荷满脸欣喜地瞅着他，在底下暗暗做了一个 V 形手势。

　　投影仪的白色幕布缓缓落下，片刻之后，教室里响起旁白的声音。灯光关闭，大家安静下来。束荷看着电影画面，记得这部影片也是自己推荐给他的。曾在某个瞬间，感到自己与小女孩类似。时光被浓缩成回味无穷的甘泉，脑海中支离破碎的花草街道、建筑行人都跟眼前的电影画面唰唰唰地快速闪动。

　　此时此刻，她拄着下巴，心中又会想起谁呢？是离开上海终究没有再见一面的许亚明，那些默默在背后一路支持和关心她的歌迷，母亲祁舒，唯一的同性好友王长卉？还是站在前方讲台，从 3 年前在五台山邂逅便一直通信不断的单玮辰。

　　时间真是奇妙。它让我们呼噜呼噜从小孩一下子长大成人，让我们在每一个阶段跟随不同的人经历不一样的事。他们陪伴我们走过那些日子，或长或短，或喜或悲。直到有一天我们与他们不再亲昵，他们仿佛也瞬间从这个世界消失，来不及告别。

　　束荷始终没有正面答复过玮辰要做他的恋人。他们之间是超友谊的。她自己矛盾重重，因她害怕历史重新上演。可她清楚地知道他与亚明根本就是两个极端。一个是要出人头地，一个是顺其自然。她告诉自己，到了一定时机，一定要把心里话都说出来。她要当面与他交涉，而不再用笔和纸以及一个个不明的眼神或手势。她要当面与他确认，用以完成与亚明没来得及的情感交涉。

4

　　两头驴子在山坡上吃草，她像个激动兴奋的小女生，跑过去让玮辰给她拍照。远近四周到处是一片金灿灿的油菜花。还有小紫花、小粉花、小白花开着浓碎的花瓣，像天上的繁星掩映在田野和稀疏的草场中间，点缀着阴山山脉这座叫大青山深处的一片空地。她看着眼前这番景象，把手做成喇叭状放在嘴边，大汗淋漓对着站在远处的玮辰呼喊：

　　喂……玮辰……这里好美啊！美得一点都不像你在信里对我描述的样子。

　　……

　　大青山辜负了它的名字，它不是葱翠的。春天，当街道两旁的柳树早已抽出嫩芽的时候，它仍旧沉睡不醒。而到了夏季，只有当余晖斜照在山顶时，才可以从乱石的飞影中找到些许的黛青色。秋天，当其他花草树木拼命要留下绿色之时，山上早已是大风骤起。夹着沙砾，肆虐刮起沙尘暴，整座大山笼罩在无尽的漫天黄沙中。冬天，更是一副惨淡的景象。工业和家庭的煤烟以排山倒海之势滚滚而来，让它早已面目全非。如果碰到雨雪天气，它便随着乌云一起消失在城市的尽头。

　　……

　　这就是玮辰在信里曾经对束荷描述过的大青山。如今他自己再次置身于此，呼吸着夏季如此顺畅的山风，眼前一片葱绿的姹紫嫣红，让他诧异于这些年来风沙治理和环境保护做的卓有成效。他被熟悉而又陌生的景色迷倒了。他端着相机咔嚓咔嚓按动快门，准备回去筛选几张相片参加全国青年摄影大赛。

他们一路在山中行走，累了便坐在软绵绵的草地上。

她对他说：玮辰，你还记得吗？我们在五台山，爬黛螺顶旁边那座终日有光亮的大山。在山林深处，高大粗壮的松树会像漫天飞落的雪花，飘下大量而琐碎的松针。我们同样也是这样席地而坐，感觉下面松松软软的，比坐沙发还要舒服。

他听她说完，笑着说。怎么会不记得。那天从山上下来，你说你一直无法忘记寺庙里的小和尚，看到他的眼神觉得比水还清澈。我说，其实你和他的眼睛有的一比。你还说我贫嘴。爬完北台顶的第二天，我们便到最好的超市买来许多食物和生活用品。你背着大大的登山包，当把它们一件一件掏出来送给他的时候，他瞪着大眼睛都惊呆了。

你还说我呢。你不是也被感动到哑口无言吗？你摸着他戴在你脖子上有镂空金刚经文的项链，激动得连句谢谢都差点没说出声。

是啊！我是太高兴了。或者说对于脖子上挂的项链觉得分量沉重而失语。

说完，玮辰从白 T 恤里把它拿到衣服外面。束荷也把她的翻出来。两个人互相看着对方的金刚经项链，在正午烈日的照射下，发出金灿灿的光芒。两个人低下头拭去被阳光刺出的眼泪，彼此都笑了。束荷想着小和尚对她讲的话。

姐姐，你要永远把它戴在身上，它会一直保佑你平安。

事隔三年多，这条一直挂在颈上而没有摘去的项链，到底给她带来怎样的幸福与快乐呢？

束荷重返歌坛后，以光鲜亮丽的姿态示人。不但外形美丽伊人，举手投足气质内涵仿佛都脱胎换骨。她变得开朗。知道人与人之间不是只有表面的寒暄热闹，她学会用更加真诚的心去甄别以诚待她的人。她开始演出舞台剧，涉足戏剧表演。一场又一场，一个又一个剧团邀请她加盟他们的剧目演女主角。她拍摄电影，虽然只是一个配角，已经让她领悟到生活原来可以这般多姿多彩。

如果用一颗真正的平常心，便可以让自己走在无边无际的自由国度。自由根本不需要靠时空刻意营造。束荷终于如玮辰在信中所言，敞开心扉，去发掘自己更大的潜能。面对自己，正视自己，超越自己。

她再次看着这个闪闪发亮的项链，又环望四周的青山和原野，觉得世间的快乐和幸福不过如眼前的景象。有美丽风景，有常伴知己，有心中油然生起的踏实快乐。她看着眼前的玮辰，亦如三四年前五台山那个纯粹的大男孩，只是变得学会了开玩笑，学会了调节心中的不适。

她突然觉得自己的脸颊泛起阵阵红晕，感觉自己还是个不曾谈过恋爱的少女，因为她心中已经记不清那些龌龊的陈年旧事了。她心中空无一物，已经被眼前的风景所清洗。天地之间，只有与他促膝而坐的玮辰。她看着他，周身被温暖和安全感包裹。

他们就这样，一路步行五个多小时。傍晚时到达哈达门森林公园的正门。他们在里面设置的简陋小旅店过夜。第二天，在千古醉琴周围一带游玩。到处是水，到处是黑红色的岩石山。他们蹿上蹿下，从山上流淌下来汇成的溪流里，光着脚丫跑着闹着，宛若两个十六七岁的不羁少年与少女。人世间一切烦恼忧愁，都被这穿透有力、来自心底深处的爽朗笑声，湮没于大山深谷中。

回去的路上，太阳在正前方奔跑。玮辰和束荷坐在司机旁，顺手把绿色遮光板拉下来，车内瞬间暗淡。过了一会儿，汽车开动，车内灌进来一股股对流的山风，让人惬意满怀。束荷戴着耳机，手里捧着日记本飞快写着字。

或许玩得太尽兴，也或许走了太长时间的山路，他们回去时搭上了同住在旅店中某公司的旅游包车。她一边写一边跟玮辰说话，两个人不时发出咯咯的笑声。旁边的司机听着两个人聊的相投甚欢，也被他们深深感染。

我们可以把快乐辐射到自己力所能及的范围，只要你愿意。

司机越看她越觉得眼熟，趁着大客车停在路边让游人休息，小声问她。你是祁束荷吗？唱歌的祁束荷？她把两只眼睛从太阳镜下露出来，用手指在嘴边嘘了一声，对他点头。他兴奋得不能自已，摘掉手套赶忙伸过去与她握手。玮辰见此状，嘿嘿咧着嘴暗暗在一旁笑。

司机从随身斜挎的背包里翻出一张包着玻璃纸的 CD。束荷仔细一看，这不是自己演唱会的 VCD 吗？

她有些受宠若惊。在这样一个北方大山里，在距离上海这一南一北的时空中，她见到一个中年男子把她的音像制品带在身边，而且精心包装好，让已经发行 6 年之久的光碟崭新如初，她不知该如何表达这个陌生人对她的珍视。她只能顺势接过 VCD，用娟秀的笔迹，一笔一画，签上自己的姓名。当把它再次递回司机手中的时候，束荷郑重其事地说了声，谢谢。

司机主动要求拉他俩免费到距离呼市不远的希拉穆仁草原游玩。他们再三推脱，说草原一定要去，但是路费该怎么算就怎么算，不然我们便不去了。司机拗不过他俩，最后勉强答应。可是在回来的路上，他还是把钱偷偷塞给了他们。

5

8月中旬的希拉穆仁草原，如一片碧波荡漾的绿海映在束荷眼帘。

下车的第一件事，她像是渴了好几天没有喝水的小女生一样，对着茫茫草海，贪婪地大口大口汲着这草长莺飞的湿润空气。她一转身，再一转身，已经没有了言语。只能发出一声又一声的赞叹。

哇……太美了！美得让这个有敏锐洞察力的女子在风景面前顿感言语的苍白无力。

夜晚，在蒙古包吃完烤羊腿，两个人站在月下谈心。

玮辰，有些东西是不可言说的。比如眼前的美景，比如感情，比如心。

是的。你的心意我明白。他说。

不！你不明白。我要说。我觉得是时候说出来了。她顿了顿声音。

束荷，相信我，你要说的，以及放在心里不想说的，我都知道。他含情脉脉地望着月光下有着水汪汪眼睛的束荷。

是，玮辰，你明白。你当然明白。我们认识已经快4年了。从五台山我开口向你借镜头纸，脚踏1080级青石台阶一路攀登黛螺顶，朝拜五方文殊，到深山的破旧寺庙接受小和尚的恩赐，站在晋北屋脊的北台顶踩着云朵在山中行走。连续不断地通信，让彼此互相熟悉。你已经是我的影子。她将了将吹散的头发说。

半年多前你来南京看我，我依依不舍送你到车站。当你笑着挥手跟我说再见，我突然觉得时空倒错，看见你真实的面孔和身体，微笑着始终对我说：再见！束荷……再见！束荷……我便又想到亚明那个梦。

那个时候，我就已经感觉他可能出事了，他是来给我托梦的。我怔了怔神，听见你说我们会再见面的。我上来一股强烈的情绪，想把你留下。我不愿再失去你。我不想再经历任何分别。你从车窗探出头，始终笑着对我挥手。我还是目睹火车渐渐远去，然后蹲在站台掩着面哭起来。

这是小别，大别，还是永别？我不知道了。

这次，是我来看你。

中途我一次又一次倒车。看着那些陌生而温暖的面孔，我想，是否同样，在火车上、在公车上、在任何场所遇见的那些表情凝重的人，他们都是正在思念自己爱人的人，抑或被爱人思念。

我们与爱人暂时分别，会想到此时此刻他们置身在怎样的时空。我们彼此想念，由内而外。对于外人，别人无从知晓身边经过的人就是一个被想念和牵挂的人。他们不形于色。是否每个深处思念中的人都是如此恍惚，惦念自己远走他乡的爱人是否被关照？

每当看到那些表情忧伤的人，我便对他们投以微笑。有时竟也让自己感动，热泪盈眶。车站的人永远是那么多。瘸子，乞丐，民工，老人，学生，上班族。想到我们被抛向这个世界，也要像昆虫鸟兽一样辛苦觅食，为生计奔波，然后等待缘分与另一半团聚。想到这些我心里就发酸。

听着耳边不绝如缕的人潮，我闭上眼睛。

我看见自己在铁轨旁走着。一路唱歌，直到唱的嗓子发不出声音。我坐在大海的对面，看着这庞大的海面，终于看到了天际和大海相连的那片天地是圆弧的球面。心想，我就在这个星球上静静的与天地对坐。地球绕日运行一周，就是一年。

我还能经历几次这样的一周？

倾斜的地轴让这颗蓝色的星球充满着如同人生一般的大喜大悲，潮起潮落。是否正因为如此，我们才为这样重复而庄严的转动心怀感伤。

4年了。玮辰，4年来你一直陪伴着我。说了这么多话，我只想告诉你，我们会一直在一起。我知道你一直爱我。现在，我要好好地爱你。

我还想对天底下所有的恋人说，如果你爱对方，不管是单恋还是彼此已经心知肚明，一定要亲口把爱说出来。不要让自己的人生有任何遗憾。

玮辰眼含热泪，良久与她对视，眼中宛如有一弯新月慢慢升起。

束荷，从第一次在五台山相遇，我就知道我们之间一定会发生些什么。我慢慢把自己的心都留给了你，你也慢慢把自己的禁忌敞开，毫无顾虑地交付于我。这份信任，是让我们长久地走过一年又一年的依附所在。我一定会好好珍惜你，用一生来疼爱你！

天空瞬间电闪雷鸣，一场暴风雨将至。两个人起身，牵着手回到蒙古包。

大雨倾盆，玮辰搬来长凳，攥着束荷的手面对门口坐下。过了一会儿，束荷依偎在玮辰怀中沉沉睡去。他看着外面被雨水飞溅而猛烈招摇的一片片青草，深深叹出一口长气，然后把束荷搂得更紧。

6

大雨下了两天两夜，玮辰看出束荷心里着急，知道她刚刚复出歌坛还有一大堆工作要做，便私下说服司机带他们离开。司机起先不同意，因大雨的缘故，盘山道已经深藏隐患，路上随时会有塌方的危险。当他也得知束荷已经返回歌坛忙于事业后，便丝毫不再犹豫，决定冒着风险把两个人送出草原。

司机师傅小心谨慎地握着方向盘，虽有二十多年的驾龄，也丝毫不敢懈怠。挡风玻璃前的雨刷有节奏地刮落车窗上的雨水。玮辰搂住束荷，用自己的体温驱赶身上的潮气。两个人的耳中各塞着一个耳机，唱机转动着的是束荷最新唱片的小样。

呲的一声嘶鸣，伴随着司机的一声惨叫，一个急刹车，三个人的头狠狠地撞在了前面的挡风玻璃以及座椅的背后。不知何时，在盘山道的拐弯处，一架毛驴车出现在他们眼前。司机当机立断，停下油门，然而汽车却依旧在泥泞的道路上打滑。躲过了毛驴车，小巴车却跌进了旁边的山谷。

　　好在车子已经开到盘山路的底端，山谷也只是一个不算太深的小沟壑。更所幸的是车子并没有翻，只是来了一个剧烈的颠簸。砰的一声闷响，待车子从半空落下后，三个人都昏厥过去。赶毛驴车的老汉早就吓得魂飞魄散，好赖他赶紧把三个人从车厢里拖出来。几分钟后，过路的大货车把他们送往了医院。

　　束荷由于被玮辰紧紧地搂在怀里，早已靠他的身体做了天然的防护，所以没有丝毫受伤。只是玮辰由于紧挨着窗旁，头颅使劲地撞在了上面，造成脑震荡，一直昏迷不醒。司机因安全气囊的保护，所以也只是轻微的擦伤。束荷流着眼泪，一直守在插着氧气管、不停打点滴的玮辰身边。

　　3天后的深夜，束荷被熟悉的微弱声音唤醒。

　　你醒了！你终于醒了！玮辰，你终于醒了！大夫！大夫！玮辰醒了！束荷一边喊，一边把玮辰的手贴在自己的脸上，眼泪噼里啪啦地往下掉。束荷抑制不住内心无比复杂的心情，悲喜交加地哭起来。

　　束荷，别哭！哭了就不好看了。乖，宝宝！别哭。我没事……玮辰孱弱的声音一下子让束荷心疼得又哭了。

　　都是我不好！都是我不好！……下那么大的雨，我该劝你留下才对，真是自己一时着急惹来灾难！糊涂啊！糊涂啊！……

　　束荷不停地埋怨自己，对自己无比痛恨。玮辰见此状也哭起来。他并不是为自己的死而后生觉得害怕，而是看到束荷这样疼爱他，在他昏迷的3天当中一直寸步不离地守护，是他内心太欣慰而流下感恩的泪水。

7

次年 3 月，玮辰和束荷高调宴请了亲朋好友举行了他们的订婚仪式。

束荷说，3 月，是迎春花开得最繁盛的季节。我喜欢春天，喜欢 3 月。农民在 3 月松土播种，我们在 3 月播种爱情。

经过那场事故，因小脑瘀血堆积成块而压迫了神经，一向文弱的玮辰行动略显不便。那日，玮辰带着微微的醉意，执意要骑自行车带束荷绕呼市一圈。束荷拗不过他，今天也确实是两个人的大好日子，便允许玮辰像孩子一样再疯一回。

玮辰骑着那辆已经跟他数年的自行车，扭过头对坐在后车架的束荷大声疾呼。一边说着车子的历史，一边打着口哨，内心无比快乐。

两个人一前一后，束荷紧紧地搂住玮辰，把脸贴在他的后背，觉得分外踏实。

前方红灯，束荷依依不舍松开玮辰的腰，跳下车。玮辰回过头，龇牙咧嘴冲她傻笑，一个人晃晃悠悠蹬着车子。

束荷，这就是二环路口。玮辰一边回头，一边朝离他有十来米的束荷大声说道。

对。这就是南二环路口。4 年了，玮辰已经住在这附近 4 年了。束荷在心里回应他。

玮辰依旧傻呵呵不住回头吆喝她。

突然，后面传来束荷一声急促的惨叫：玮辰！看车！

一辆逆行的大货车向玮辰开来，悲剧发生了……

尾声

那年夏末秋初，我刚刚辞掉北京的工作，一个人背着行囊几乎跑遍了大半个中国。我的母亲长卉说，我从小生在法国，对中国文化不甚了解。其实她不知道，我一直在偷偷透过一个中国女人的唱片在了解祖国。

　　那是3张没有唱片封套的专辑。3张已经布满划痕的光盘被母亲小心翼翼地珍藏，碟片正面贴着白色的胶带纸，显然母亲有意要隐藏歌手信息。那次，我还是趁她不在家，费了半天力气，翻箱倒柜终于找到那3张CD并复刻了一份。

　　每天晚上，在失眠或因工作压力感到心痛难忍时，便一首首静静聆听。耳边响起的始终是一个女子咿咿呀呀呢喃的声音，偶尔会隐隐约约听见一个男人唱着和声。那女人永远打开半个喉咙，仿佛在你耳旁轻声呓语。有时听着听着，我便更加清醒，甚至浑身起满鸡皮疙瘩，周身有模糊的幻觉，感觉那女子就在我的房间。我知道，我是真的被她的声音深深吸引了。所以，曾不止一次在听到那30首歌的其中任何一支时，默默地流下眼泪。

　　后来，我拼命在互联网的搜索栏里打上我所听到并牢牢记住的那些歌词，试图解开萦绕心中由来已久的谜团，但结果总是让我沮丧，因为几乎所有的网页都在提示我没有要找的相关信息。

　　有一天，我在梦里又梦到自己听那女子唱歌，情景无比真实。醒后，我感到心中袭来阵阵酸痛，我便开始轻声啜泣。母亲循声而来，问我因何事伤心，我便一五一十地告诉她。听后，她勃然大怒，训斥我未经她允许而私自偷听那3张唱片。我全然不顾她的情绪，发疯似的一直追问那唱歌的女子到底是谁。她起先沉默不语，在我的再三追问下，她终于把所有唱片背后的故事说给我听。

祁束荷、单玮辰、许亚明，还有我的母亲王长卉，以及那些在他们的故事中真实存在的其他人陈香、陈以恒，等等。所有谜雾，以及那3张动听CD歌曲背后的故事我都了然于心。

我问母亲，那束荷阿姨后来去哪儿了？她不作声，过了一会儿，情不自禁地哭起来……

我从北京始发，乘坐飞机前往上海。第一站就是束荷所在的唱片公司，星月唱片早已成为历史，中国唱片行业正以强劲的商业势头突飞猛进地向前发展。独立制作的唱片工作室也早已成为一种常态，每个人都有机会出版自己的唱片，正因世界之大，总有属于你自己的听众。

我在图书馆翻阅当年的唱片年鉴，上面只有祁束荷与那3张唱片出版发行的日期，对于她的经历，上面都没有提及。正如母亲所言，她没有写进中国的流行音乐史。她也没有写进任何与音乐有关的历史，无论是新世纪类型的轻音乐，还是流行歌坛音乐史，我都没有找到祁束荷这个名字。难道她的音乐不该载入史册吗？为什么能够真正打动人心的情绪永远被一些权威忽略，因为它们只是在关注小我吗？

随后，我坐高铁辗转到南京，在束荷阿姨曾经居住过的那个郊区，我也早就寻觅不见那片曾经带给她感动的小区环境。什么园圃，什么假山，什么好像如来佛祖五根手指的柱子，什么古香古色的长廊……早已被耸立的高楼大厦盘踞。

独克宗月光古城、丽江、敦煌……甚至内蒙古的呼和浩特，母亲对我讲述这个故事所涉及的地方，我几乎都要跑了个遍。我没有办法像束荷阿姨那样一个人鼓足勇气去阿拉斯加追寻北极光。我甚至怀疑自己还不如一个女人坚定，同时更被束荷在她隐居的几年到过那么多风格迥异的地方折服。果不其然，每一处景观都有不一样的感动渗透在我骨髓深处：有的清幽静谧，有的恣睢汪洋，有的清新雅致，有的气势恢宏。我终于体会到束荷在她所谓让灵魂放逐的旅途中，身心到底感受到怎样的自由自在了。

突然之间，我想到自己遗漏了一个非常重要的线索。

五台山。我怎么不到那里碰碰运气。

初秋的五台山已经有了沁人心脾的寒意。我背着硕大的背囊，来到这个承载着束荷和玮辰相遇的佛教圣地。

一连几天的寻访，都让我倍感失望。母亲不时发来信息询问，我都垂头丧气报着无果的消息。

那日，正当我欲收拾行装准备取消任何寻访计划，返回北京之后再回到巴黎时，一首熟悉的歌曲立刻引起了我的警觉。

> 天上的星星，为何像人群一般的拥挤呢？
> 地上的人们，为何又像星星一样的疏远？……

我回过头，身后是熙来攘往的游人。我像寻找丢失已久的心爱之物，每当看见一个妇人，便抓住她急切地追问：你是束荷吗？你是不是束荷？

当我问过周围一个又一个妇人，心里顿感失望而失声痛哭的时候，我抬起头，从心底顶起一股异常厚实的力量，冲着湛蓝湛蓝的天空，哀嚎喊道：束荷……你在哪儿？束荷……你在哪儿？我是玮辰……我是玮辰！……

突然，在我身旁不远处一个辫两条麻花辫子的老妇人，泪眼婆娑地望着我。她白发苍苍，佝偻着背，一时失手，把捧在怀里的银色铁盒子掉在地上。我怔了怔神，跑过去帮她捡起散落在一地的信件。她猫着腰，在一片忙乱中急切地把那些物品装回到已经剥落掉漆的铁盒，而我却分明看到那些被风吹起的一封封属于那个时代的信封。

我悄悄试探，说：束荷……阿姨，我是王长卉的儿子。

她说：孩子，你认错人了，我只是一个在此地生活的老太太。

我说：不！你是束荷阿姨！是束荷！就是唱歌的祁束荷！

我越说越激动，她低着头收拾那些掉落的信不再看我。

我被围拢上来的游客搡到一旁，他们以为我是个情绪激动而失态的疯子。我瘫坐在地上，不顾围观人群对我的指指点点，再次努力搜寻人群中那个白发苍苍的老妇人。这次，任凭我如何呼喊，都没有发现她的踪迹。

我仰天长啸，一遍遍地呼喊：

束荷……束荷……祁束荷……

回复给我的，只有被山风四散后的回声。声音回荡在这依旧充满《大悲咒》的五台山之间，以及熙来攘往的人群当中。

[完]

鲍磊（baolei69）

只是记下心中感动的事

以及，生活里的小事情

夜照亮了夜

选题策划|凌　翔　责任编辑|岳　勇

封面设计|苏　宇　陈　姝

内文制作|叶淑杰　海报设计|杨　琳